# ENTRE VIVOS
# E MORTOS

*Amy MacKinnon*

# ENTRE VIVOS
# E MORTOS

Tradução de
Lourdes Menegale e Paulo Reis

Título original
TETHERED
A novel

Esta é uma obra de ficção. Nomes, personagens, lugares e incidentes são produtos da imaginação da autora ou foram usados de forma fictícia. Qualquer semelhança com pessoas reais, vivas ou não, acontecimentos ou localidades é mera coincidência.

Copyright © 2008 by Amy MacKinnon
Todos os direitos reservados.

Edição brasileira publicada mediante acordo com Shaye Areheart Books, um selo da Crown Publishing, uma divisão da Random House, Inc.

Direitos para a língua portuguesa reservados
com exclusividade para o Brasil à
EDITORA ROCCO LTDA.
Av. Presidente Wilson, 231 – 8º andar
20030-021 – Rio de Janeiro – RJ
Tel.: (21) 3525-2000 – Fax: (21) 3525-2001
rocco@rocco.com.br
www.rocco.com.br

Printed in Brazil/Impresso no Brasil

CIP-Brasil. Catalogação na fonte.
Sindicato Nacional dos Editores de Livros, RJ.

M144e  MacKinnon, Amy
Entre vivos e mortos/Amy MacKinnon;
tradução de Lourdes Menegale e Paulo Reis.
– Rio de Janeiro: Rocco, 2010.

Tradução de: Tethered: a novel
ISBN 978-85-325-2532-1

1. Ficção norte-americana. I. Menegale, Lourdes. II. Reis, Paulo. III. Título.

10-0357
CDD–813
CDU–821.111(73)-3

Para ERICA MICHELLE MARIA GREEN
e todas as outras crianças que
nunca tiveram amor suficiente

# Capítulo Um

Eu ENFIO MEU POLEGAR ENTRE AS DOBRAS DA INCISÃO E DEPOIS engancho o indicador profundamente no pescoço dela. Ao contrário da maioria dos vasos sanguíneos, que oferecem uma frágil resistência, a artéria da carótida não se rende com facilidade. Preso ao coração e à cabeça ao longo dos anos, o tubo vigoroso vai, com frequência, sendo obstruído por placas que fortalecem sua disposição de sobreviver. Ainda mais agora, quando o *rigor mortis* já se instalou plenamente na velha.

Cada vez que puxo esta artéria, penso em minha mãe. Imagino que outras filhas se lembrem dos pais mortos sempre que ouvem o refrão de uma canção antiga ou seguram o livro com uma encantadora história de ninar deixado na mesa de cabeceira de seus próprios filhos. O meu gatilho, entretanto, é a transformação de um cadáver devastado em alguém familiar. Eu era jovem demais quando ela morreu para ainda recordar o seu perfume, e não tenho lembrança da sua voz. Mas o seu velório – assim como o acidente – passa pela minha cabeça como um filme: algumas imagens parecem ordenadas e vívidas, outras tênues e confusas. Seu rosto, porém, está sempre muito nítido: antes, depois, e outra vez no funeral.

Lembro-me dos amigos de minha avó reunidos perto dos lírios da Páscoa, cochichando e lançando dúvidas sobre a salvação eterna de minha mãe. Minha avó, com a bainha esgarçada da combinação preta aparecendo por baixo do vestido, fez que eu me abaixasse sobre os joelhos doloridos diante do caixão (*não olhe!*). Depois foi me puxando apressadamente e me deixou sozinha na sala familiar. Eu lembro que abraçava com força minha boneca, presente de um dos muitos namorados de minha mãe. Ele me disse que escolhera aquela por ser parecida comigo. Mesmo naquela época, eu já não concordava. A boneca era elegante e esbelta, com bochechas de porcelana e pestanas delicadas. Tinha lábios iguais aos da minha mãe e olhos que fechavam quando eu a deitava ao meu lado, à noite. Usava um vestido vermelho e brincos dourados, que certa vez tentei enfiar nos meus lóbulos. Trazia um cartão amarrado no pulso, com seu nome escrito em caligrafia curvilínea: *Patrice*. Das lembranças daquele dia, porém, para mim a mais forte era a de Mulrey, o agente funerário. Uma sala vizinha reunia gente enlutada, com os dedos em torno de rosários e as almas presas a rezas. Suas cantilenas ritmadas vibravam dentro de mim. Saí correndo dali, querendo desesperadamente escapar, e colidi com Murley. Estava parado à porta da sala da minha mãe, obstruindo a passagem e parecendo tão perplexo quanto eu. Puxei seu paletó. Ele virou para mim, com as mãos desfiando um rosário e o corpo abaixado como que para evitar uma mão erguida: ombros curvados e o queixo quase encostado no peito. Enterrados sob sobrancelhas baixas e escuras, seus olhos encontraram os meus.

– Quero ir para casa – disse eu. Falei da casa da minha avó, um lugar semelhante ao salão funerário, com cortinas pesadas, grande quantidade de crucifixos e longos silêncios interrompidos apenas por rezas ainda mais longas. Como ela me apertava ao peito, com aquele cheiro sufocante de velha, prometendo me proteger do destino da minha mãe. Ajeitei a gaze espessa que envolvia minha cabeça e perguntei se Mulrey podia me levar até minha mãe.

Ele guardou o terço no bolso, e sua mão enorme cobriu a minha. Fomos nos afastando do zumbido das carpideiras e paramos alguns passos adiante, onde minha mãe jazia numa alcova iluminada ao fundo da sala. Ela parecia rosada e descansada. Os habituais lábios vermelhos estavam suavizados por um leve tom coral, e o busto volumoso, oculto por uma gola de renda. Mas era ela. Com as velas que lançavam sombras hipnóticas no rosto de minha mãe, a sala parecia mais aprazível do que a que eu deixara antes.

– Não tenha medo – disse Mulrey, acompanhando-me até o caixão e permitindo que eu tocasse em minha mãe pela primeira vez desde o acidente. Apertei a mão dela, mas estava dura e fria. Então fiquei alisando o tecido do vestido e o bordado dos punhos de renda, enquanto dizia:

– Eu estava dormindo quando batemos. Depois sacudi e sacudi a mamãe, mas ela não acordou.

Mulrey me deixou falar, pelo menos não lembro que tenha me mandado calar a boca. Ficou simplesmente ajoelhado perto da minha mãe, ouvindo ao meu lado. Quando terminei, ele permaneceu parado.

– Mamãe – choraminguei, cutucando o braço dela e abraçando Patrice. Os olhos da boneca pestanejavam a cada sacolejão. – Quero ir para casa.

Eu queria dormir na minha cama, e não na cama da vovó. Os cobertores dela eram mofados e as unhas dos pés, afiadas. Para dormir, ela só contava histórias sobre mães condenadas à danação eterna.

Então Mulrey pegou outra vez minha mão e disse:
– Ela está morta.

Ele afastou para o lado uma linda mecha sobre a sobrancelha de minha mãe, onde ficava a pior ferida, revelando a fila precisa de pontos que fizera com uma linha do tom da pele dela.

– Onde está todo o sangue? – perguntei, mas Mulrey entendeu errado. Eu falava do sangue que escondia o rosto dela nos últimos momentos que passamos juntas, estendidas na rua. Ele abriu a gola do vestido para mostrar três esmerados pontos no pescoço. Contou que drenara o sangue de minha mãe pela carótida e substituíra tudo por formol, que endurecera dentro dela. Apesar de tudo, fiquei impressionada com aquela capacidade de apagar os ferimentos, para me ajudar a ver minha mãe outra vez.

Beijei o rosto da boneca e a coloquei junto da minha mãe. Fiquei olhando até os olhos de Patrice tremerem e se fecharem. Quase peguei a boneca de volta. Bem que eu queria. Em vez disso, retirei o cartão de visita preso ao seu pulso fino e o escondi no fundo do bolso do meu casaco. Seria a única lembrança que eu teria da minha mãe. Quando comecei a chorar, passando os dedos pelos três pontos (*um-dois-três, um-dois-três, um-dois-três, respire*), Mulrey colocou a mão no meu ombro e sussurrou:

– Não ligue para o que os outros dizem. Todos somos pecadores, e todos os pecadores são bem-vindos por Deus.

Mas eu não me sentia consolada por um deus que não podia devolver minha mãe, e só encontrei a salvação no agente funerário que podia fazê-lo. Acho que foi por isso que me tornei uma agente.

Meu dedo acha a carótida no pescoço da velha e vai puxando através da garganta. Em contraste com minha luva polvilhada, o tecido parece mais cinzento do que realmente é. O câncer faz isso: suga a cor do corpo da pessoa como suga a vida, deixando acinzentada a antes vital carótida. Pegando o bisturi outra vez, secciono a artéria para esvaziá-la e volto minha atenção para o que imagino ter sido outrora uma coxa bem torneada. Faço uma massagem na pele flácida, antes de enfiar a seringa direto na artéria femoral. O vibrante tom rosado do formol restaurará o brilho da pele. As maçãs encovadas precisarão ser arredondadas, portanto, também preparo seringas para isso. Olhando para o quadro de avisos, onde há uma foto que o filho dela me deu, começo a planejar como esculpirei o rosto. Será um conforto para os seus entes amados poder lembrar da mulher que ela foi, antes de ser devorada pelo câncer.

Enquanto o sangue sai e o líquido de embalsamar entra, vou suturando a boca. As pessoas quase sempre morrem de boca aberta. Linus, o nosso diretor funerário, certa vez sugeriu que isso acontecia porque a alma da pessoa era expelida com o último suspiro. Sempre me lembro disso quando estou costurando os lábios dos meus clientes. Parece um sentimento ingênuo para um homem vivido feito Linus. A maioria das pessoas na cidade de Whitman e na cidade adjacente de Brocktown confia em Linus ao serem enviadas para o outro mundo, porque ele tem uma fé sincera. Antes eu pensava que esse ideal se devia ao tino para negócios. Ao erguer o olhar para uma pintura dourada de Jesus contemplando do alto uma aldeia enluarada, e, depois, para a mulher que jaz à minha frente, percebo que me enganei. Linus pendurou o quadro nesse local de trabalho quando inaugurou o salão funerário, há mais de quarenta anos. O artista, cuja assinatura não fui capaz de decifrar em doze anos, batizou a pintura de *O pastor*. Já no meu primeiro dia de trabalho, Linus disse que aquilo fazia com que se lembrasse de que ele e o morto não estavam sozinhos. Para mim, isso nunca foi o caso. Eu sempre soube que estou sozinha com os mortos.

Tiro a luva e pego um candelabro de marfim e um livro de jardinagem numa caixa que conservo escondida num armário ao lado. Depois de conferir a página marcada, recoloco o livro no lugar. Não sei por que guardo essas coisas escondidas, talvez porque Linus pudesse se enganar e achar que são instrumentos de fé, provas da minha conversão. Prendendo a vela no candelabro, acendo um fósforo e deixo que o Concerto número 5 para Violino de Mozart expulse a tristeza do porão, que é meu local de trabalho. A vela parece bruxulear no ritmo das cordas. É a única hora em que ouço música.

Como todas as profissões, a minha também segue uma rotina. É durante esse interlúdio, no começo da sangria, mas antes da limpeza, que executo uma espécie de ritual. Enquanto Linus tem as suas rezas para purificar a alma, eu banho o corpo com música e luz de vela. Com as luzes fluorescentes, o gélido piso de cimento e a bancada de trabalho clínico, feita de aço inoxidável, angulada para uma drenagem máxima, parece bastante apropriado haver algo que amenize esse momento, algum reconhecimento pela existência vivida. Isso não significa um envio para outro mundo; é mais uma despedida deste aqui. Sim, um adeus. Uma viagem para sei lá onde, geralmente a terra. Na maioria das vezes, o morto deixa a sala de embalsamamento ajeitado num caixão escuro com almofadas de cetim, para reconforto dos familiares. Daí vai para uma cova recém-aberta ou, ocasionalmente, para um forno. Poucos vão direto do leito de morte para as chamas.

Eu preferiria usar uma toalha quente e água com sabão, como uma mãe faria para saudar o recém-nascido no começo da vida, mas a lei me obriga a usar um antisséptico aprovado e uma esponja descartável para esse último banho. Os coágulos do sangue drenado e o cheiro da deterioração dificultam o procedimento, mas eu simplesmente relembro a ternura do primeiro banho e tento honrá-lo.

Seguindo a deixa do Concerto número 5, termino o banho da velha. Tiro as luvas, desligo a música e apago a vela. Pego mais luvas e uma máscara de algodão, embora sejam formalidades estéreis num momento tão íntimo. E então tiro o trocarte do gancho na parede.

Insiro o instrumento na pequena incisão no abdome, logo acima do umbigo, e abro o sugador. É importante para a estética do velório que todos os fluidos do corpo e os órgãos moles sejam removidos.

Lavo a velha outra vez só com água corrente e cubro o corpo com um lençol. Ela terá de esperar pelo vestido e pelos escarpins. O filho esqueceu de trazê-los junto com a fotografia. Embora haja, na sala ao lado, um armário cheio de roupas para enfeitar os mortos (vestidos de gola alta e presilhas fáceis, ternos escuros com camisas engomadas e fechadas por trás com velcro), a maioria das pessoas prefere vestir os entes queridos com as roupas deles próprios. Às vezes, porém, uma filha procura a melhor loja e compra um vestido sóbrio que apodrecerá na terra, frequentemente ainda com a etiqueta do preço.

Ao terminar o banho, ligo os rolos, indo buscar a caixa de maquiagem e o secador de cabelo. As pessoas tendem a negligenciar esse aspecto da preparação, mas com frequência é o que os familiares mais recordam. De alguma maneira, eles se acalmam sabendo que o morto foi bem penteado. (Eu própria nunca fui capaz de usar maquiagem.) Com o cabelo dela ainda úmido, começo a aplicar a maquiagem: grossas camadas de base para cobrir algumas úlceras que o câncer fizera na testa e no queixo, além da teia de vasos rompidos no nariz. Blush para avivar as bochechas e uma sombra de batom tangerina que encontrei em sua cômoda. O couro cabeludo, já novamente rosado, forma fitas entre os cabelos finos. A foto mostra uma mulher que preferia uma franja curta, bem distribuída sobre a testa, e o resto penteado para trás, cobrindo os trechos calvos no topo da cabeça. Aliso as pontas com cera para cabelo, pulverizo tudo com uma fórmula super-resistente, comprada por atacado no salão de beleza perto daqui, e apanho minha tesoura de estilista. Com o tempo, aprendi que pentear o cabelo em camadas acrescenta muito mais volume.

Já com a preparação quase completa, viro para minha bandeja de instrumentos. Retiro o buquê de ipomeias do papel de cera e coloco as flores num jarro de água. Anos atrás, quando comecei meu jardim, o livro que consultei foi *Generosidade da natureza: os cuidados, a conservação e o significado das flores*. Além de advertir a jardineira novata sobre o adubo natural e a vivacidade das sempre-vivas no inverno, a obra listava uma variedade de plantas e seus significados. Portanto, ipomeias (*afeição na partida*) para a velha. Parece uma escolha apropriada devido à devoção da família. Lavo as mãos pela última vez antes de apagar as luzes; ela não se importará com a escuridão. Subo a escada até o térreo, onde os corpos são velados, trocando as bancadas de concreto e as luzes fortes por ambientes mobiliados com sofás de couro e discretas caixas de lenço de papel. É uma espécie de purgatório para os enlutados se reunirem, sussurrando seus sentimentos pelo morto e por cada um.

Tudo estará vazio agora. Hoje de manhã Linus enterrou um cinquentão pai de três filhos, e a velha só será velada amanhã à tarde. Começo a imaginar a xícara de chá que farei no chalé que Linus me aluga, oculto pela treliça coberta de glicínias (*cordiais boas-vindas*), que separa minha vida deste salão funerário vitoriano. Linus mora ainda mais perto daqui. Ele e Alma compartilham os dois andares acima do estabelecimento, não têm treliças nem desejo de se manterem afastados dos mortos. Ao olhar em volta do salão, sinto algo estranho. Mas nada parece diferente. São apenas as familiares cores da paleta que Alma escolheu para os alojamentos deles: sofás de couro em tom chocolate, poltronas cor de vinho, lambris matizados de creme com finas placas de aço escovado. Acho que faz sentido eles morarem entre os mortos.

Vou para a porta principal e pego na maçaneta, ansiosa para sentir a luz natural no meu rosto, mas paro quando vejo algo estranho atrás da abundância dos copos-de-leite (*modéstia*) na mesa do saguão. É uma menina pequena.

Ela corre o dedo pela mesa, com um punhado de cabelo escondendo os olhos. Não tem mais do que oito anos, esguia e sozinha.

– Olá – digo.

Ela se assusta e olha para mim, mas não fala.

– Onde está o seu pai? – pergunto.

Ela para, levanta o dedo escondido sob a manga cor-de-rosa desbotada e aponta para o próprio peito.
– Eu?
Verifico se há mais alguém na sala.
– Você está com seu pai? Ele trouxe o vestido da sua avó?
Ela olha em volta antes de abanar a cabeça.
– Você está com quem?
Ela fica de costas e começa a se afastar. Eu me lembro das dúzias de crianças que já passaram por aqui, atordoadas demais com os acontecimentos para serem coerentes ou atenciosas com os mais velhos. São pecados que minha avó teria perdoado com sua escova de pelo de javali.
– Espere! – exclamo.
A menina fica imóvel. Dou uma olhadela para o escritório de Linus, mas a porta ao fim do corredor está fechada.
– Sua família está conversando com o dono da funerária?
– O grandalhão? – Ela desvia o olhar ao dizer isso. Seu perfil é muito lindo, e eu tento imaginar a sensação de ser bonita.
– Sim – respondo. Há uma pequena mudança na expressão da menina, um sentimento de alívio ou reconhecimento? Não tenho certeza. Seus olhos dardejam por trás das mechas de cabelo.
– Ele sempre usa suéter?
Sua pele parece estranhamente amarelada sob as lâmpadas de quarenta watts. Talvez tenha perdido o brilho do sol de verão, ou ficado lívida como fica a minha durante os meses de outono da Nova Inglaterra, e depois assumido esse tom crepuscular durante o inverno sem fim. Até suas pernas, por baixo da saia de algodão, têm uma cor estranha. Quando ela fala, não consigo deixar de notar a falha entre os dois dentes da frente. A língua encaixa neste espaço. Seu cabelo, escuro e fino, cai nos ombros em longos caracóis. Fico imaginando se ela chora ao ser penteada pela mãe.
– Então você conhece o dono?
– O Linus me deixa brincar aqui.
De repente, me lembro da mãe solteira que se mudou para um dos apartamentos alugados no fim da rua. Na maioria das noites, vejo a mulher arrastando os pés pela calçada com uma criança, indo

em direção à mercearia Tedeschi na esquina do próximo quarteirão. Às vezes, vejo a mulher se benzer quando passa pelo cemitério do outro lado da rua, afastando a filha do meio-fio, longe da única rua movimentada da cidade. Faça o tempo que fizer, elas passam: a mulher vai com um cigarro pendurado nos lábios e a cabeça baixa, enquanto a filha segue pulando na frente. A menina não parece saber que está dançando ao lado da morte. Esta aqui deve ser ela, a filha. Começo a me aproximar da criança, mas paro.
– Meu nome é Clara. Clara Marsh.
Ela leva a mão à boca para roer a cutícula.
– Qual é o seu nome?
– Trecie – responde ela. Com a outra mão, pega um lírio (*coquetismo*).
– Trecie?
– Patrice, mas todo mundo me chama de Trecie.
Um nome é só um nome. Nada significa.
– A sua mãe sabe que você está aqui, Trecie? – Olho para o relógio. Tenho poucas horas da luz do dia para me aquecer.
– Não – diz ela, olhando para mim pela primeira vez. Há algo peculiar nos seus olhos. A cor é escura, como se as pupilas estivessem girando e derretendo lá dentro. Depois muda outra vez, mas o olhar dela permanece constante. Os olhos parecem atingir meu íntimo e me cutucar. – De qualquer maneira, ela deve estar com o Victor. Eles brigam muito.
– Duvido que ela vá ficar feliz se souber que você brincou numa funerária.
Ao dizer essas palavras, percebo que não são verdadeiras. Trecie tem a aura das negligenciadas: silenciosamente desesperada, anormalmente tranquila. E há outra coisa que reconheço, embora não esteja certa do que é: a curva do seu nariz, o arco natural das sobrancelhas, ou aquele sentimento de solidão mesmo em companhia de outras pessoas. Agora está claro que ela jamais choraria se a mãe lhe passasse o pente pelo cabelo embaraçado.
Confiro se a porta de Linus ainda está fechada, se ele está reunido com uma família entristecida e não pode ser interrompido por

algo inócuo como uma criança esquecida. Ouvi vozes lá dentro mais cedo.

– Tem certeza de que o Linus deixa você brincar aqui? Não prefere ir ao playground com as outras crianças? Fica logo depois da mercearia.

Ela abana a cabeça abaixada, prendendo as mechas de cabelo que escaparam de trás das orelhas.

– Aqui ninguém grita.

Depois ergue a cabeça, olhando sorridente em volta da sala.

– Eu gosto das velas e das flores, e das cadeiras.

Para e sorri novamente, mostrando aqueles dentes.

– Acho que você também gosta daqui.

É hora de tirá-la dali, fazer com que vá para casa, mas meu bip vibra contra o meu quadril, e minha atenção se volta para a próxima tragédia. É o médico legista. Em vez da xícara de chá que eu tanto queria, há um corpo esperando por mim.

Olho para a menina antes de me encaminhar para o escritório de Linus, pensando se é seguro deixar sozinha ali uma criança desobediente. O que poderia estar faltando quando eu voltasse? Encostando o ouvido na porta para tentar ouvir vozes, ouço apenas o barulho de alguém escrevendo. Toco levemente com os nós dos dedos na porta de carvalho, e ele exclama lá de dentro.

Linus está sentado à escrivaninha, com a caneta-tinteiro pousada numa pilha de papéis e, por um momento, permanece atento ao trabalho. Sua pele tem um vivo tom negro; é lisa e sem rugas, como se a vida dele não fosse afetada pela tragédia. Numa idade em que outros parecem murchar e enrugar, tudo em Linus é viçoso e abundante: as maçãs do rosto, os lábios e principalmente a barriga, sempre avolumada pela culinária de Alma. Ele só escapa de parecer obeso devido à altura impressionante e ao porte excelente. Ainda assim, é um homem grande. O cabelo curto já está ficando grisalho, embora o bigode ainda guarde algo da cor primitiva. Os membros são longos, mas já começam a se curvar, com dedos retorcidos. Dá para imaginar que os dedos dos pés tem artrite: osteo. Acho que mesmo na juventude seus gestos eram lânguidos e intencionais, sustentados por uma extraordinária força física. Já vi Linus levantar corpos do tamanho de um tronco de árvore com a maior facilidade. É fácil ficar sob a sua sombra. Quando ergue a cabeça inclinada, seu rosto se alarga num sorriso que me abarca no seu círculo de calor. Dou um passo atrás.

– Você não trabalhou sem almoçar outra vez, trabalhou? Meu Deus, olhe só para você... pele e osso. Suba, Alma tem uma sobra daquela torta de peru com molho de geleia feito por ela mesma.

– Linus, o legista ligou.

Ele abaixa o queixo e murmura uma prece curta antes de falar.

– Pode me ligar se precisar de mim.

– Ligo, sim – digo, embora nunca faça isso. Viro para sair, mas me lembro da criança. – Há uma menina lá no salão do velório. Trecie.

– Trecie? – Seu rosto se contorce e ele parece confuso.

– É, com cerca de sete ou oito anos e cabeleira escura – respondo. – Disse que você deixa que ela brinque aqui.

A caneta de Linus, uma caneta boa, fica parada no ar, tremendo na mão dele. Fica apertada ali, até ser solta. Ele começa a massagear as juntas dos dedos, com o olhar fixo. Começo a imaginar que ele pensa que fiquei maluca, mas então sorri.

– Ainda há pouco ela me fez uma visita. Continua aqui?

Eu balanço a cabeça.

– Então está tudo certo?

– Ah, sim – diz Linus, abrindo as mandíbulas num sorriso.

Fecho a porta da sala de Linus e ouço a cadeira ranger quando giro o trinco. Ele começa a cantarolar de boca fechada, e então levanta a voz de baixo profundo numa canção suave, não só para os seus ouvidos, mas para os meus também.

– *Eu estava cego, mas agora vejo...*

Conheço Linus há muitos anos, mas ainda há bastante coisa nele que me confunde. No nosso trabalho, lidamos com o lado mais baixo da humanidade: os avós com testamentos generosos, mortos a cacetadas; as namoradas estranguladas, com bebês mortos no útero; as muitas crianças traumatizadas. No entanto, Linus sempre procura a humanidade nas pessoas, embora muitas vezes só consiga se decepcionar.

Volto para a sala onde Trecie está parada perto de uma travessa de prata transbordando de balas de hortelã embrulhadas em celofane. Não espero que as balas ou o prato ainda estejam ali quando eu voltar.

– Você pode pegar uma – digo. – Só uma.

Trecie não responde, só abana a cabeça. Ela anda até a sala onde os corpos são velados e onde logo a velha estará. As flores do funeral já foram arrumadas e as cadeiras dobráveis estofadas estão alinhadas nas paredes, prontas para receber os enlutados. Perto do espaço reservado para os caixões, Trecie de repente senta com as pernas cruzadas e as mãos segurando os tornozelos nus. Seus pés diminutos se escondem dentro dos tênis que um dia foram brancos, com desbotados personagens de desenhos animados.

– Gosto do seu cabelo. Parece o meu – diz ela.

Eu levo a mão à cabeça, ajeitando o cabelo preso atrás por um elástico. Parece uma moita de ouriçados cachos castanhos, que minha avó chamava de *lã*. Nada para ser admirado. Vai quase até a cintura, já que o cabeleireiro não faz parte da minha rotina. Não uso cabelo solto desde o dia da minha foto de formatura.

Trecie prende seus cabelos entre as mãos para formar um rabo de cavalo.

– Que tal estou?

– Bonita.

Ela solta o cabelo e segura o queixo, olhando para mim.

– Quando era menina, você usava o cabelo solto?

Há uma marca na minha nuca, logo acima do pescoço, áspera e macia, disfarçada pelo elástico. Instintivamente, toco nela com o dedo.

– Quando está bastante comprido, uso o cabelo preso – digo. Trecie não podia saber, é uma pergunta inocente. Continua a olhar para mim, sem piscar. – Agora tenho de sair, talvez seja melhor você ir.

Trecie hesita, descruzando as pernas. Depois levanta vagarosamente e volta para o saguão, deslizando os dedos pelos buquês do velório à medida que vai passando; as flores ondulam quando ela

18

se afasta. Então para. Apontando para a sala da qual acabamos de sair, pergunta:
— Para onde eles vão, quando você termina?
Preciso ir embora, tenho de trazer o morto para casa. E não sei falar com crianças, principalmente sobre essas coisas.
— Para o cemitério, como aquele do outro lado da rua.
Ela balança a cabeça, embora não se mova.
— Mas para onde todos eles *vão*?
Sua mão direita volta a mexer no cabelo e começa a enrolar uma mecha na frente.
Fico fascinada com a pergunta, absorta. Tento imaginar do que ela está falando e então compreendo. É verdade que o lugar inspira tais questões, e sempre que uma criança passa aqui, inevitavelmente, faz esse tipo de pergunta para Linus ou para um membro da família. Ninguém pensou em perguntar para mim.
— Algumas pessoas acreditam que vão para o céu depois que morrem.
Ela para de torcer o cabelo, com a testa enrugada e a boca aberta. Eu confundi a menina. Mas como explicar este tipo de coisa?
— Como as plantas perenes — digo, apontando para uma flor de lavanda num dos arranjos da velha. — Como a íris, que fica enterrada durante a parte mais fria do ano até florir em maio. No fim da primavera, as flores definham, e as folhas morrem no outono. Todo o inverno elas ficam adormecidas embaixo da terra até a próxima primavera. Então voltam a viver e a florir.
Trecie inclina a cabeça e olha para o vitral da janela que lança uma cor avermelhada na parede do fundo. E recomeça a torcer o cabelo.
— É isso que vai acontecer com todas aquelas pessoas no cemitério?
— Não. — Eu piorei as coisas. Tento imaginar um mundo que possa ser atrativo para uma criança, uma mentira bonita, e faço outra tentativa. — Você tem um lugar favorito?
— Este aqui.
— Não há um outro lugar? Um lugar especial?

– Victor me levou à feira de Marshfield uma vez. Eu comi algodão doce e vi a cidade inteira de cima da roda-gigante.

– Bom, o céu é assim. Você vai para lá.

Eu me apronto para mais perguntas que não possa responder, preparando desculpas e uma saída rápida, mas ela ri, tirando a mão do cabelo e arrancando alguns fios.

– Você está mentindo!

Começo a sair da sala, com o bip vibrando no meu quadril a cada passo.

– Não.

– Está sim. A gente morre fácil assim. – Ela sorri, estalando os dedos.

Digo as únicas palavras que me ocorrem.

– Algumas pessoas acreditam nisso.

Trecie olha para mim de novo, fazendo com que eu me lembre de Mulrey, de ser vista pela primeira vez.

– Não é nisso que você acredita?

Procuro a chave do carro no bolso da calça e o celular dentro do paletó.

– Você pode ficar aqui, mas não vá lá para baixo. Lá é privativo. Só o Linus e eu podemos entrar lá. Entendeu?

Antes que um sorriso abra seus lábios, Trecie se contém e balança a cabeça. Enquanto corro para o rabecão, penso que já sabe disso. Sabe porque já esteve lá embaixo.

# Capítulo Dois

A morte tem uma aura própria. Quando vou apanhar um corpo num decadente necrotério hospitalar ou num hospício em tom pastel, sua presença se faz sentir antes que qualquer dos meus cinco sentidos seja alertado. Se eu acreditasse nessas coisas, diria que a morte desperta o sexto sentido. Mas é simplesmente instinto. Os humanos, e na verdade todos os animais, nascem para procurar a vida e evitar a morte. Eu devo ser uma anomalia.

Sem precisar conferir, reconheço o endereço que o legista me deu, sou atraída pelo prédio de três andares. As longas faixas de tinta azul-clara descascada pelo sol e uma frágil roseira com as poucas folhas remanescentes farfalhando ao vento são as únicas coisas que distinguem esse edifício residencial dos outros. Quase tudo está coberto por uma camada de sujeira que invade os ouvidos, os olhos e a saliva das pessoas. É como se só chovesse poeira aqui em Brockton. Os carros estacionados, os coletores de lixo abarrotados e espremidos entre os prédios, até as pessoas... Tudo parece ter o mesmo tom acinzentado. Não há espaços abertos para jardins, e quase nenhum lugar onde colocar uma cadeira Adirondack. Mesmo se houvesse, quase não existem coisas bonitas para se ver, com exceção de algumas ruínas arquitetônicas. Embora seja uma comunidade de imigrantes (haitianos, brasileiros, cabo-verdianos, alguns irlandeses remanescentes, na maioria já idosos, e um punhado de dinamarqueses e porto-riquenhos), os jovens valentões e as drogas que eles vendem não permitem que quase nenhum morador daqui se dê ao luxo de ser sociável. Dizem que a vida se esvaiu, deles e desta cidade, quando a fábrica de sapatos fechou. Da fábrica, sobraram apenas argamassa e tijolos pulverizados, como que reduzidos a cinzas por anos de bombardeio. Seus restos são levados pelos ventos, enquanto refugiados de guerra cavam drogas e heroína no meio do entulho, levantando ainda mais poeira.

Através de um rasgão na porta telada, vejo o policial Ryan O'Leary arrastando os pés no hall, com as mãos enfiadas nos bolsos rasos da calça, aguardando minha chegada para poder ir embora. Antes que eu alcance o primeiro degrau, ele já abre a porta para mim. Ouço vozes autoritárias vindo do fundo do estreito corredor. Olho para a rua e vejo um Crown Vic estacionado ao lado de uma radiopatrulha.

– Vi-tó-ria para a patroa – cochicha Ryan, deixando a porta bater atrás de mim.

– O quê?

– A piranha matou o cara.

– Será que é melhor ir embora? O legista ainda está investigando o caso? – pergunto. Não vi o carro dele.

– Não, ele já se mandou – diz Ryan. – Disse que foi enfarte, mas a piranha matou o cara, com certeza.

Vejo Ryan ter um tremelique e um espasmo, deslizando a mandíbula para trás e para frente até provocar um estalo audível. Ele voltou para casa há um mês, depois de passar um ano na Guarda Nacional. Está ansioso para ser aceito, e os outros policiais estão ansiosos para relevar o estresse dele. Quando foi convocado, Ryan estava no departamento havia poucos anos e retornou mais nervoso do que antes. Ainda usa um corte de cabelo militar, bem curto. A movimentação constante deve ser a razão do seu corpo rijo e das veias salientes ao longo dos antebraços. Embora ainda tenha as marcas de acne da infância, seu rosto está sempre recém-barbeado, rescendendo a perfume Pólo. Com as mãos nos bolsos, bem equilibrado, Ryan controla uma desgastada bola de tênis entre os pés. Ele se daria melhor patrulhando as ruas do que cuidando de ocorrências domésticas. Imagino que perseguir carros e evitar arrombamentos durante a noite sejam mais do seu gosto. Meus olhos se desviam para o revólver no coldre junto ao seu quadril. Isto deve ser uma tortura.

– O corpo está aí no corredor? – pergunto, procurando no bolso do casaco um cartão de visita para deixar com os familiares. Em meio ao sofrimento, eles podem esquecer qual funerária escolheram ou, neste caso, qual o legista escolheu para eles. Não seria a primeira vez. Quando há mais de uma pessoa por perto, deixo um cartão com o membro da família mais calmo e outro na mesa da cozinha.

– Já vim cem vezes a esta casa por causa de confusões domésticas – diz Ryan, parecendo não notar o baque constante da bola contra a casa. – Ele batia nela pra caralho. É a justiça das ruas. Nem posso culpar a mulher.

– Onde está o corpo? – pergunto.

Ryan prende a bola sob o arco do pé.

– Dou uma chance para você adivinhar.

Sem querer, solto um suspiro. Ryan controla a bola entre os pés e depois dá um chute em direção à rua. A bola bate na radiopatrulha antes de desaparecer. Ele abre a porta telada para mim, e eu avanço em direção às vozes no fim do corredor. Ao longo do caminho, vejo à esquerda uma sala de visita cheia de jornais amarrotados e latas de cerveja amassadas; à direita, uma estreita sala de jantar que serve como depósito de velhas decorações de Natal e antenas de televisões; e, mais adiante à esquerda, dois quartos com camas desarrumadas e cômodas atulhadas. Sei que o corpo não estará à minha espera em qualquer desses aposentos. Geralmente o enfarte é precedido por um desarranjo intestinal.

No fim do corredor está a cozinha e, em seguida, o banheiro, com a porta entreaberta e escorada por um pé cheio de varizes.

Vejo dois detetives à paisana, Mike Sullivan e Jorge Gonzalez, falando com uma cinquentona de robe e chinelos gastos. Ela tem uma cara de carneiro, rodeada por despenteados cachos platinados. Está sentada à uma mesa de fórmica, cutucando um buraco na cadeira estofada com vinil. Vai deixando cair a espuma amarela sobre a pilha de migalhas de pão e sujeira junto a seus pés. Parece estar chorando. Quando amarrota um guardanapo de papel junto ao nariz, porém, reparo que as bochechas estão tão secas quanto o cabelo.

Mike Sullivan corre o olhar pelo rosto dela. Há uma dureza em Mike que embrutece a suavidade de suas feições irlandesas. O corpo alto só tem músculos, com cada fibra flexionada e rígida. Seu cabelo é bem assentado e a pele está sempre pálida. Os lábios são cheios demais para um homem e geralmente ficam contraídos quando ele não está falando. Há um sulco constante entre as sobrancelhas, e rugas correm dos cantos dos olhos como riachos secos. Só seus olhos parecem ligados a este mundo. De um azul opaco, estão sempre buscando a história dos outros, mas nunca revelam seu próprio interior. Mike faz perguntas incessantemente. Com frequência, ele me interroga sobre os corpos que preparo, geralmente depois da autópsia do legista. Pelo tom da sua voz, presumo que ele vá à funerária mais tarde.

— A vizinha do andar de cima disse que ouviu você e o MacDonnell discutindo hoje cedo. Disse também que quase nos chamou porque a discussão foi feia. Ele bateu em você hoje? — pergunta Mike.

Os dedos da cinquentona abandonam a espuma, alcançam o bolso do robe sob as dobras de gordura, e tiram de lá um maço de cigarros. Ela se atrapalha ao passar um isqueiro para a outra mão, enquanto puxa um cigarro do maço. Quando acende o cigarro, ravinas profundas se formam em torno dos seus lábios. Ela traga mais uma vez antes de responder.

— É, ele me bateu.

— Por que você não nos chamou? — pergunta o outro detetive, Jorge Gonzalez. Ele é mais gentil, mas também não viveu, ou morreu, tanto quanto Mike Sullivan.

A cinquentona encolhe os ombros e continua a fumar, enxugando lágrimas inexistentes.

Quero começar a coleta do corpo, mas sei que é melhor não interromper agora. Por baixo das camadas de tabaco queimado e lixo acumulado, emana um cheiro ainda pior lá do banheiro. Minha esperança é de que o morto tenha chegado à privada a tempo de evacuar antes de ter o enfarte. Olho outra vez para a porta do banheiro, mas, pelo ângulo do pé, é impossível dizer se o corpo está estatelado no chão ou sentado.

— Você disse que o seu marido tinha pressão alta — diz Mike. — Ele tomava algum remédio?

A cinquentona se levanta e se arrasta até o armário acima da pia. Vasculha os frascos e vidros dispersos de xarope para tosse, separando dois remédios. Estreita os olhos diante dos rótulos, antes de colocar no nariz torto os óculos pendurados no pescoço. Enquanto ela lê, percebo três manchas azuis logo acima da gola. Um calombo mais escuro, colorido feito petróleo derramado, parece pulsar logo abaixo da orelha direita.

– Aqui estão – diz ela, entregando os vidros a Mike, antes de afundar novamente na cadeira. – Lipitor e a nitroglicerina que o médico deu a ele, no mês passado, quando fomos à sala de emergência. É para angina.

– Em qual hospital? – pergunta Mike.

– Brockton City – bufa a sra. MacDonnell. – Acha que iríamos a algum hospital elegante de Boston?

Jorge vira e olha para Mike, implorando silenciosamente que o interrogatório seja encerrado. Pelo ar impassível de Mike, porém, percebo que ele tem outras perguntas.

– Mais uma coisa – diz Mike, enquanto a mulher pega outro cigarro para acender na guimba do primeiro. – O MacDonnell usava alguma droga, como cocaína ou metanfetamina? Alguma coisa que pudesse afetar o coração dele?

Ela para de fumar e olha depressa para o rosto de Mike. Eu não quero mais ficar aqui. Não me interessa assistir ao desenrolar do drama de alguém, mas conheço as regras subentendidas da cena e não me mexo; só meus olhos veem Mike se tensionar, pronto para dar o bote na cinquentona.

– Não sei – ela responde, pegando outro guardanapo.

Mike se inclina para ficar face a face com ela.

– Então, se eu pedisse um exame toxicológico para verificar o uso de drogas, não acharia nada?

O dedo da cinquentona acha outra vez o buraco na cadeira e rapidamente tira de lá um grande pedaço de espuma.

– Mas que diabo, como eu vou saber?

– Mike – diz Jorge. – Posso falar com você um minuto?

– Fiquem à vontade... Eu preciso ir ao banheiro – diz a cinquentona, empurrando a mesa para se levantar. Olhando de lado para o pé que sai do banheiro ali ao lado, ela diz: – Estarei na vizinha, caso precisem de mim.

Eles esperam a porta telada bater antes de falar.
— Olhe, Mike — diz Jorge, chegando mais perto do parceiro. — É caso encerrado. Ele estava sob medicação, o legista confirmou. Falei com o médico dele, pelo amor de Deus, foi enfarte. Que diabo você está fazendo?
— Qual é? Quantas vezes a polícia já foi chamada aqui? Quantas vezes eles já ameaçaram se matar? — diz Mike, ajeitando o cabelo e abaixando tanto a voz que eu mal consigo ouvir. — Se nós dermos uma olhada por aqui, *garanto* que acharemos algum pó. Se você perguntar para os traficantes, eles dirão que essa doçura aí andava procurando meta. Garanto a você.

Eu quero escapulir pela porta até o vestíbulo, onde Ryan continua a zanzar. A companhia dele é melhor do que esta. Mas a tensão me congela no lugar. A raiva de outras pessoas faz isso.

Jorge chega mais perto.
— Agora você quer uma porra de um mandado de busca? Caso encerrado, Mikey. Caso encerrado.
— Vamos só fazer um exame toxicológico.
— O laboratório criminal vai levar meses para revelar alguma coisa. Você sabe como eles estão sobrecarregados, e isso não chega a ser prioridade. E depois? Como provar que ela pôs a droga no café da manhã dele? Mesmo que ela tenha matado o marido, todas as provas terão sumido. Sumido. — Jorge agita as mãos no ar, como que espalhando confetes. Depois se afasta de Mike, cujos olhos permanecem fixos no pé de MacDonnell, e diz: — Esqueça isso.
— E a assassina fica impune?
Jorge põe a mão no ombro de Mike.
— Mikey, ele batia nela pra caralho. Foi uma grande perda?
Mike tem uma expressão sombria, e eu recuo até a parede, com medo do que está por vir.
— Então a assassina fica impune?
Jorge suspira.
— O que aconteceu com você e com Jenny, Mikey, foi errado. Pelo que fez, aquele garoto deveria passar o resto da vida preso. Mas isto aqui é diferente. Não há prova de que houve crime — diz ele.

Mike continua com o olhar fixo, e Jorge bate no ombro dele afetuosamente. – Sabe, talvez você devesse escutar o chefe, tirar uma licença, conversar com aquele médico...

– Pelo amor de Deus, Jorge...

– Mikey, o que você quer que eu diga? Você voltou a ver coisas que não existem.

Acho que fui absorvida pelo papel de parede impregnado de nicotina; não tenho mais consciência de mim mesma, e parece que eles também não. Em muitas ocasiões isso já funcionou assim, e ninguém na sala percebe a minha presença.

Só que Jorge se espanta nesta hora.

– Jesus, Clara, de onde você surgiu?

– Eu vim remover o corpo. O legista me chamou.

– Há quanto tempo você está aí?

O olhar de Mike passa por mim em direção ao corredor, por onde se aproxima o som das passadas de Ryan na madeira do assoalho.

– O corpo está aqui? – pergunto, gesticulando em direção ao banheiro.

– No vaso, como eu falei pra você – diz Ryan, entrando na cozinha e meneando a cabeça na direção certa. Depois fica balançando o corpo para a frente e para trás, dos saltos até a ponta dos pés.

O banheiro está a poucos passos de distância. Enquanto avanço, sinto um alívio repentino, ansiosa para me livrar da tensão da sala. Tudo é esquecido quando empurro a porta.

– Ah.

Ryan espia por cima do meu ombro, sendo tomado por espanto ou náusea, até sussurrar:

– Isto é o que eu chamo de um Ataque Big Mac.

É verdade, MacDonnell é um homem muito grande e está sentado ligeiramente torto, com a cabeça apoiada no boxe do chuveiro. Não há banheira. Ele usa apenas uma camiseta sem mangas, com manchas de café na frente e uma cueca desbotada em volta dos tornozelos. Cabelos grisalhos e vermelhos cobrem toda a superfície exposta do corpo, num róseo contraste com a cor azulada que tinge os lábios. O corpo não é macio e balofo, mas densamente compacto, o que indica um peso enorme. Os olhos são ligeiramente protuberantes, de um surpreendente tom de azul, desfocados e mudos. Sua dignidade é parcialmente preservada pela edição matutina do *Boston Herald*, aberta na seção de esporte e cobrindo a genitália. Fico parada na porta do banheiro, avaliando os detalhes dessa remoção. Se eu fosse de rezar, daria graças por MacDonnell estar sentado no vaso sanitário. Entretanto, a massa é tamanha que ele terá de ser removido lateralmente. Será necessária muita força para içar aquele peso, pois não conseguirei posicionar a maca com rodas ali ao lado e rolar o corpo para o saco de cadáveres. É o tipo de situação em que preciso chamar um dos vários ajudantes jovens que Linus emprega como autônomos. Eles trabalham como jardineiros na primavera e no outono, dirigem tratores de neve no inverno e ajudam em remoções, quando necessário, durante o ano inteiro. Linus pode até contratar um deles para dirigir a limusine, quando temos um enterro particularmente grande: esta é uma ocupação desejável, levando em conta o pagamento e as gorjetas, mas poucos são os privilegiados, pois raros destes jovens têm um terno.

– Por que você não dá uma mão a ela, Ryan? – diz Jorge.

– Não vou tocar nisso! – Ryan estremece.

– Pode deixar, eu faço – digo, sem me virar. – Por favor, mantenham os familiares lá fora, enquanto removo o corpo.

– Jorge, te encontro na estação – diz Mike. – Vou ficar aqui e ajudar a Clara. O Ryan me dá uma carona para voltar.

Tento resistir aos dois.

– Obrigada, mas não será necessário.

Mike não aceita. Reparo que ele continua segurando os vidros de remédios e percebo que seus motivos não são totalmente altruísticos.

– Qual é, Mike? Meu turno termina às quatro. A patroa está esperando por mim com comida chinesa daqui a uma hora.

– Preciso que você fique na porta da frente, caso a mulher do MacDonnell ou qualquer outra pessoa queira entrar – diz Mike. – Vai ser feio tentar tirar o corpo daqui.

– Eu prefiro fazer isso sozinha. – Apesar do frescor da tarde de outono, já posso sentir o calor subindo pela espinha. Gotas se formam na base do meu pescoço e escorrem pelas costas.

Jorge olha para mim e depois para o corpo.

– Tá legal, Mikey, você fica aqui, mas prometa que não vai armar coisa alguma. Lembre: caso encerrado.

Enquanto Jorge e Ryan seguem para a entrada, Mike vai para o banheiro. Eu confiro os bolsos e vou buscar minhas coisas no rabecão. Eles não ouvem a minha aproximação, por isso não fazem esforço para abaixar as vozes.

– Imagine comer aquilo – diz Ryan.

– Ora essa – diz Jorge. – O Mike tem de começar em algum lugar.

– Até no playground?

Jorge deixa escapar uma risada abafada.

– Ah, mierda...

– Olhe, eu sei que o Mikey precisa tirar o atraso, mas, Jesus, ela tem o corpo de um menino de doze anos. – Ryan junta as mãos espalmadas contra o peito. – E desde quando ele curte negrinhas?

– Ela não é negrinha, cara – diz Jorge. – É um pouco disso e um pouco daquilo.

– Tanto faz. Ele está tão desesperado que vai ajudar a remover o cadáver de um gordão? Eu já broxaria só de pensar no que ela já segurou, e aquele cabelo...

– Com licença – interrompo, mantendo o olhar firme na roseira atrás deles ao cruzar para a varanda. Ainda assim, quando passo não consigo deixar de ouvir Ryan resmungar e Jorge praguejar. Finalmente chego ao rabecão e fico ocupada, sentindo alívio ao ouvir a porta do Crown Vic do detetive bater e o barulho do carro partindo.

Do rabecão, tiro dois pares de luvas, um pequeno e um grande, junto com a maca, o saco de cadáveres e minha valise. Ryan me ignora quando volto à casa e subo a escada. Seus dentes mordiscam agilmente as cutículas em carne viva, fazendo lembrar um sujeito que certa vez vi comendo asas de galinha: ele estraçalhava, mordia e chupava tudo até fazer o branco dos ossos brilhar. Sem olhar para mim, ainda roendo, Ryan segura a porta aberta.

Mike está parado na cozinha, segurando os frascos de remédios, perdido nos seus pensamentos. Ele sacode os vidros: *ta-ta, ta-ta, ta-ta*. O chacoalhar das pílulas me leva de volta à infância: um concerto ao ar livre a que assisti, certa vez, com minha mãe. Ainda tenho um vislumbre dela rodopiando com uma saia de camponesa, e a cabeleira ondulada esvoaçando sobre os ombros. Também me vejo, ou pelo menos vejo minha mão, sacudindo um chocalho improvisado com uma lata de soda e sementes de girassol, enquanto danço com Patrice nos braços (*é isso aí, Boneca*). Assim como o da minha mãe, meu cabelo é comprido, mas mais escuro e grosso, descendo até a cintura. Com um clarão do seu sorriso vermelho, ela desaparece. *Ta-ta*.

– Pronto? – digo. Foi um dia longo, e de repente a fadiga pesa.

– Está ouvindo isso? – Mike pergunta, ainda sacudindo os vidros.

Largo as luvas dele na mesa da cozinha e encosto meu cartão comercial na argola do guardanapo. Mike coloca um dos vidros perto da argola, continuando a sacudir o outro. Agradeço pelo silêncio repentino.

– E agora? – pergunta Mike outra vez. – Este aqui está quase vazio. A mulher disse que ele recebeu a nitro há um mês, mas parece que quase não há comprimidos no frasco.

– Você acha que ele tomou uma overdose de nitroglicerina? – Coloco as luvas pequenas, olhando para as lufadas de talco que se soltam.

– Não, acho que *ela* deu uma overdose a ele – diz Mike. – Eles enchem esses vidros até a boca, mas você não deve tomar mais do que duas ou três pílulas quando sente dor no peito. Pode causar uma parada cardíaca. Ela disse que fazia um mês que ele não ia ao hospital, e o vidro está quase vazio.

– Eu removo o corpo, ou você vai chamar o legista? – Penso no tempo que gastaremos tirando o corpo de MacDonnell daqui, e depois nas horas que passarei sozinha enchendo o corpo com galões e mais galões de formol. E eu ainda tenho de vestir a velha. Será uma longa noite no porão. Talvez o legista intervenha, afinal.

Mike fica olhando para o vidro por um bom tempo, enquanto aguardo sua resposta. Ele está parado, absurdamente imóvel. Enfim, ele diz:

– Não. Caso encerrado.

Mike larga o vidro junto com o outro, vira de costas para mim e tira o paletó, que coloca no encosto de uma cadeira. Reparo na firmeza de seus ombros, na presilha que o cinto passou por cima, nas algemas manchadas penduradas no quadril esquerdo e no coldre da arma no lado direito. O contorno da carteira é visível no bojo do bolso traseiro, onde o corpo dele faz uma curva cheia. Fico imaginando se ali ele carrega retratos de Jenny, antiga esposa. Sem perceber, pego uma mecha do meu cabelo e quase solto os fios do elástico, antes de me conter.

Ele vira e pega as luvas que deixei na mesa. Parece perdido nos seus pensamentos, enquanto calça, primeiro, a luva direita e, depois, a esquerda, encobrindo, com isso, uma velha aliança de casamento. Eu me pego olhando para aquele ponto no seu dedo, tentando ver a aliança através da luva. Então, o celular, guardado no outro bolso traseiro, começa a tocar.

– Sullivan.

O aposento é tão pequeno que fica impossível não escutar, de modo que me ocupo em ajustar, diante do banheiro, a maca no ponto mais baixo. Tiro várias compressas de álcool da mochila. Embora esteja assentado no vaso, MacDonnell pode precisar de uma pequena limpeza antes de ser levantado. O fedor certamente será pior. Ergo o frasco quase vazio de Vick Vaporub para Mike, mas ele não repara, absorto na conversa. Na vinda, tentei parar na Whitman CVS para comprar mais, porém não havia vaga no estacionamento. Os mais velhos frequentam a farmácia lá, e as mães com filhos doentes também. Tento fazer minhas compras à noite, quando o rabecão pode passar despercebido; a maioria das lojas que frequento ficam abertas vinte e quatro horas.

– É, reverendo, eu estou examinando caso a caso – diz Mike, suspirando. Após uma pausa, ele continua: – Quando ele ligou? Deixou algum nome ou número? – Depois de outro suspiro, Mike diz: – Eu ligo de volta quando chegar à delegacia. Estou cuidando de outro caso agora.

Ele desliga o celular e vira para mim.

– Tá legal, pronto. Eu pego embaixo dos ombros e você pega os pés.

Ele precisa realmente lutar para entrar no pequeno banheiro e colocar as mãos sob os braços do corpo. Enquanto eu puxo os tornozelos para fora da porta, Mike levanta e vira, empurra e resmunga. No auge da barulhada, ele escorrega e cai sobre mim, quase por cima de MacDonnell. Nossas cabeças colidem levemente. Ele espera um pouco demais, com o nariz pressionando meu cabelo e o rosto roçando minha testa. Depois aspira. Certamente é minha imaginação. Antes que ele se afaste, sinto cheiro de hortelã e café velho.

– Desculpe.

Eu tento encolher os ombros. Segurando a porta com uma das mãos, estendo a outra para fechar as pálpebras de MacDonnell. Já se passaram várias horas, um dos olhos endureceu e se recusa a cooperar. Mike respira pela boca quando se estica atrás de MacDonnell para dar a descarga no vaso sanitário, fazendo o fedor aumentar. Ele não pede o Vick Vaporub, mas se apoia na parede com o suor brotando nas têmporas.

– Era o reverendo Greene, ligando para saber do caso da Flor Sem Nome.

Não, eu não quero ouvir. Em vez disso, olho para MacDonnell. A camiseta já está enrolada acima do seu peito, expondo uma barriga que parece um tambor. Enrolada em um só tornozelo, a cueca periga sair, e o jornal está jogado no chão. Mas é tarde demais, e meus pensamentos já voltaram para Flor Sem Nome.

Lembro-me das centenas de pontos que costurei, das camadas de maquiagem, da reluzente peruca de cabelos castanhos doada por uma menina que lera as reportagens sobre o caso. Ela dissera que sua calvície parecia uma coisa insignificante, se comparada com o destino de Flor Sem Nome. As longas camadas de cabelos eram um disfarce perfeito para as suturas que cruzavam o crânio de Flor, um penteado perfeito para substituir as mechas que haviam sido arrancadas. Foi um caixão fechado.

Deixado num bosque entre Brockton e Whitman, o corpo da menina fora descoberto por um homem e seu cachorro durante um passeio no dia de Ano-Novo. O cachorro sentira o cheiro da cova rasa, apesar dos grãos de café espalhados e enterrados juntos com ela. A baixa temperatura conservara os restos mortais quase intactos, embora as pontas dos dedos houvessem sido queimadas. Nenhuma criança com aquela descrição fora registrada como desaparecida, e ninguém aparecera para reclamar o corpo. A cabeça só fora encontrada um dia depois: estava escondida em um saco de lixo a alguns metros dali, com os olhos ainda abertos e as partes brancas cobertas pela poeira que invade esta cidade. Em casos assim, geralmente o corpo permanece na Medicina Legal até o parente mais próximo assinar a liberação, pode levar anos. Mas esse caso era diferente.

O reverendo Greene decidiu convencer o promotor público, um amigo de muitos anos e seu paroquiano, a obter uma ordem do tribunal liberando os restos mortais da menina para a Congregação Batista. Ninguém aguentava pensar naquele corpo definhando na Medicina Legal.

No sermão fúnebre, foi o próprio reverendo que batizou a menina de Flor Sem Nome:

"*Senhor, esta criança que hoje jaz à nossa frente é conhecida por Vós, e só por Vós. Mas ela é alguém. Não é ninguém. A criança pode não ter sido amada pela mãe, como pode não ter sido amada pelo pai, por uma tia, um tio ou um avô. Mas, Senhor, essa flor não foi menos preciosa porque eles não cuidaram dela. Sim, Senhor, hoje estamos aqui, centenas de pessoas reunidas vindas de Whitman, Brockton e arredores, nós batistas e católicos, nós protestantes e judeus, nós pessoas de fé e mesmo sem fé, estamos aqui para cuidar desta pequena menina, a nossa Flor Sem Nome.*"

Linus doou seus serviços funerários, um caixão branco, o revestimento de cetim rosa e um travesseiro da mesma cor. Ele ainda abriu as portas da Funerária Bartholomew durante dois dias inteiros para acomodar todas as pessoas que vieram prestar suas homenagens. Um doador anônimo comprou para ela um lote no Cemitério Colebrook, do outro lado da rua da funerária, e outro doou a lápide. Por enquanto, ela é identificada na plaqueta simplesmente como Flor Sem Nome; a lápide ainda aguarda para ser gravada com a verdadeira identidade dela. Alma fez para a menina uma camisola de gola alta, e eu forrei o caixão com margaridas para que ela ficasse deitada sobre elas. Lindas margaridas brancas (*inocência*).

Durante certo período, algumas das pessoas que encheram o velório iam visitar o túmulo e deixavam uma variedade de lembranças: ursos de pelúcia abraçando corações partidos, uma cacofonia de balões de gás que murchavam tristemente sob o orvalho matinal e, certa vez, um esfarrapado cobertor infantil com um desbotado carrossel de cavalos.

Mas eu já terminei com aquele corpo, não tenho desejo de saber mais. Não estou presa àquele fato que ocorreu há três anos. Agora estou aqui com o corpo de MacDonnell e logo estarei com o corpo da velha que espera por mim na funerária. Tento visualizar a promessa de crisântemos (*alegria*) e arbustos ardentes (*sabedoria*) que florescem no meu jardim, com minha espreguiçadeira, a manta aconchegante e um bule de chá. Amanhã. Agora, Mike me força de volta a ontem.

– Clara, você está escutando?
– Sim?
– Você estava longe. Alguma coisa que queira me contar?
– Não, nada.

Ele não solta o corpo de MacDonnell, mal se move. Reconheço aquela imobilidade absoluta... Desta vez é para o meu bem. O silêncio é a melhor opção.

– Você tem algum tempo livre amanhã? Quero fazer mais algumas perguntas sobre Flor Sem Nome. Talvez você consiga lembrar algo, você sabe, reavivar alguma coisa esquecida.

– Já contei a você tudo que lembrava.

– Nunca se sabe. Às vezes, conversar desperta alguma coisa na memória. Até mesmo os menores detalhes podem ajudar.

Não vou dissuadir Mike agora, nem amanhã, nem depois de amanhã, nem em outro dia qualquer. Agora que ele me tem sob sua mira, e só vai parar quando eu concordar. É melhor evitar a avalanche de telefonemas, mas primeiro há MacDonnell.

Depois de meia hora de luta, conseguimos colocar o corpo no saco. Mike me ajuda a descer a escada da frente. Segurando a porta aberta, Ryan fala ao celular. Ela andou arrancando faixas de tinta das paredes, um pedaço grande ficou preso numa moita abaixo da varanda.

– Eu sei, meu bem, chego em casa assim que puder.

Vamos empurrando a maca com o corpo para o outro lado da rua, enquanto observam nosso progresso de braços cruzados nas entradas dos prédios. Vejo um velho com um balão de oxigênio ao lado, sentado no portão da frente, com o antebraço apoiado num andador e um cigarro pendurado na mão esquerda. Seus olhos não largam o saco cadavérico, mesmo quando ele atira o cigarro, num arco impressionante, sobre a calçada esburacada. À distância, a sirene do metrô solta um gemido de partida. A mulher de MacDonnell não sai para dar o último adeus, talvez ela apareça no velório. Depois de colocar em segurança o corpo do marido dela, fecho a porta traseira, esperando o inevitável. A voz de Mike não me abandona.

– Então, amanhã? Lá pelas três horas?

– Está bem – digo, tirando as chaves do bolso da calça e fazendo um gesto para o rabecão. – Devo estar no porão, e você pode ir entrando.

– Então vejo você amanhã.

Embora eu não olhe para ele, sinto que o olhar de Mike passa por mim em direção ao apartamento que acabamos de deixar. Ele começa a atravessar a rua e então vira. Eu podia fingir que não notei, entrar no carro e fechar a porta. Já está aberta.

– O reverendo disse que o informante anônimo ligou para ele hoje.

Eu gostaria que Mike escutasse seu parceiro Jorge e compreendesse a finalidade da morte: *caso encerrado*. Nenhum ente querido aparecera para reivindicar a menina. Imagino que, para a mãe ou o pai, ela tenha sido apenas uma farpa, um incômodo irritante, espremido e apertado até toda a vida ser expurgada feito o pus de um furúnculo. Ela está morta. Nada mais interessa. *Caso encerrado.*

Eu balanço a cabeça e entro no rabecão.

Mas Mike persiste.

– O homem falou algo sobre uma marca de nascença. Você se lembra de alguma marca de nascença?

Não respondo a Mike, não sei por quê. Não sei se vou contar a ele sobre a perfeita estrela rosa que vi na nuca da menina quando a costurei. Por enquanto, simplesmente fecho a porta do carro e me afasto.

## Capítulo Três

A ARCADA DE GRANITO NA ENTRADA DO CEMITÉRIO COLEBROOK brilha sob a fina camada de gelo: é a primeira geada do inverno. Parece que a lua e os cristais conspiraram para criar uma luz forte sobre a inscrição: *EU SOU A RESSURREIÇÃO E A VIDA*. Acho que os entes queridos precisam se tranquilizar com a existência de outro mundo antes de conseguirem entrar aqui.

Já passa de meia-noite, que é a única hora segura de estar aqui, a menos quando preciso procurar um lote para um cliente. Mesmo agora vou pisando de leve, e meus passos parecem um sussurro neste lugar tão quieto. À luz do dia, quando passo por estas aleias, sempre corro o risco de ser vista pelos familiares de um cliente. Alguns querem apenas desviar o rosto, com repulsa polida; outros desejam partilhar as histórias dos entes amados cujos corpos agora jazem aqui e não na cama ao lado deles ou num quarto no fim do corredor. É melhor vir à noite.

A maioria dos túmulos daqui é simples. Não há majestosos mausoléus de famílias, do tipo que a gente espera encontrar nas cidades vizinhas, como Hinghan ou Cohasset. Os habitantes de Whitman são encanadores e donas de casa, bombeiros e funcionários públicos; a mediocridade das lápides de seus túmulos reflete a vida que levam. As únicas exceções são os vários memoriais de guerra espalhados em torno, todos muito bem conservados. As bandeiras nunca chegam a desbotar e, nos meses de maio e novembro, sem falta, uma guarda de honra formada por velhotes que não conseguem mais abotoar seus uniformes depositam coroas de veteranos neles. Um considerável número de pessoas comparece às cerimônias antes de ir para a rua Washington ver a parada. Todas carregam suas próprias bandeiras.

Eu aperto o casaco de lã que dá quase duas voltas em torno do meu corpo e enfio as mãos embaixo dos braços, com uma fina lanterna de prontidão. À distância, nos fundos do terreno, surgem dois focos de luz. Saio da aleia e mergulho nas sombras, tomando cuidado para avançar em silêncio. A área é densamente arborizada, mas não posso me arriscar a ligar a lanterna e conheço bem as aleias. Não haverá adolescentes aqui agora. No fim da primavera e durante o verão, entretanto, é comum eles aparecerem testando a coragem uns dos outros com vendas nos olhos e cervejas. Em outras noites, jovens amantes podem ser vistos agarrados sobre o túmulo de alguém, jurando amor eterno. Ocasionalmente eles ouvem minhas passadas ou sentem minha presença, mas sempre atribuem isso ao fantasma que decidiram perturbar. Durante essas rondas noturnas, vou examinando aqueles túmulos que não são mantidos por familiares ou amigos. As lápides podem precisar ser realinhadas e livradas de ervas daninhas e sujeira; é trabalho do zelador, na verdade, mas é o meu dever. Nem todo mundo tem um ente querido.

O luar escorre pelos galhos nus dos grandes carvalhos que protegem o lugar, salpicando de sombra e luz o cimento da aleia; isto me basta para avançar em direção aos limites do cemitério. Quando chego perto da entrada traseira, a meros seis metros do túmulo de Flor Sem Nome e logo à direita do salgueiro, vejo os faróis de um carro no estacionamento dos fundos, com o motor desligado. Há um som abafado de passos na relva úmida e o estalido de gravetos. Retardo a minha aproximação e, então, um vulto emerge da escuridão, projetando uma sombra indistinta à luz do carro. Eu sei quem está enterrada colada ao túmulo de Flor. Só pode ser ele.

Eu me abaixo atrás do memorial de guerra da cidade, que é uma enorme laje de granito com a parte superior em estado bruto, feito uma página arrancada do livro da própria morte. Fico grudada ali, tentando me encolher e me tornar translúcida. Mike para na fileira seguinte. Eu controlo minha respiração (*um-dois-três, respire*), para que ele não veja as baforadas do meu hálito acima de mim, uma imagem fantasmagórica.

Ele afasta com os pés as camadas de folhas acumuladas sobre o monte que constitui o túmulo de sua esposa. O tempo abrandou o aspecto do lugar, que virou uma suave elevação de grama em vez de terra batida. O de Flor tem a mesma aparência. É claro que sim.

O tempo passa... cinco minutos? Dez? Minha respiração enfim se acalma. Minhas coxas doem por estarem agachadas há tanto tempo, e minhas mãos ficam dormentes. Quando estendo a mão para me firmar, cada folha de grama parece um espeto de gelo. São centenas de alfinetadas de frio. Mike também deve sentir isso. De vez em quando olho para lá, mas ele mal se mexe. Tatear as letras gravadas no memorial ajuda a reviver o fluxo sanguíneo nos meus dedos. Embora não haja luz suficiente para ver as palavras, a ponta do meu dedo consegue ler: A MORTE NÃO PODE MATAR SEUS NOMES. Já conheço a figura gravada no topo: duas rosas vermelhas (*adoração*). É um gesto atencioso da cidade em homenagem aos soldados, mas está errado; a morte acaba com tudo. O nome verdadeiro de Flor Sem Nome morreu com ela. Sua história também. Pensamentos otimistas e uma laje de granito não conseguem ressuscitar uma vida.

A lápide dela é diferente da maioria das presentes nos túmulos de outras crianças aqui. É de granito rosa colonial, em formato vertical padrão, sem corações ou anjos gravados na face. Sem nenhuma extravagância. Os únicos adornos são as palavras *Flor Sem Nome* em letras filigranadas gravadas no topo, com um poema de Emily Dickinson embaixo. Não preciso tatear as letras com os dedos para ler:

> *Então uma Margarida*
> *Dos campos hoje desapareceu...*
> *Viçosa... leve... delicada*
> *Está então com Deus?*

Continua parecendo adequado.

No minuto seguinte, sopra um vento criando pequenos redemoinhos de detritos; as folhas vão roçando nas lápides e parando ao pé delas quando a brisa cessa. Tudo fica silencioso outra vez, até uma violenta série de estalos quebrar o silêncio opressivo do lugar. Eu espreito pela quina do monumento e vejo Mike pisoteando as folhas mortas.

– Jesus, estão por toda parte – diz ele.

Seu olhar se fixa na lápide de Flor Sem Nome, um pouco além da de Jenny, ocupada apenas poucas semanas depois. Ele encurva os ombros e abaixa a cabeça. É apanhado por um raio de luar, sob os altos galhos do salgueiro que se dobra sobre ele, com um milhão de dedos querendo tirá-lo dali.

– Deus – exclama ele, levantando a cabeça para o céu. – Elas estão por toda a parte!

Mike volta a atenção para o túmulo da esposa, enquanto seus gestos se tornam frenéticos. Ele cai de joelhos e suas mãos parecem garras, removendo as folhas do túmulo de Jenny. Depois ele se arrasta até o túmulo de Flor, raspando a terra até sobrar apenas a grama. Então fica arquejando violentamente, com o fôlego curto e irregular.

Eu gostaria de saber o que custaria a cada um de nós se eu me revelasse. Mas ele não pode me ver... já nem está aqui.

Eu recuo, rastejando sobre o terreno; não quero saber de mais nada. Ele solta arquejos rápidos e irregulares, como que estrangulado, e depois para. É um som odioso. O ar frio é pungente; os esforços de Mike suscitaram um cheiro de terra molhada e adubo apodrecido. Eu me concentro nisso e não na razão do silêncio repentino. Se eu fosse Linus, poderia aparecer e dizer para Mike que tudo estava bem... e ele talvez acreditasse em mim. Meus dedos se entrelaçam nos cabelos, torcendo os fios de um lado para outro, até que o alívio sobrevém.

Depois de alguns minutos, ouço roupas farfalhando e, depois, vejo o clarão de sinalizadores azuis e faróis vindo do estacionamento dos fundos. A porta de um carro é aberta, e uma voz de homem pergunta:

– É você, Mikey?

Mike se atrapalha ao levantar. Não posso ajudar, mas vejo que esfrega as têmporas, e pergunta:

– Quem é?

O sujeito se aproxima de nós, iluminando com a lanterna o rosto de Mike, que levanta o braço protegendo os olhos e vira na minha direção. Sua testa está suja de lama e há um pedaço de folha no seu cabelo. Tenho vontade de limpar aquilo, para que ele não seja visto assim pelo policial. Ninguém sabe desse lado de sua vida.

– Sou eu, o Bully. – O sujeito dá alguns passos até o lugar onde Mike está parado, com os polegares enfiados no cinto e o peito volumoso sobrepujando as pernas curtas demais. A altura que ele tem se deve ao torso alto; seu rosto é dominado pelas bochechas flácidas e as pálpebras inchadas que originaram seu apelido. – Eu vi um carro no estacionamento e quis ver se não eram aqueles adolescentes mexendo nos túmulos outra vez. Você está bem?

– Ótimo. – A voz de Mike parece firme, mesmo com a cabeça curvada. – Eu estava passando e também pensei ter visto adolescentes por aqui.

Bully ajeita o cinto sob a pança, e o couro se atrita audivelmente com algo metálico. Ele olha para o resto do cemitério na escuridão.

– Você devia ter nos chamado. É fora da sua jurisdição.

Cai sobre eles um silêncio embaraçoso, com apenas o motor do carro de patrulha e a estática ocasional do rádio policial enchendo a noite. Vejo o olhar do policial vagar sobre a lápide. Ele olha para onde os próprios pés estão plantados, e então se afasta do monte de terra.

– Faz três anos, hein?

Mesmo à meia luz, sinto que Mike fica tenso.

– Você tem certeza de que está bem? Quer uma carona? – Bully se inclina e fareja o ar.

Mike abana a cabeça; o policial começa a dar um passo à frente, levantando uma perna curta, mas então se lembra de examinar o terreno. Fica parado e, pensando melhor, aperta o ombro de Mike.

– Ei, nós ainda jogamos pôquer lá no Jimmy. Toda sexta-feira. Você devia aparecer, tomar uma cerveja. Ele grava as partidas dos Patriots.

– Certo.

Bully faz uma pausa longa demais, aguardando algum comentário de Mike.

– Tá legal, então.

Nós dois vemos quando ele entra na radiopatrulha e se afasta. A sombra de Mike, formada pelos faróis do seu carro, está quase ao meu alcance. Eu poderia tocar nela. Estender a mão e alcançar. Em vez disso, lanço um punhado dos meus cabelos ao vento que sopra na direção dele. Meu pé escorrega, fazendo rolar uma bolota de carvalho, e Mike vira a cabeça. Nós dois gelamos, por um instante, esperando. Então ele pigarreia e volta para o carro. Só depois que ele dobra a esquina, com os faróis do carro criando sombras por toda parte, é que eu consigo respirar outra vez.

## Capítulo Quatro

Enquanto termino a maquiagem de MacDonnell, ouço o rangido dos passos deles nas tábuas do assoalho lá em cima. Os sapatos do pessoal que se reúne lá fora são visíveis pela janela do porão, com pequenas montanhas de guimbas e copos de papel amassados junto a seus pés.

Eles vêm por causa da velha, que está tendo um velório de dois dias. Antigamente, e acho que nem faz tanto tempo assim, as pessoas podiam tirar uma tarde de folga no trabalho para prestar seus respeitos aos mortos, e depois tinham um dia inteiro para acompanhar o enterro. A partir da última década, mais ou menos, os velórios foram reduzidos a um dia, com os enterros realizados no dia seguinte. O horário padrão para os velórios costumava ir das duas às quatro da tarde, com um intervalo de duas horas para que os entes queridos pudessem se recompor e depois, das seis às oito, para receber aqueles que davam uma escapada do trabalho. Mas, agora, as famílias estão querendo uma maratona de quatro horas. Ouvi dizer que Linus tentou dissuadir esse pessoal, explicando a completa exaustão física e emocional causada por horas a fio em pé recebendo fileiras de gente (que raramente terminam logo), cumprimentando rostos familiares do presente e confrontando fantasmas do passado. Geralmente, não sobra tempo sequer para um úmido sanduíche de rosbife.

A velha, contudo, é de uma geração diferente, um período em que a vida e a morte eram respeitadas. Ajuda muito o fato de a maioria dos enlutados também ser de velhos, capazes de comparecer às cerimônias da tarde, e ansiosos pela chance de se juntar aos amigos, sejam quais forem as circunstâncias.

Voltando ao corpo à minha frente, procuro entender o paradoxo de a mulher de MacDonnell, com contusões ainda visíveis, ao se encontrar com Linus para combinar as providências, ter escolhido um dos caixões mais caros para o marido. Além de um novo terno de velcro. Imagino que MacDonnell não possuísse muitos ternos, se é que possuía algum.

Folheio as páginas de *Generosidade da Natureza* à procura de algo apropriado para enterrar MacDonnell: adonis (*lembranças tristes*), erva-dedal (*insinceridade*), ou, talvez, um simples galho de pinheiro (*piedade*). Não. Cravo-de-defunto (*crueldade no amor*) seria melhor. Embora a fragrância do cravo-de-defunto possa arder, tenho certeza de que ninguém perceberá. Os buquês do funeral anularão totalmente um pequeno ramalhete.

Eu escovo as sobrancelhas dele, ouriçadas e rebeldes, cortando pequenos fios isolados que não percebera. Depois de barbeado e penteado, consigo vislumbrar o homem que aquela cinquentona conheceu antes que a vida em comum levasse os dois pela mesma trilha batida que imagino que seus pais tenham trilhado antes deles.

Ao pentear o cabelo dele mais uma vez, ouço uma batida na porta. São exatamente três horas. Mike abre a porta, mas hesita antes de entrar. Eu estou tensa como uma fita elástica esticada no dedo de uma criança, pronta para estourar, mas ele não repara. Está usando seu uniforme habitual: paletó e gravata, a arma no quadril e o distintivo preso na frente da calça. Apesar da nuvem de formol, sinto o cheiro do sabonete dele, forte e marcante. Eu uso a mesma marca. Sinto um comichão nos dedos para tocar o meu cabelo. Meus olhos procuram o tal ponto sujo na testa de Mike, mas ele já limpou a terra que escavou na noite passada. Está segurando uma pasta de cartolina meio rota, presa com vários elásticos. Perdido e desfocado, seu olhar vagueia pelas bancadas de trabalho. Eu não o interrompo; ele levará um ou dois instantes para voltar ao presente.

Linus permite que entrem aqui poucas pessoas das famílias enlutadas: são sempre os parentes mais próximos, e só se a preparação do corpo ainda não tiver começado. Ele trouxe Mike aqui, no dia em que Jenny jazia na minha bancada de trabalho. Mike manteve um ar estoico, nem sequer estendendo a mão para acariciar o rosto da esposa. Linus permaneceu um passo atrás, com uma das mãos nas costas de Mike. Com a outra segurou a cabeça de Jenny, alisando o cabelo emaranhado sem se importar com o sangue.

– É tranquilo, ela consegue ouvir você. Os dois conseguem. Solte tudo agora. Solte tudo – disse ele com aquela voz grave.

Não vi o rosto de Mike, pois me esgueirei do aposento sem olhar, mas ainda me lembro do seu lamento, enquanto eu me apressava pelo corredor.

– Belo caixão – diz Mike por fim, ainda olhando para MacDonnell, enquanto coça com dois dedos um ponto no estômago. – Acho que nunca saberemos se foi comprado por amor ou culpa.

Eu desprendo do pescoço de MacDonnell o babador de papel, que descarto junto com minhas luvas. Terminei com esse corpo.

Seguindo até o balcão, abro a caixa do arquivo de Flor Sem Nome. Há fotos de antes e depois, um livro de presença, um cartão funerário e um pouco de cabelo. Linus diz que guarda essas lembranças caso apareça alguém interessado em um registro do falecimento. Só que falta uma mecha completa. O assassino deixou apenas alguns fios esparsos, que raspei quando fiz as suturas. Foi então que, olhando para a menina sem cabelos e a pele esbranquiçada pela morte, vi a tal marca de nascença. Se o legista estivesse mais calmo, sem precisar se preocupar com geladeiras temperamentais e telhados mal vedados diante de uma iminente inspeção das condições de segurança do local de trabalho, teria sido o primeiro a ver aquela marca. É uma vergonha que as pessoas não tenham mais tempo. Nem mesmo para uma menina assassinada.

– Como você pode ver, não há novidades aqui – digo.

Mesmo assim, Mike continua tirando cada objeto, examinando cada um como se fosse a primeira vez.

– Você tem alguma foto dela deitada de bruços ou de lado?

O legista atestou que o corpo passara no bosque dois dias gelados, sendo exposto aos elementos, mas permanecendo notavelmente intocado pelos vermes.

– Só isso.

Mãos nos quadris, lábios comprimidos. Eu sei que preciso ser cuidadosa. Em algumas remoções, cheguei quando Mike ainda estava presente, falando com um amante ou um amigo da falecida. Ele tem mania de ir envolvendo a pessoa com perguntas, devagar e com calma, até que de repente o namorado lacrimoso arregala os olhos, preso no laço que Mike aperta em torno do seu pescoço. Em mais de uma ocasião fui dispensada, e o médico da perícia reconvocado.

– Você se importa de ver outra vez as fotos da autópsia? Como eu disse, alguma coisa pode ter escapado – diz Mike, já tirando os elásticos em volta da pasta, mas mantendo os olhos em mim.

Ele espalha uma série de fotos sobre o balcão. São quinze, todas da pequena Doe, tão desfigurada que parece irreconhecível. As fotos foram tiradas de vários ângulos, algumas mostrando os ferimentos mais graves. Em outras, qualquer pessoa podia ser perdoada por confundir a imagem com uma boneca descartada. As fotos mais chocantes são aquelas que mostram um singelo brinco de ouro na orelha esquerda; foi o gesto de algum adulto para enfeitar a vida dela. O lóbulo direito foi danificado demais pelo ataque para ainda sustentar algo frágil como um brinco. Com minha visão periférica, percebo Mike me observando.

Fico olhando para a fotomontagem do legista, enquanto aguardo que Mike fale. Ele examina as fotos, embaralhando e colocando umas em cima das outras. Depois, para numa em que a menina está de costas. Por fim, diz:

– Acho que já contei a você que o nosso informante anônimo ligou outra vez para o reverendo; ele não telefonava havia um ano, mas é tudo o que temos. O FBI deixou o caso praticamente por nossa conta. Acho que eles têm problemas maiores.

Ele faz outra pausa para me observar, embora eu continue em silêncio, olhando para MacDonnell. Reparo que na testa há uma mecha de cabelo fora do lugar. Meus dedos começam a coçar, mas não ouso me mover.

Mike cutuca a foto.

– O informante disse que havia uma marca de nascença na nuca da Flor Sem Nome, uma coisa bem nítida. Como não vejo algo assim nas fotos, só pode ter nos escapado.

Ele ainda não me fez uma pergunta, portanto não respondo.

– Então? – diz ele.

– O que você quer saber?

– Por que você não me conta?

Não contarei, pois Mike não pode entender. Ele não sabe o que é ser invisível, rejeitada e descartada. Embora o mundo só visse o corpo de Flor Sem Nome, eu sabia o que jazia embaixo da pele, as camadas escondidas sob os vergões e feridas. Ela sentiu mais do que somente dor. Eu sei. Eles a ignoraram em vida, não têm o direito de reivindicá-la morta. Isso é tarefa minha. Também não quero lembrar a Mike que Flor Sem Nome foi encontrada quase uma semana antes de Jenny, mulher dele, ser morta por um bêbado crônico ao volante; que ele perdeu a cabeça quando perdeu Jenny, e de qualquer forma não me escutaria. Não vou dizer a ele o que aprendi trabalhando com os mortos: que eles não voltam. Eles se vão para sempre, e não há justiça na morte.

A respiração de Mike é audível nesta caixa acústica. Pesa como se ele estivesse em busca de ar e não de algum alento. As palavras pronunciadas por ele saem lentamente.

– Esta menina foi assassinada, provavelmente pelo pai ou pelo namorado da mãe. Um animal que descartou uma criança. Se você estiver escondendo provas, pode ser acusada de obstruir a justiça ou prejudicar a investigação. Por que não me ajuda? – diz ele, fazendo uma pausa. – Clara?

Mike não vai parar. Eu sei que não vai. Portanto, é isso aí.

– Era uma mordida de cegonha com a forma de uma estrela.

Ele gira rapidamente e fica de frente para MacDonnell, cobrindo a boca com o punho. Sua raiva sufocante me oprime. Apesar disso, passo por ele e tiro o pente preto da minha bandeja de instrumentos. Sem luvas, começo a ajeitar o topete do morto.

Mike atravessa a sala e para ao meu lado, já perto demais. Meus pulmões se contraem, incapazes de se encher. Os dentes dele parecem ranger, enquanto os lábios cheios estão apertados e brancos. Não consigo olhar e gostaria de não sentir aquele bafo no meu ouvido, nem o cheiro de bílis quando ele diz:

– Jesus Cristo, por que você não me contou isso há três anos?

Minha mão hesita antes de colocar de volta a mecha rebelde, que escapa de novo. Puxando a gaveta onde guardo os acessórios de maquiagem, pego o gel. Do outro lado do aposento, os pés dos enlutados continuam a se juntar, e imagino minha mão alcançando o trinco da janela do porão, caso abrisse.

Em vez disso, minha mão aperta o tubo, e o gel explode no piso de cimento.

– Deixe os mortos em paz.

Mike olha para MacDonnell antes de voltar a atenção para mim.

– Os mortos nunca estão mortos.

Ele continua me encarando, mas meu olhar está fixado na bolha de gel que escorre pelo piso inclinado em direção ao ralo. A familiar onda de calor sobe do meu peito até a garganta, em direção ao rosto, intensamente. Sinto vontade de me encostar nestas paredes e desaparecer. Antes que eu consiga dar um único passo para trás, porém, Mike retoma a pasta, estica os elásticos em volta e sai batendo a porta. Neste *bunker* de concreto, é uma explosão.

Eu tento outra vez, e o cabelo de MacDonnell finalmente volta para o lugar. Andando até a pia, lavo as mãos, ignorando o tremor. Uma toalha de papel úmido pressionada no pescoço resfria o fluxo. Meus dedos parecem desesperados para enrolar uma mecha de cabelos e depois puxar. Com força e brilho. Mas eu já consigo respirar outra vez. A evidência vai para dentro do meu bolso.

Examino minha mão espalmada sobre a parede. Mais uma respiração e ela desaparecerá, mais outra e eu irei junto. Não há tempo para isso; preciso preparar a sala do velório de MacDonnell. Sua esposa marcou o velório em duas etapas para amanhã, seguido pelo funeral na sexta-feira.

Subo a escada, sem ser notada pelos enlutados da velha, e entro no corredor dos fundos. Há duas alas nesta funerária para que Linus tenha a opção de fazer dois velórios simultaneamente. É algo que ele reserva só para membros da mesma família que partilham a triste experiência de morrerem juntos.

Quando entro na sala do velório, vejo que Linus já colocou vários arranjos florais nas pontas das mesas e tirou do armário as cadeiras dobráveis de couro. Eu não acendo a luz. Prefiro a fraca lâmpada do corredor e a vela solitária com aroma de baunilha, enquanto coloco algumas cadeiras ao longo da parede. As palavras de Mike enchem minha cabeça, e eu afundo numa cadeira sentindo as pernas bambas.

Não tenho medo das tais ameaças de processo penal. Embora... não, não é isso. Mike parecia tão seguro, e suponho que para ele isto seja verdade: os mortos nunca estão mortos. O fantasma da esposa rodopia e gira à sua volta, palpável até para quem está por perto. Ou talvez nós sintamos que ele também está morto. Lembro a mim mesma que esse é o tipo de superstição de Alma, dou uma sacudida para me livrar delas e levanto. Há trabalho a fazer.

Quando fico de pé, reparo em um pequeno vulto olhando para mim das sombras. Lá no fundo da sala está Trecie. Tento me apoiar no encosto da cadeira, querendo sorrir, sabendo que não posso.

– O que você está fazendo aqui? – pergunto.

Ela anda até um dos arranjos florais, uma coroa vermelha, azul e branca, pega um dos cravos (*fidelidade*), e anda até um grande buquê misto que fica ao lado.

– Estas são bonitas.

Tenho vontade de ser o tipo de pessoa que correria para ela, passaria o braço e o casaco em torno dos seus ombros frágeis, e iria com ela para a cozinha. Que desse a ela os biscoitos feitos por mim, junto com um chocolate quente e uma torrada com queijo. Eu cantarolaria enquanto ela confessasse sua história, oferecendo consolo nos trechos certos. Gostaria muito de ser essa pessoa, mas ninguém me ensinou a ser assim.

– Trecie, sinto muito, mas você tem de sair imediatamente. Há um velório na outra sala.

– Eu sei – diz ela. – Eu estive lá.

– Vou ter de contar isso para o Linus.

Ela vira e me dá o sorriso que não consegui dar. Eu já esquecera como ela era adorável e sinto uma pontada dentro de mim. Mesmo assim, não consigo esboçar o menor gesto. Ela apalpa uma rosa amarela (*ciúme*), e depois uma margarida, até que as duas se desprendem da firme base de esponja do arranjo. A rosa cai no chão.

– Que flores são essas? – A sua voz é aguda e doce. Sempre infantil.

Meu pensamento vagueia. Não consigo me acalmar. Certamente não há qualquer significado oculto nesse buquê funerário... É só o especial de sessenta dólares.

– A amarela é uma rosa, e a outra é uma margarida. Por favor, coloque as duas de volta, são para o MacDonnell.

Ela repõe a rosa, que fica um pouco torta, solta no meio do arranjo, e murchará em poucas horas, sem acesso à esponja úmida. Trecie desliza para o outro lado do aposento, torcendo a margarida entre os dedos e já de costas para mim. A luz da vela ilumina um ponto nu na parte de cima da sua cabeça. Como eu gostaria de cobrir aquela falha: é uma réplica da minha. Corro para o buquê e enfio a rosa de volta na esponja, quase restaurando a simetria do arranjo.

– Posso ficar com essa flor? – pergunta Trecie.

Eu balanço a cabeça, na esperança de que isso apresse a partida dela.

Trecie senta no chão, no espaço onde o corpo de MacDonnell estará em breve.

– Quem era aquele homem falando com você?

Um tremor passa por mim, quando me lembro da cena com Mike. Ela só ouviu a nossa conversa, ou estava, de alguma maneira, espiando? Será que pensa que sou um monstro, por causa do meu trabalho, por causa das palavras que troquei com Mike?

– Ele parece furioso. E triste também.

– Trecie...

– Ele não é seu namorado, é?

Abano a cabeça, lutando para me controlar diante do medo, há muito enterrado, de ser apresentada ao último amante de minha mãe. Nós somos parecidas demais, Trecie e eu.

– Ótimo, não gosto de namorados.

A minha voz, treinada por anos de convivência com a minha avó e, depois, com os mortos, permanece firme.

– O que você quer?

Trecie continua examinando e torcendo a flor, enquanto diz em voz doce:

– Uma história.

– Preciso trabalhar. Talvez sua mãe possa contar uma história mais tarde, durante a sua caminhada até a mercearia.

– E a *sua* mãe? – Ela levanta o queixo, os dentes pequenos e limpos por trás do sorriso. É ainda tão jovem. – Você teve alguma aventura com a minha idade?

Ela pisca, esperando que eu comece, e puxa uma pétala que cai no carpete estampado. Quero apanhar a pétala, mas não consigo me mover. Se eu fosse uma contadora de histórias, uma pessoa esperta o bastante para extrair alguma coisa maravilhosa da realidade, um conto de fadas de um pesadelo, contaria a ela os primeiros sete anos que passei com a minha mãe. Contaria que quando eu ainda era bebê ela me carregava numa sacola para o norte, ao longo da Trilha Appalachian, do verão até o outono, parando em Maine quando chegava o inverno. Contaria que à medida que eu crescia, andava primeiro com o passo incerto atrás dela e, mais tarde, correndo à sua frente, chapinhando na água dos córregos, descobrindo tartarugas e pontas de flechas (*essa é das grandes, Boneca*). Ela era uma ninfa dos bosques, com cabelos soltos, escuros e macios. Seu corpo jovem era flexível e delgado. Pelo menos é assim que gosto de me lembrar dela. Não existem fotos. Tínhamos só o que cabia nas nossas mochilas, confiando na generosidade daqueles que encontrávamos. Somente mais tarde compreendi o que provocava tais gestos de bondade por parte de todos aqueles homens, embora naquele tempo eu visse a presença deles como uma intromissão. Quando o tempo ficava feio, enrolávamos a barraca e buscávamos abrigo em acampamentos. Minha mãe tinha uma espécie de negócio: alugava seus serviços para os aventureiros que partiam de Maine a pé nas semanas que antecediam o início formal do inverno. Ela levava os carros deles para o sul, comigo enrolada ao lado, até lugares tão distantes quanto Pennsylvania ou Maryland, e, uma vez, o oeste da Virginia. Ela não se apressava, sabendo que levaria semanas antes que eles precisassem do carro. Nós morávamos naqueles automóveis durante os meses mais frios, até chegar a época de retomar nossa caminhada para o norte.

Mas eu não podia contar isso a Trecie, pois nem toda história tem um final feliz, e apenas respondo:

– Não, nenhuma aventura.

Ela quase ri, encostando a flor no rosto.

– Você está mentindo outra vez.

Nem quero imaginar o que fez uma menina tão pequena se tornar tão desconfiada. Em vez disso, penso em lugares próximos onde uma criança pudesse perambular, ou uma menina pudesse ter uma aventura.

– Está um lindo dia de outono. Você não tem amigos para ir brincar no parque?

Ela abaixa o queixo e franze a testa, enquanto arranca outra pétala da flor.

– Nós não somos amigas?

Patrice... não, *Trecie*... tem um cabelo e uma boca que lembram a minha infância. Ela arranca outra pétala que vai fazendo piruetas até o chão, e eu me sinto flutuando junto, numa descida vertiginosa.

– Você devia brincar com outras crianças. Os adultos têm amigos adultos.

Com um gesto suave, Trecie dá um piparote na cabeça da margarida, junta o cabelo nas mãos, e faz uma careta ao prender os fios para cima com o caule da flor. Um rabo de cavalo, igual ao meu.

– Mas eu sou a sua única amiga.

– Já chega. – É melhor Linus cuidar dela. Foi ele quem convidou Trecie para ficar e é ele quem deve mandar que ela vá embora. – Fique aqui, eu volto já.

Dou meia-volta e sigo até a sala do velório. Linus, com as mãos intumescidas, cruzadas sobre a barriga, está falando com o filho da velha. Eu me componho e vou direto a ele.

Parada atrás de Linus, esperando que ele termine a conversa, não sou notada pelo filho, cujo rosto é muito parecido com o da mãe. São as mesmas maçãs do rosto proeminentes, a mesma covinha no queixo e o mesmo bico de viúva pontudo na testa. Linus sabe que estou ali. Ele envolve o meu pulso, apoia um dedo grosso na minha mão, dá uma leve pancada, roça a ponta do dedo, e cruza as mãos em cima da barriga outra vez.

– Primeiro, foi a Mary Katherine em janeiro e, agora, a minha mãe – diz o sujeito, com o queixo começando a tremer.

– Já experimentou conversar com a pequena Mary? – pergunta Linus. – Eu converso com o meu filho todo dia.

– Você perdeu um filho?

– Vai fazer treze anos agora. Alma e eu já estávamos perdendo a esperança de ter um, quando ele chegou. É o plano de Deus. É claro que, quando a gente pensa que já conhece o plano de Deus, Ele vai e muda de opinião outra vez.

O sujeito começa a chorar, puxando vários lenços de papel.

– Por que ele levou a minha menina? E o seu filho?

– Não faz sentido, faz? Mas uma coisa que ouvi no funeral de certo bebê me pareceu acertada. O pastor levantou e falou: "Não sei por que as crianças devem morrer, mas vocês podem imaginar o Céu sem elas?" É algo para se pensar, eu acho. Nós todos sabemos que o Senhor dá e o Senhor tira. Como pessoas de fé, temos de acreditar que o Senhor nos dará de volta.

O sujeito encosta o punhado de lenços de papel nos olhos, e depois fita Linus outra vez.

– Seu filho já lhe respondeu?

– Ainda é cedo. Tudo no seu devido tempo.

O sujeito aperta o ombro de Linus, balança a cabeça e vai até a família perto do caixão da velha, para continuar cumprimentando os amigos.

– Ah, Clara. – Quando Linus fala, seu tom grave parece um ronco suave, e um sulco profundo se forma entre os olhos. – O que está havendo?

– É aquela menina, Trecie. Ela está na outra sala de velório. E esteve *aqui*, espionando os convidados.

– Entendi.

– Acho que você deve dizer a ela para ir embora. – Mantenho a voz firme.

– Vamos conversar com a criança.

Ele atravessa o mesmo conjunto de corredores pelos quais acabei de passar. A mudança do tempo inflamou seus joelhos, dificultando os passos. Sigo atrás dele até que, finalmente, viramos a quina. Há uma visão fugaz de cabelos, com a vibração de passos no carpete, quando ela passa por nós e sai.

– Era ela? – diz Linus, apontando para o corredor.
– Era.
– Ela estava aqui dentro? – pergunta Linus, gesticulando na penumbra. Sua mão roça na parede, encontra e liga o interruptor. A sala fica iluminada. Os buquês continuam na ponta da mesa e as cadeiras ainda esperam ser arrumadas.
Eu calculo há quanto tempo saí, mais de um minuto? Cinco?
– Ela pode ter voltado para espionar o velório.
As mãos de Linus retomam o seu lugar em cima da barriga.
– O que ela queria?
É impossível enganar alguém como Linus, alguém que é todo verdade.
– Ela gosta das flores – digo com cuidado, evitando seus olhos. – E da companhia.
– Clara. – Seu tom é suficiente. – Sei que não é do seu feitio confiar, mas no seu coração você não tem vontade de ajudar essa criança?
Já estive em casas de famílias como a de Trecie, com mães negligentes e namorados abusados. Geralmente, é o corpo da mulher que eu vou buscar; às vezes, entretanto, é o do filho adolescente, morto defendendo a mãe. São lares conhecidos pelos departamentos de menores, endereços a que a polícia é convocada depois de longas noites de discussão regadas a uísque. Não são lugares que eu escolho revisitar.
– Acho que eu posso ligar para o centro comunitário. Ou para o reverendo Greene, e ver quais são os programas extraclasse que a igreja dele está oferecendo neste outono...
Linus exala um milhão de frustrações, parecendo se acomodar antes de prosseguir.
– Uma menina pequena como essa só pode estar vivendo num mundo de dor, se vem se consolar numa funerária. Ela não está pedindo muito, e eu sei que você não tem muito para dar, mas é obrigada a fazer o que pode.
Nem mesmo o cinto da minha avó conseguia arder tanto.
– Ela escolheu você. – Aquele tom, outra vez. – Não podemos virar as costas a uma criança. Não é direito.

– Eu não tenho experiência com crianças. Você tem.
Paro de falar, com medo de que a insinuação seja dolorosa para ele.
– Clara...
Linus começa e se interrompe, com o desapontamento estampado no rosto. Eu não consigo encarar o seu olhar, com vergonha do que ele possa ver, ou pior, do que não possa.
– Lembro que algum tempo atrás uma cadela perdida foi parar na minha porta. Tinha uma longa cauda castanha, grandes olhos castanhos e uma barriga vazia que era um verdadeiro buraco. Precisava ser cuidada quase tanto quanto *eu* precisava cuidar dela. Alma e eu acolhemos o bicho em nossa casa, dando-lhe tanto amor quanto possível, embora nem sempre fosse fácil lidar com uma cadela rejeitada como aquela. Mas como nós éramos pais sem filhos e ela era um filhote sem pais, aquilo parecia ser o certo. Entende o que estou dizendo?
– Linus...
– O Senhor enviou essa filhotinha perdida para você, e você tem de ajudar a menina. É o mais certo a fazer.
– Há diferença entre cuidar de um cachorro e tomar conta de uma criança.
Linus abana a cabeça e dá um longo suspiro antes de olhar para mim. Acima do seu ombro está um arranjo floral para MacDonnell: uma cesta com uma hosta (*companheira fiel*) adolescente. Procuro me lembrar de um lugar apropriado no quintal de MacDonnell em que sua mulher possa plantar aquilo... embaixo da roseira? Depois, tento imaginar como, ao longo dos anos, ela viria a encarar uma planta perene, oriunda dos arranjos funerários do marido: cercaria a árvore com mais hostas ou envenenaria a planta com aspirinas? Quando Linus troca o peso de um joelho inchado para o outro, sou trazida de volta. Acho que ele resolveu esperar até que eu responda. Já me pressionou em outras ocasiões, quando queria mais de mim. Até agora, consegui resistir. Mas hoje não.
– Talvez *você* possa ajudar a menina – digo.
– Clara, um homem adulto não pode passar horas sozinho com uma menina que não é sua parenta.

– Também não acho que seja apropriado que ela passe horas comigo. Não aqui. – Meus dedos acham no punho da manga um botão solto, que arranco com um puxão.

– Toda criança precisa acreditar em alguém. Ela escolheu *você*. Ajude a menina.

Ele vai embora, e sou deixada apenas com as sombras bruxuleantes de uma única vela para me guiar. Sua voz soa pelo corredor, ficando comigo – *Que salvou um desgraçado feito eu.*

Sento numa das cadeiras, apertando o botão entre o polegar e o indicador. Ouço a porta no próximo conjunto de corredores finalmente se fechar com estrondo. E então percebo algo fora do lugar, a alguns passos à minha frente.

No chão onde logo estará o caixão de MacDonnell, vejo a haste da margarida entrelaçada a uma mecha de cabelos.

## Capítulo Cinco

Meus pés vão espalhando as folhas secas enquanto atravesso o estacionamento. Embora a distância do meu chalé para o de Linus e Alma Victorian seja pequena, não deixo de puxar a gola do casaco de lã em volta do pescoço. O outono chegou com uma violência gélida, deixando nua a minha bétula solitária e estragando as hostas ao redor.

Entro pela porta dos fundos sem bater, pois Alma prefere assim, e subo a escada até seus aposentos. Toda tarde de domingo é assim: eu chego pontualmente à uma hora para ajudar Alma com os preparativos finais para o almoço, ela permite que eu faça alguma tarefa simples, como cortar cenouras, por exemplo, e depois me põe sentada à mesa da cozinha com uma xícara de chá. Enquanto ela mexe o molho, pois sempre há molho, fico escutando seus comentários sobre os eventos da semana, fingindo não perceber o frasco de xerez no bolso do seu avental.

Quando entro na cozinha, o aroma pungente do presunto com cravo-da-índia ataca minhas narinas. Só me permito respirar de leve. Uma segunda onda traz a suculência de batatas-doces, açúcar mascavo, noz-moscada e marshmallow derretido. Alma está junto à bancada, ao lado de uma caixa de creme de leite, girando um moedor de pimenta sobre uma panela de ensopado.

– Clara, espero que você esteja com muito apetite, porque estou fazendo todos os seus pratos favoritos – diz ela, virando e sorrindo para mim. Está usando um dos seus melhores vestidos: azul-marinho, com enfeites brancos. Nunca vi Alma de calça comprida. Ela tem uma silhueta robusta, mas não pode ser considerada gorda. Apesar dos sessenta e oito anos, seus cabelos ainda mantêm a cor natural e ostentam um brilho sedoso, por serem lavados e enrolados toda manhã de sábado. A pele em volta do pescoço já mostra certa flacidez, e a tez, outrora cor de mogno, adquiriu uma palidez acinzentada, mas os dentes não revelam sua idade. São largos e brancos, hipnotizadores quando ela fala. Eu sempre me sinto humilde diante deles.

– Os biscoitos amanteigados da minha avó, batata-doce e aquele ensopado de favas verdes de que você gosta tanto, com creme de leite – continua Alma. – E cenouras também. Você pode dar uma beliscada, sei como você é. E, para sobremesa, fiz a torta de maçã da minha mãe.

Há tempos parei de trazer alguma contribuição para o nosso almoço de domingo. Os biscoitos da padaria Beech Hill eram sempre postos de lado em favor do bolo de rum e passas de Alma (*depressa, enquanto está quente, guardaremos os biscoitos para amanhã, se você não se importa*). Vinho também não servia, pois Linus era um abstêmio convicto. Em vez disso, quando o meu jardim está viçoso, trago um buquê para enfeitar a mesa. Disso ela gosta.

Trata-se de um espetáculo de Alma, e esta cozinha vitoriana é o palco onde ela brilha. Com armários de cerejeira, um clássico fogão O'Keef and Merritt com seis bocas, forno de duas prateleiras e uma geladeira azul-cobalto Crosley Shelvador, a cozinha é tão tradicional quanto a própria Alma. Ela tira do gancho uma panela de cobre, que me dá por cima da mesa da cozinha da sua avó, onde um bule de chá já está amornando sobre o guardanapo rendado, ao lado de uma xícara de chá de porcelana da sua mãe.

– Está cheiroso – digo. Nunca falei para Alma que raramente tenho fome e que comida não me atrai muito. Ela ficaria bastante magoada e já sofreu demais na vida. – O que eu posso fazer?

Ela me estende a manteigueira e dois descansos.

– Pode colocar isto na mesa?

Meus olhos têm de se ajustar da claridade da cozinha para a penumbra da sala de jantar. Há um candelabro de cada lado do aparador, mal iluminando o lambri de nogueira e as cortinas de veludo. O lustre ainda não está aceso. Em outra casa, eu acharia que a pouca iluminação servia para disfarçar a poeira e as teias de aranha, mas na casa de Alma o perfume de óleo de limão é uma constante. Se eu tocar no encosto da cadeira, sei que meus dedos sentirão o óleo. Há cinco lugares na mesa, em vez dos três habituais; o armário onde fica o aparelho de jantar de porcelana está meio vazio, com as peças dispostas sobre a toalha de mesa bordada.

– Quem vem almoçar conosco? – pergunto a Alma, tomando o chá que ela oferece e sentando à mesa da cozinha.

– O reverendo Greene, que vai trazer a velha mãe. Ela é da cidade de Elizabeth, na Carolina do Norte, e está de visita aqui. Deve estar beirando os oitenta e cinco anos, mas pegou o ônibus sozinha. Dá para imaginar?

Alma está de costas para mim e não vê que derramo o chá no pires. Não vejo o reverendo Greene há duas semanas, desde que Mike me visitou no porão. Imagino o que Mike terá dito a ele sobre Flor Sem Nome, e sobre mim. Seguro a xícara em concha, espantando a frieza das mãos, e ouço Alma mexer o molho, que tem cheiro de manteiga, açúcar mascavo e cidra.

Eu não fiz nada de errado. O silêncio não é crime. A vida daquela criança fora um inferno longo, que de repente acabara num momento de terror e violência. Mas, finalmente, acabara. Nada que qualquer deles tivesse feito depois disso poderia ajudar a menina; ela está morta. Provavelmente só depois foi tratada com alguma bondade. Houve o clamor público nos jornais e as doações que choveram, como recompensa para quem apanhasse o assassino. Ao funeral que Linus lhe deu compareceram quase todas as pessoas importantes de Brockton e Whitman: policiais, bombeiros, clérigos e todo tipo de políticos. Tirando Linus e Alma, eu gostaria de saber quantas daquelas pessoas, se vissem a menina sendo espancada numa viela, parariam para prestar socorro. Os meus eram, provavelmente, os únicos olhos secos na cerimônia religiosa; só eu parecia consciente de que a morte foi a sua libertação. A vida é sofrimento. As pessoas acham que, de alguma forma, Flor ainda está ligada a este mundo, mas a sua vida acabou. Não fiz nada de errado, ficando em silêncio.

– Clara, querida. Clara? – Alma parou de mexer o molho e está olhando para mim. – Quer atender a porta? Acho que é o reverendo Greene e a mãe.

Saio da cozinha, cruzo o corredor e chego ao salão na hora que a campainha toca outra vez.

– Ah... olá, Clara – diz o reverendo Greene, atrás de uma mulher curvada sobre uma bengala. Ela é muito pequena, parecendo estar prestes a desabar sob o pesado casaco de lã e os sapatos confortáveis. Um chapéu de pelúcia marrom, preso por grampos acima das orelhas, combina com suas luvas, que não escondem a deformação dos dedos. Por baixo da gola, um colar de pérolas descansa sobre o pescoço. Elevando a voz e segurando a mãe pelo ombro, o reverendo Greene diz:

– Mamãe, esta é a Clara Marsh. Ela é a filha do irmão Bartholomeu.

– Não – digo eu, pois o reverendo Greene sabe que isso não é verdade. – Sou a assistente do Linus.

– Não tem importância – diz a velhota, enquanto o filho segura no seu cotovelo esquerdo e oferece o outro braço para ajudá-la a entrar na casa. Ela se firma, apesar do tremor persistente que domina o seu corpo. – Somos todos filhos de Deus, é isso que importa.

– Entrem, entrem – grita Alma, aparecendo antes que eu tenha chance de explicar. Limpando as duas mãos no avental, ela estende os braços para a mãe do reverendo. – Estamos honrados com a sua presença no nosso almoço de domingo. Para mim e para Linus, o reverendo aqui é como se fosse da família, de modo que, por favor, fique à vontade.

Com um só gesto, Alma abraça a mãe do reverendo e tira-lhe o casaco dos ombros. Por um momento, imagino como os botões foram desabotoados, mas não há tempo para divagações, porque Linus enche a sala.

– Seja bem-vindo, Israel – diz ele, apertando a mão do reverendo Greene. Depois vira para a mãe do reverendo com o olhar baixo e curva o corpo levemente. – E esta deve ser a sua mãe.

A princípio, acho que a velhota está confusa com a presença de todos nós no vestíbulo. Sua hesitação parece ser um sinal de cansaço pela longa viagem de ônibus rumo ao norte. Então ela solta a mão de Linus e tira a luva. Depois pega outra vez a mão dele entre as suas.

– Você está rodeado por espíritos – murmura ela.

Linus observa o rosto dela, mas não fala, com um sorriso cansado pairando nos lábios.

– Eles estão todos à sua volta. – A mão esquerda da velha descreve um arco sobre o ombro de Linus, como que aspergindo água benta. – Gostam de você e se sentem seguros na sua presença. Acham que você lhes mostrará o caminho de casa.

O reverendo Greene puxa a mãe em direção à cozinha.

– Mamãe, a sua viagem foi longa. Talvez você queira um copo de água.

Nós seguimos atrás. Alma olha para Linus, enquanto ele olha para o chão.

– A senhora gostaria de uma xícara de chá? – pergunta Alma, puxando com o polegar o canto do bolso do avental. Vejo se soltar um ponto da costura, seguido por outro. – Já tenho um bule pronto. Ou, talvez, um copo de limonada?

Linus se encaminha para a mesa da cozinha e puxa da cabeceira a cadeira que tem um assento confortável e os braços acolchoados. O reverendo Greene ajuda a mãe a sentar. Alma se apressa até o fogão, mexendo a nata no topo do molho para que não endureça e forme caroços insípidos. Eu não sei para onde vou.

– Um chá seria ótimo, querida – diz a mãe do reverendo, soltando os grampos que prendem o chapéu e colocando as luvas ali dentro. – Obrigada.

Eu pego o chapéu e as luvas, grata por ter algo a fazer, enquanto Linus conduz o reverendo Greene para a sala de visitas. Vou até o armário do vestíbulo, escutando a voz grave de Linus e o sussurro do reverendo Greene em resposta, mas não consigo entender as palavras. Voltando à cozinha, paro e examino as fotos familiares que revestem as paredes do corredor. São todas do filho deles, Elton, desde a infância até a formatura no ginásio, uma estranha montagem da natureza da vida, tão cheia de caprichos. Aguço o olhar para o rapaz de barrete e beca; avermelhados pelo clarão da câmera ou pela euforia, seus olhos não demonstram pressentir o aneurisma que explodiria no seu cérebro poucos dias depois.

Quando entro na cozinha, os olhos da velha estão fixados em mim. Embora ela se mova lentamente, derramando cristais de açúcar sobre a toalha da mesa enquanto mexe o chá, seus olhos parecem vivazes.

– Eu tomei o seu lugar, querida? – Ela aponta para a minha xícara vazia, que alguém pôs de lado.

– De jeito nenhum. – Sento do outro lado da mesa, mas perto o suficiente para reparar no cheiro familiar de naftalina e gotas de lavanda. Muitos dos meus clientes usam a mesma coisa.

Alma coloca uma bandeja com biscoitos de malte e um bloco de queijo na frente da velha.

– Espero que a senhora goste dessa variedade de folhas soltas. Mas posso pegar um chá em saquinho, se preferir.

– Sabe, na minha cidade todas as senhoras me pedem para ler suas folhas de chá – diz a mãe do reverendo, rolando uma das pérolas no pescoço com o polegar e o indicador. – Todas elas procuram achar seu verdadeiro amor ou ver quantos filhos e netos o futuro lhes reserva. Dinheiro também. Eu não cobro, claro, mas geralmente elas me deixam alguma coisa qualquer. Um pão de banana ou costeletas de porco. Essas coisas. A maioria delas me dá pequenas quantias para completar minha pensão de viúva, mas não precisam fazer isso.

– Ah, mamãe – diz o reverendo Greene, entrando com Linus na cozinha.

Sua mãe larga o colar, e eu fico esperando ouvir o baque surdo das pérolas na clavícula. Ela se ampara na mesa e vira levemente, lançando um olhar irritado para o filho.

– Israel, você sabe que Deus me abençoou com esse dom. No dia em que você conheceu Dorothea, eu disse que ela seria sua esposa dentro de um ano e, trinta anos depois, disse que fosse com ela ao médico. – Ela se vira, olhando para mim e Alma. – Ela morreu duas semanas depois, quando seu coração parou. Isso já faz quase catorze anos, não é, Israel? Que Deus a tenha.

No silêncio que se segue, o reverendo Greene procura no bolso da calça a aliança de casamento que guarda ali, enquanto sua mãe, virada de costas, bebe o chá ruidosamente. O som da batedeira de Alma contra a panela acalma a minha tensão.

– A senhora consegue se comunicar com os falecidos?

– Consigo.
– A senhora precisa de folhas de chá...
Linus começa a falar, mas Alma silencia o marido com um olhar.
– A senhora precisa das folhas para ver as coisas? – Alma bate o molho, *clique, clique, clique*.
– Não, não preciso – diz a mãe do reverendo, colocando a xícara no pires com os olhos postos em Alma.
– A senhora pode se comunicar com o meu filho? – Com a mão livre, Alma enxuga o rosto. É, certamente, o suor da testa ou um respingo da batedeira. Nunca vi Alma chorar.
– Não posso – disse a mãe do reverendo, cruzando as mãos sobre o colo. – Seu filho está descansando. Só aparece para mim quem não consegue achar o caminho para o outro mundo e que continua preso a este aqui. São almas torturadas. Seu filho estava em paz quando morreu, cheio do *amor* que você e seu marido lhe deram. Vocês foram sábios ao deixar que ele se fosse.
Alma vira para a mãe do reverendo. Com os lábios trêmulos, os dentes trincados, ela balança a cabeça.
– Obrigada. Obrigada.
Eu desvio o olhar.
A mãe do reverendo gira na cadeira e olha para Linus.
– Já o seu marido aqui está rodeado de espíritos, procurando alguém que lhes mostre o caminho de casa. Você sabe que isso é o certo, não sabe?
– Sim, senhora, eu sei – diz Linus, alisando o ombro dela. – Todos querem ir para casa.
A mãe do reverendo solta uma risada. É uma brincadeira que ela compartilha com Linus, que também sorri. Eu olho para o reverendo Greene e me lembro dos adolescentes da minha juventude, que se aborreciam sempre que as mães participavam de uma excursão escolar ao campo. Era como se carinhos espontâneos e lanches feitos em casa fossem uma humilhação. Eu, particularmente, não gostava daqueles alunos.
– E você, Clara – diz a mãe do reverendo, virando o rosto para mim. Sua cabeça treme sobre o pescoço, e os olhos não piscam. Eu reconheço os sinais da doença de Parkinson, tal como a demên-

cia à qual ela também parece ter sucumbido. Mesmo assim, ela parece um ser do outro mundo. – Espiei dentro da sua xícara de chá. Há coisas que você precisa saber.

O odor de cravo-da-índia bloqueia a minha garganta. O presunto repousa sobre a tábua, aguardando Linus e sua faca. O aroma que encheu minhas narinas provoca uma dor que lateja cada vez mais fundo na minha cabeça. O reverendo Greene enfia as mãos nos bolsos, e eu mal consigo vislumbrar Alma mexendo nas cenouras, olhando para mim.

– Não, obrigada. – Não consigo imaginar como comerei, lembrando-me da coleção de cravos-da-índia que minha avó guardava no armário.

– Clara, você não gostaria de saber? – pergunta Alma, sorrindo para mim antes de voltar a atenção para a convidada. – A senhora vê um homem no futuro dela?

– Há dois homens na sua xícara. – O olhar da mãe do reverendo é firme, mesmo quando o seu corpo treme. – Guarde minhas palavras, querida, os dois significam perigo. Um morrerá tentando salvar você e o outro tentando matar você.

O reverendo Greene toca e sacode levemente o ombro da mãe.

– Não diga essas coisas, mamãe.

– Ela precisa ouvir – sibila ela, olhando para mim.

Aspiro profundamente o perfume dos cravos-da-índia, da minha infância, e minha cabeça reage latejando. Muitas das velhas que passaram pelas salas do velório, embaixo desta cozinha, já quiseram partilhar suas profecias comigo. Perto do fim da vida, todas falam com Deus.

– E a menina... Deus tenha misericórdia daquela menina perdida. – A mãe do reverendo coloca a mão sobre o coração, com o olhar perdido atrás de mim. – Ela pensa que achou um lar em você.

Eu me viro para Linus, que está focado na mãe do reverendo. Imagino que ele tenha falado de Trecie para o reverendo Greene, e que a velha tenha obtido assim o seu "dom".

– Ninguém deve conhecer a dor que acometeu aquela menina – diz a velha, enrolando a saia no pulso. – Você é a única paz que ela já conheceu na sua vida curta.

Linus bate de leve no braço dela.

– Clara vai cuidar da menina. Ela concordou em ajudar. Tudo já foi combinado.

As lágrimas enchem as rugas da mãe do reverendo, mudando de curso quando seu rosto faz uma careta. Ela se livra da mão de Linus, debruça o corpo sobre a mesa e agarra o meu braço. A força daquela mão retorcida me espanta. Estou mais acostumada ao toque submisso das minhas clientes idosas. – Ela trará sofrimento à sua vida.

– Clara tomará conta da menina – diz Linus. – Está tudo nas mãos de Deus.

– Mas a sua menina corre perigo – diz a mãe do reverendo, apelando para ele.

Linus ergue a mão e enxuga as lágrimas dela com o polegar.

– O medo é a entrada do mal; é assim que o demônio nos domina, a senhora sabe disso. Nossa fé precisa ser mais forte do que o nosso medo.

Sem pensar, puxo a minha xícara da mão da mãe do reverendo, quebrando a asa ao fazer isso.

– Nossa, Clara, você está sangrando! – Alma corre para mim com um pano de prato e enrola meu dedo. É só um arranhão, mas a xícara está perdida. Ela olha para os cacos de porcelana... *ah!*... e, depois, de volta para o meu dedo. – Não tem importância.

Meu celular toca antes que eu possa pedir desculpas à Alma, ou contar à mãe do reverendo minha intenção de mandar Trecie para a igreja do seu filho, que é cheia de crianças necessitadas de atividades extraescolares. Retiro meus dedos das mãos da velha e de Alma.

– Clara? É o Ryan, do DP de Brockton. Tenho um corpo para você.

– Só um minuto. – Enquanto Alma ajuda a mãe do reverendo a levantar da cadeira, eu saio apressada da cozinha, escondendo a mão no bolso da jaqueta.

No seu tom mais bondoso, Alma diz:

– Por que a senhora não descansa na nossa cama antes do almoço? Deve estar exausta depois da viagem.

Enquanto eu falo com Ryan, Alma quase carrega a mãe do reverendo, passo a passo, em direção à escada no fim do corredor. Ela se vira para mim com a testa franzida. Não tento interpretar sua expressão, nunca fui fluente na linguagem corporal dos outros. Em vez disso, concentro minha atenção em Ryan, um homem que não exige tradução.

– Pediram para conferir o bem-estar de alguém – diz Ryan. – Um vizinho ligou dizendo que não via Charles Kelly há dois dias, e que os jornais estavam empilhados do lado de fora. O sujeito morreu vendo tevê. Devia ser algo muito bom, porque ele nem está de cueca.

Pergunto pelo endereço e já vou desligar, quando Ryan diz:

– Não se apresse. Não me importo de ficar mais um pouco aqui com o Charlie. Estou vendo os *Três Patetas*.

# Capítiulo Seis

Parece estranho recolher o corpo de alguém que conheci em vida. Charlie Kelly era famoso em Brockton e se tornara conhecido como o Duende da Sorte, por causa da pouca altura e da afinidade com bilhetes lotéricos. Como a maioria dos habitantes dessa cinzenta cidade industrial, ele nascera, crescera e, agora, morrera aqui. Muitas vezes vi Charlie na picape do Departamento de Obras Públicas, fumando um cigarro, beberitando café da Dunkin' Donuts e supervisionando operários mais jovens que tapavam buracos nas ruas. Anos atrás, ele foi chamado de Herói do Cotidiano pelo *Brockton Enterprise*. Foi dele a ideia de que turmas do DOP percorressem semanalmente as escolas primárias para recolher dos playgrounds as latas de cerveja amassadas e os preservativos usados. Na primavera, eles plantavam flores, e Charlie sempre tinha os bolsos cheios de balas para os "anjinhos". No artigo do jornal, ele disse que nunca tivera filhos e que bastava ser o Tio Charlie de Brockton.

Confiro os números das casas na rua Aberdeen, e vejo que Ryan já ocupou a vaga em frente à casa de Kelly. Procurando onde estacionar, encontro uma vaga ampla duas casas adiante. Imagino que os vizinhos ficarão incomodados por ter um rabecão estacionado diante de seus bangalôs cercados por alambrados, com cartolinas retratando perus risonhos coladas às janelas. A morte não combina com o espírito do Dia de Ação de Graças.

Vasculho a rua à procura do Crown Vic de Mike, mas não vejo o carro. Em Whitman, a cidade vizinha, um detetive é enviado quando ocorre uma morte sem testemunhas; isso também acontece aqui, mas nem sempre. A força policial de Brockton vive às voltas com acidentes automobilísticos fatais e desavenças domésticas resolvidas por facas de cozinha ou simples punhos. Nos anos recentes, gangues oriundas de Boston e Cabo Verde trouxeram problemas novos.

Hoje em dia, raramente a violência com armas vira notícia de primeira página no *Enterprise*.

Ao aproximar-me da casa em estilo rancheiro de Kelly, fico espantada com a limpeza. Esta rua é um bolsão de alívio dentro da cidade. Aqui, a poeira que cobre tudo é contida por uma camada de vinil lavável, e coloridos cachos de crisântemos guarnecem algumas das aleias. O gramado de Kelly foi aparado ao fim da estação e, embora nenhuma cor quebre o curto trecho verde, as sebes sob as janelas foram podadas habilmente. Acho que a turma do DOP deve ter passado por aqui também.

Toco a campainha e ouço Ryan gritar mais alto do que os ganidos de um cãozinho. Ele entreabre a porta, afastando com os pés um chihuahua.

– Oi, você não precisava se apressar – diz Ryan, por cima do latido. Ele segura um saco de batatas fritas. Quando vê meu olhar se dirigir para a comida, encolhe os ombros e diz:

– Prove.

Não há nada de marcante na casa, com exceção do cinturão com a arma de Ryan no chão; é um rancho normal, com cinco aposentos. A porta de entrada dá diretamente para a sala de estar, onde há um sofá e uma poltrona cinza, um tapete azul-marinho sobre o assoalho de madeira e abajures de pé comuns, com as cúpulas rachadas e amareladas. Na tevê de dezenove polegadas, os Três Patetas se esgoelam, interrompidos intermitentemente pelos estalidos explosivos do rádio policial preso ao cinturão abandonado de Ryan. A única cor na sala vem de uma manta afegã, verde e branca, que cobre o dorso e as pernas de Kelly. Fico imaginando se foi tecida pela mãe dele e se deve ser enfiada no caixão.

As persianas estão erguidas, coisa que é estranha para um homem solteiro. Muitos dos solteirões, cujos corpos eu recolho, vivem no meio da desordem, se não na mais completa sujeira: são cinzeiros abarrotados em todos os aposentos, pratos com restos de comida sobre as bancadas das cozinhas e as mesas do café da manhã, além de roupas sujas, pornografia e garrafas de bebida espalhadas por toda parte. Por mais desagradáveis que possam ser essas casas, porém, nenhuma se compara às das donas de gatos. Elas não jogam fora coisa alguma (principalmente revistas e jornais) e deixam a podridão e sujeira escorrerem por entre as páginas. Têm tantos gatos que não dá para contar. Há alguns anos, pensei em arranjar um animal de estimação, mas andei por tantas casas de donas de gatos que me curei dessa ideia.

Ryan, com o saco de batatas fritas numa das mãos e mais um punhado na boca, abaixa e ergue o cachorro embaixo do braço esquerdo. O cão para imediatamente de latir e começa a lamber a gordura na mão de Ryan. Eu passo por eles e vou até o corpo. Da manta, se projeta um tornozelo violáceo e azulado até os dedos. O pé apoiado no chão está completamente preto no lugar em que a força da gravidade fez os fluidos corporais se acumularem. Todos os pelos do corpo exposto de Kelly são brancos, e os olhos dele estão quase fechados. Já a boca, está torta, como se a morte houvesse sido particularmente dolorosa.

– Ele está nu feito um passarinho debaixo da coberta – diz Ryan, amassando e largando o saco de fritas sobre a mesa de café, perto de uma caixa de vídeo vazia, um cinzeiro com um toco de charuto e um isqueiro no formato de uma bola de beisebol. E, também, da indispensável garrafa de Jim Beam, junto a um copo pela metade. Sobre o braço da poltrona, vejo o controle remoto, que suponho ter sido deixado ali por Ryan. – Provavelmente ele estava vendo *os filmes*.

Embora o odor da morte já tenha se espalhado pela casa, ainda é relativamente suave, prevalecendo o cheiro de charutos apagados. Vou até o termostato, que marca quinze graus. Fico grata pela frugalidade de Kelly. Com uma calefação mais forte, a decomposição avançada teria tornado a remoção desagradável.

– Veja bem onde pisa... o Amendoim deixou o terreno minado – diz Ryan.

– Amendoim?

– É o que diz a plaqueta dele. – Ryan aponta para a plaqueta em forma de um osso, presa na coleira do cachorro. – Acho que vou deixar o bicho na Sociedade Protetora dos Animais a caminho de casa. Gostaria de levar o coitado para casa, mas a patroa não gosta muito de cachorro. Não, ela não gosta.

A voz de Ryan assume um tom de cantilena, enquanto ele afaga o focinho do cachorro. Amendoim começa a lamber a boca de Ryan, com a língua dardejando entre os lábios.

Eu volto minha atenção para Kelly.

– Há quanto tempo você acha que ele está aqui?

– Havia dois jornais do lado de fora. – Ryan deixa o cachorro no chão e começa a palitar os dentes com uma unha curta. Imagino que o sal da batata frita deve arder, porque as cutículas estão em carne viva. Depois, ele ergue os ombros no estilo fatigado dos policiais e diz:

– Os caras do DOP disseram que ele trabalhou na sexta-feira. Portanto, meu palpite é... desde a noite de sexta-feira? Ele provavelmente pegou um dos filmes, bateu uma punheta para se divertir, e... morreu feliz. Coitado do puto.

O rádio de Ryan sibila novamente. Desta vez, ele se inclina e retira o aparelho do coldre. Fico escutando o diálogo, com murmúrios incompreensíveis, seguidos pelas únicas palavras que consigo distinguir.

– Dez, quatro.

Enquanto prende o cinturão em volta da cintura, Ryan diz:

– O Mike está vindo para cá. O chefe quer que ele assuma isso, já que é o Charlie. É melhor eu dar uma olhadela em volta para ver se está tudo legal. Espere aqui até o Mike chegar. Você sabe como ele é.

– Vou esperar no carro.

– Não precisa. Ele já está na rua Centre, vai chegar aqui num minuto.

Não tenho escolha além de ficar e esperar. Presto atenção ao barulho de Ryan andando pelo quarto de Kelly, abrindo as portas dos armários e fechando gavetas. O cachorro foi junto, e ouço Ryan murmurar palavras carinhosas para o bicho. Depois de um silêncio, de repente ele exclama:

– O homem tinha charutos muito bons!

Ryan sai do quarto com uma pequena caixa de madeira na mão direita. A esquerda segura um charuto junto ao nariz.

– Ao vencedor, o espólio – murmura ele, antes de guardar o charuto no bolso. O cachorro vem correndo atrás, olhando para Ryan com os olhos dilatados e o corpo trêmulo.

– Ah, coitado do Amendoim, tão sozinho – diz Ryan em tom agudo. Ele pega o cachorro outra vez e afaga o queixo do bicho. – Que é, meu amiguinho?

Nesse momento, ouço a porta de um carro bater. Não há lugar neste pequeno espaço para me esconder. Então, eu me encolho contra a parede que divide a sala da cozinha.

Ryan leva o cachorro para o quarto de Kelly e fecha a porta. Ouvem-se latidos frenéticos, e as unhas do cachorro arranham desesperadamente a barricada.

Mike já está na escada. Ouço seus pés esfregarem o capacho de borracha do lado de fora e vejo a maçaneta girar. Quando a porta é aberta, parece que eu também sou empurrada para trás.

Eu focalizo os seus sapatos, e então ele fala o meu nome.

– Olá, Clara.

Minha respiração acelera, mas eu disfarço com o casaco para que ele não veja meu peito arfando. Olho um pouco mais para cima e percebo que ele tem as mãos pousadas nos quadris. Não sei interpretar o seu tom e não consigo olhar para o seu rosto.

– Olá, Mike.

– Oi, Mikey – diz Ryan, estendendo a caixa de charutos e inclinando levemente o corpo. – Quer um charuto?

Já consigo olhar para ele, que voltou a atenção para Ryan. Mike parece mais cansado do que o habitual, com os ombros curvados como eu não via desde o primeiro ano após a morte da sua mulher. Fico imaginando se sou a causa.

– Bolivars. Cubanos, não? – pergunta Mike, examinando a caixa. – Não sabia que Charlie estava envolvido com essa turma. No mercado negro, esses charutos devem valer uma nota.

– Pois é, nós liberamos alguns desses quando eu estava no estrangeiro – diz Ryan, antes de menear a cabeça para Kelly. – Ele não vai precisar mais disso.

Mike faz uma careta.

– Enquanto você estiver usando *esse* uniforme, vai deixar tudo como está.

Dou uma olhada para Ryan e noto que sua mandíbula se contrai. Então, ele sorri.

– Eu só estava brincando – diz ele, mas não tira o charuto do bolso. O cachorro está quieto no outro quarto, como se também esperasse o veredicto sobre os momentos finais do seu dono. Ryan coloca a caixa na ponta da mesa e acena com o braço em volta da sala.

– Nada suspeito aqui. Quando eu entrei, a vítima estava no sofá. Procurei sentir o pulso, e nada. Ele estava frio e já mostrava sinais de *rigor mortis*. Liguei para o legista, expliquei que o corpo estava nu, com o Lipitor no armário. O legista disse que foi enfarte.

– Você ligou para o médico pedindo o histórico do Charlie?

Ryan parece um cachorro que é pego evacuando no chão.

– A coisa parece bem simples. A licença dele indica sessenta e dois anos, colocando o Charlie bem na faixa etária. Meu chute? Ele estava vendo tevê, fumou um charuto... e expirou.

Ryan estala os lábios: *plbbt*.

– Vou ligar para o médico – interrompo. – Preciso da assinatura para a certidão de óbito.

Mike anda até a mesa e revira entre as mãos a caixa de vídeo, antes de mostrar para nós.

– Não sei, parece que ele estava vendo um filme. Sem rótulo. E está nu.

– Ah – Ryan sorri, arqueando as sobrancelhas. – Ele estava se divertindo à beça com *os filmes*.

Ele corre em direção à estante do televisor de Kelly, que é feita de compensado envernizado, bem ao gosto dos fregueses do Wal-Mart, e começa a mexer no videocassete. Imagino que Ryan seja um consumidor mais sofisticado, que equipa a sua compacta sala de estar com uma tela plana de quarenta polegadas, sinal a cabo e um aparelho de DVD. Eu não tenho nada disso.

– Ryan, procure o número do médico – diz Mike.

Mas Ryan não obedece e continua a mexer no videocassete. Mike solta um suspiro e torna a pôr as mãos nos quadris. Mesmo assim, volta a olhar para a tela. Eu também.

Um comercial da Gold Bond, proclamando os benefícios de um pó para banho, é substituído pelo silêncio quando Ryan aperta um botão, antes de voltar para o lado de Mike. Logo a tela fica branca e, depois, muda para uma cena com um colchão de solteiro sobre um estrado de madeira. A parede traseira é encardida e nua, com exceção do que parece ser um desenho abstrato feito por uma criança, com lápis verde e azul. Mike pega o controle remoto e aumenta o volume.

– Hum, Mike? – começa Ryan, mas Mike acena para que ele fique em silêncio.

Um homem e uma menina andam até o colchão, de costas para a câmera. Ela está usando um vestido de verão azul-claro e amarrotado. Ele está com um pulôver cinza, mas a sua cabeça permanece fora do quadro da imagem. Os dois se voltam de perfil, com o rosto da menina escondido pelo cabelo preto comprido. Só vemos o tronco do homem.

– Mike – diz Ryan, pegando o controle.

– Espere. – Mike levanta a mão e Ryan emudece.

O sujeito no vídeo murmura alguma coisa para a menina. É incompreensível, mas a resposta dela é clara. Ela abana a cabeça, como quem diz *não*, e uma cortina de cabelos cacheados cai, escondendo a expressão do seu rosto. O sujeito muda de tom, mas isso é tudo o que sei ao certo, pois só consigo distinguir a palavra "agora". A criança levanta a mão até o ombro e solta a alça do vestido. Antes de tirar a outra, ela se volta para a câmera. Seu rosto está inexpressivo, mas os olhos apelam para mim. A cena dura poucos segundos, mas é o bastante. Eu me descontrolo e solto um grito.

– Merda – murmura Ryan, passando pela mesa e apertando os botões do videocassete.

– Desligue isso! – diz Mike, antes de atravessar a sala em minha direção. Põe a mão no meu ombro e aperta. Eu nunca sentira seu toque, que parece queimar. – Lamento que você tenha visto isso.

Com a mão ainda no meu ombro, ele se volta para Ryan.

– Isole o local... isto virou uma cena de crime. Vou pedir um mandado de busca, enquanto você liga para o doutor e pega um histórico médico. Se ele disser que o Charlie tinha um quadro cardíaco, pelo menos a Clara pode tirar o corpo daqui. Vamos virar a casa pelo avesso.

Mike volta a atenção para mim, e fico imaginando se ele pode perceber o meu tremor ou sentir o cheiro da azia no estômago queimando a minha garganta. Ponho as mãos na cabeça. Aqui não, agora não. Em vez disso, há uma ferida de outro dia, vívida e entreaberta. Eu arranco a casca fora com as unhas.

– Você está legal?

– Aquela menina...

Ele interrompe.

– Eu sei, é doentio. Eu não sabia que o Charlie era pedófilo.

– Não – digo, encarando Mike pela primeira vez. – Eu conheço aquela menina.

Ele aperta mais o meu ombro e eu vacilo com o toque. Não sei se é o mesmo assomo de raiva, como da última vez em que falamos sobre Flor Sem Nome, ou se ele se sente tão mal quanto eu. Meu rabo de cavalo está começando a se desfazer.

Embora os dedos de Mike me machuquem, a voz é suave.

– Clara, você precisa me contar. Sem brincadeiras desta vez. Quem é ela? É da vizinhança?

– É – digo. – Ela se chama Trecie.

# Capítulo Sete

Eu não recebo visitas com frequência. Nos dias quentes, quando o meu jardim está todo florido, às vezes, um enlutado tira um descanso do velório e vai espairecer lá fora, na área do estacionamento. Ele ou ela pode descobrir o meu chalé atrás da cerca velha e quase encoberta pelos galhos de glicínia. Talvez sejam atraídos pelas moitas coloridas de margaridas (*beleza simples*) plantadas junto a cada mourão, ou a disposição ensolarada das flores represente um alívio para o fardo dos lírios.

Vez ou outra, alguém se atreve a passar embaixo da minha arcada e vir descansar no meu pátio de pedras. O que faz uma pessoa se espichar na minha espreguiçadeira, com o rosto virado para o sol, e outra sentar no banco de concreto, com as mãos na cabeça, eu não sei. No entanto, frequentemente fico olhando para elas através das portas duplas. Parecem não ter consciência de que estão invadindo minha propriedade, que o chalé não é uma simples extensão da Funerária Bartholomeu. Algumas até chacoalham a maçaneta da porta ou espiam pela janela. Nunca percebem que estou olhando para elas.

Hoje receberei alguém que foi convidado. Bem, nem tanto. Mike me ligou pela manhã querendo conversar sobre Trecie.

– Para traçar uma estratégia – sugeriu ele.

Ao executar o mandado de busca na casa de Kelly ontem, ele encontrou muitos outros vídeos. Havia apenas quatro com Trecie, mas ela aparecia em dezenas de fotografias no computador. Fiquei feliz por ele só ter me contado tudo isso depois que eu acabara de preparar o corpo de Kelly. Mesmo assim, eu já sabia demais. Tentara reconfigurar a sua expressão de dor, para eliminar a careta horrível que contorcera seu rosto na morte. Mas não sou mágica.

A chaleira apita quando um carro entra no estacionamento ao lado. Através dos galhos das glicínias, vejo Mike sair da viatura policial. É um modelo mais novo do Crown Vic, verde-escuro com vidros fumê. Antes de fechar a porta, ele se inclina sobre o assento do motorista e tira uma grande caixa de papelão. Examinando minha sala de visita, fico grata por não ter um aparelho de vídeo.

A chaleira continua a apitar, e eu me ocupo na quitinete com o ritual do chá: um bule e duas xícaras de porcelana; um pote com cubos de açúcar e outro igual com creme; uma travessa para um bolo de café que comprei hoje de manhã; pratos de sobremesa, uma faca, garfos e colheres. Isso é algo que Alma faria, eu não. Nunca fiz isso antes. Tiro a faca da bandeja e corto dois pedaços de bolo.

Mike vem avançando pela trilha serpenteante do jardim, mas eu não consigo esperar que ele bata. A tal caixa está cheia demais nas mãos dele, que parece desajeitado; eu precisarei encontrar com ele na porta. Ao ajeitar o cabelo, apalpo as feridas, que procuro esconder com mechas puxadas do outro lado. Depois, refaço o rabo de cavalo. Gostaria que Mike viesse outro dia, ou nunca. Quando abro a porta, a sua presença me faz cambalear. Na luminosidade fraca do sol da tarde, é difícil acreditar que se trata do mesmo homem que vi chorando, debruçado sobre o túmulo da esposa. Seu cabelo está penteado, a roupa está passada e ele tem cheiro de hortelã. Não há vestígio do homem derrotado que vi naquela noite. Eu encosto no umbral da porta, refrescada pelo vento frio.

– Olá, Clara.

Ele dá uns passos até a mesa de café e larga a caixa de papelão. Não olha para mim; em vez disso, examina a sala. Eu fecho a porta e sinto o rosto acalorado novamente. Ele é um policial, um detetive, afinal de contas. Talvez esteja procurando pistas sobre mim que não consigo ver.

O que significa que meu sofá e minha poltrona sejam cor de camelo, com almofadas e uma manta de listras azuis? Que eu tenha gasto muito num tapete oriental paquistanês, mas que o resto do meu assoalho esteja nu? Mike não pode deixar de notar que a sala é uma selva de samambaias, palmas, fícus e hera. Nunca estive em nenhum lugar que inspirasse uma fotografia; não há quadros nas paredes. Ele vai até uma fileira de sólidas estantes de carvalho que comprei de um consignatário da cidade, um homem esperto que vai às casas dos falecidos, oferecendo dinheiro às famílias decididas a se desfazer das coisas e vender rapidamente a casa da avó (ao contrário da maioria dos moradores desta cidade, ele não achou estranho quando cheguei no rabecão). Como não sou do tipo que coleciona quinquilharias, as prateleiras estão atravancadas apenas com livros. Mike inclina a cabeça enquanto examina os volumes, e tenho a sensação de que ele está perscrutando o meu íntimo. O que ele deve pensar dos meus exemplares de Dickinson, Pearlman, Dang Thuy Tram, Albert Camus, Dalai Lama e Dostoievsky, com uma prateleira inteira de Guias de Pássaros Sibley?

– Você não tem tevê? – pergunta ele.

Então era só isso.

– Não.

Mike mexe no cabelo, falando alto.

– Enviei a maioria das fitas para o FBI. Eles têm analistas de perfil que podem decifrar o caso. Vão procurar joias, tatuagens ou marcas de nascença... qualquer coisa sobre o criminoso ou as vítimas que ajude na identificação. Vai levar cerca de um mês. Mas, pelo que eu vi, aquilo é um circo de horrores, uma verdadeira armadilha. O tal cara é profissional, e provavelmente trabalha para um esquema maior.

– Vítimas? – digo eu, antes de tapar a boca. Não tinha intenção de falar.

– Pois é, há outra vítima. – O olhar de Mike se perde, e sua expressão se torna vaga. As olheiras embaixo dos olhos combinam com as minhas. É claro que nenhum de nós dormiu à noite, sabendo o que sabemos. Eu fico aguardando que Mike volte a si. Então ele levanta o queixo, endireitando os ombros quando fala. – Que tal examinar algumas fotos? Precisamos identificar a menina.

– Tenho certeza de que era a Trecie. – A criança merece ser tratada com alguma dignidade.

Mike já abriu a tampa da caixa e está vasculhando as pastas.

– Por favor, não – digo, recuando.

Os dedos de Mike param de procurar, e sua expressão se suaviza.

– Só algumas fotos de rosto, nada mais. Eu não faria isso.

Ele se vira para as pastas. Veio a negócios, e foi por isso que eu esqueci as boas maneiras. Mesmo hoje, seu dia de folga, Mike está usando gravata e camisa social. O distintivo continua preso no cinto, com a arma no coldre. Subitamente me ocorre que nunca tive uma arma em casa.

– Você gostaria de um chá? Tem bolo também.

Mike larga a caixa, apoia as mãos na cintura e vira para mim. É como se minutos ou horas se passassem, enquanto ele reflete. Sempre achei que havia algo reptiliano nos olhos de Mike. Não pela frieza, mas pelas camadas, que exibem a ambiguidade de um crocodilo antes de submergir, escondendo seu intento sob o escudo transparente que cobre a córnea – o que permite que o animal veja e ao mesmo tempo se proteja de algum mal. O mesmo acontece com Mike. Mas agora não há mais escudo. Agora seus olhos estão nus, selvagens, imóveis e profundamente atormentados. É impossível desviar meu olhar.

– Chá, hum? – diz ele. – Pois é, vamos primeiro tomar um chá.

Vou até a cozinha e coloco tudo na bandeja. Estou de costas para Mike, sem saber se ele escolheu sentar à mesa ou no sofá. Há um rugido nos meus ouvidos que me impede de ouvir. Na mesa seria mais fácil, com as cadeiras de espaldar reto e um pedaço curvo de carvalho entre nós. Só que o móvel é pequeno, um pedestal redondo com lugar apenas para dois; nossos joelhos poderiam se roçar. Firmando as mãos e resistindo ao impulso, coloco o último prato na bandeja. Quando viro, vejo Mike sentado à mesa, com o paletó pendurado no encosto da cadeira.

– Você não precisava se incomodar – diz ele.

– A Alma me manda sobras demais. Eu nunca comeria este bolo sozinha.

– Poxa. – Mike esfrega a mão no rosto, e eu ouço os pelos raspando na palma áspera: uma concessão ao seu dia de folga. – Não tomo chá há anos.

A longa pausa que se segue é preenchida pelas batidas de colheres na porcelana, pelos tinidos de garfos nos pratos e pelos pigarros de Mike. O calor do chá sobe até meu rosto, enquanto o tempo passa em silêncio. Finalmente, ele fala.

– Posso lhe perguntar uma coisa? – Como a xícara está nos meus lábios, ele simplesmente continua. – Você gosta do seu trabalho?

Recoloco a xícara no pires.

– Acho que sim.

Mike afasta o prato e segura a xícara como se fosse uma caneca de café, com o indicador enlaçando a asa da chávena.

– Quero dizer... às vezes deve ser muito difícil fazer o que você faz.

– Nem tanto – digo eu, olhando para a caixa que ele trouxe. – Eu acho que o seu trabalho é mais difícil.

Ele para e baixa o queixo, esfregando o rosto com a mão livre. Seus olhos continuam sem expressão.

– Talvez, talvez não.

Há outro silêncio longo, mas sinto que ele está se preparando. Meu pensamento voa para desviar as perguntas que eu sinto que virão. A perna de Mike está muito perto da minha, embaixo da mesa.

– Alguma vez você já achou que estava sendo observada lá embaixo? – diz ele, meneando a cabeça para a funerária. – Como se eles estivessem esperando para ver o que acontece com os corpos?

Fico pensando se ele está falando de Jenny, achando que a esposa pode ter se materializado enquanto eu preparava o corpo. Mike queria que ela houvesse ficado pairando por perto, enquanto eu estendia o corpo no caixão de mogno com astromélias (*devoção*) ao longo da coxa?

– Não, eu não acredito nesse tipo de coisa.

Mike inclina o corpo rígido à frente.

– Não acredita em quê?

– Em nada disso.

– Você não acredita em Deus?

Não consigo responder. Como pode haver algo assim, quando uma menina jaz abandonada num túmulo do outro lado da rua e uma outra é forçada a deitar naquela cama, morrendo mais um pouco cada vez que alguém deita ao seu lado? Eu sei o que é morrer aos poucos. Só que é uma coisa terrível matar a esperança, principalmente quando isso é tudo o que sustenta um homem.

Mike afunda na cadeira, pondo a xícara na mesa e deslizando o dedo pela beirada. Já não está olhando para mim. Está de olhar baixo, focado em visões que só ele pode ver.

– Acho que, às vezes, eu também não.

Não há palavras que consolem um homem vazio. As trivialidades são piores que o silêncio.

– Sabia que minha mulher estava grávida quando morreu? De dois meses. Sempre me perguntei se você sabia.

Isso constava no atestado do médico legista. Eu tive cuidado com o trocarte naquele dia; cuidado para não perturbar tudo que estava no abdome dela. É demais para contar a Mike; ninguém quer saber, realmente, os detalhes do meu trabalho. Permaneço em silêncio.

– Ela sempre quis ter filhos, sabia? – Enquanto fala, três dedos da sua mão esquerda puxam a gravata para um lado, enquanto o indicador se move lentamente entre os botões, na altura do coração. Pela abertura, dá para perceber as sardas espalhadas. – Mas vendo o que eu vejo, eu não conseguia.

A sua voz fica rouca. Um dedo circula pela beira da xícara, enquanto a outra mão se agita sob a camisa, até que Mike limpa a garganta.

– Então... Você acredita em quê?

Olho outra vez para a caixa que ele trouxe, depois para a janela dos fundos da funerária e, mais além, para o Cemitério Colebrook.

– Eu acredito que é importante respirar.

Mike ergue a cabeça de repente, e seus olhos me trazem de volta. Quero fugir, mas eles mantêm esticado o fio entre nós.

– Respirar?

– É. – Não sei por que eu continuo, mas ninguém nunca perguntou, e isso é tudo que posso dar a ele. – Quando nos concentramos na respiração, estamos atentos apenas àquele momento. E tudo que temos, na realidade, é um momento. E quando não respiramos mais, deixamos de existir.

Os olhos de Mike estão atentos. Se eu pudesse desviar os meus, não veria seus lábios tremerem, mas ele puxa o fio mais ainda.

– Você já achou difícil respirar?

– Já. É sempre difícil respirar.

– Eu também acho. – Ele fica calado pelo que parece ser um tempo sem fim, tempo demasiado. Depois gira, fica de costas para mim, e faz um gesto em direção à caixa. – Você vai me ajudar, certo? Vai ajudar essa Trecie?

Volto a pensar na mãe do reverendo Greene e sua advertência para mandar a menina embora. Não creio que alguém tentará me matar, ou que alguém arriscará sua vida para me salvar. E, embora não acredite na velhota e seus fantasmas, sei que a imagem de Trecie naquele vídeo me assombraria para o resto da vida se eu abandonasse a menina. Não quero isso. Logo eu.

– Vou, sim – digo.

Ele balança a cabeça, caminha até a caixa e tira da pasta de cima uma foto que estende para mim.

– Essa é a Trecie?

É claro que é: mesmo cabelo e mesmo nariz. Até a expressão é igual. Precisarei ajudar, embora seja um fardo terrível. Mike e eu conversamos um pouco, ou melhor, ele fala sobre o que devo fazer quando ela reaparecer. Começa me pedindo para narrar todas as conversas que tive com Trecie, insistindo em detalhes sobre as suas roupas, seu sotaque, quaisquer sinais marcantes, brincos. Não conto a ele que mal olhei para a criança, que tentei fazer com que ela fosse embora várias vezes. Ele explica que da próxima vez que Trecie aparecer, eu devo puxar por ela: saber onde mora, seu sobrenome, nomes de amigos e familiares, qual é sua escola. Devo conferir se há uma bicicleta encostada na grade de ferro da funerária, para ver se é uma simples versão reciclada ou uma coisa com uma bela cesta branca e um guidom enfeitado por fitas cor-de-rosa. Devo perguntar se ela gostaria de conversar com Mike ou uma das detetives. Depois ele me entrega um cartão com o número do seu celular.

– Ligue para mim a qualquer hora do dia ou da noite quando você fizer contato – diz ele. – Eu moro a poucos quilômetros daqui.

– Farei isso.

– A qualquer hora, de dia ou de noite. – Ele tira o paletó do encosto da cadeira da cozinha e enfia os braços nas mangas. Os músculos do seu peito esgarçam o algodão fino da camisa. Sem conseguir evitar, procuro aquelas sardas no seu peito, que agora estão escondidas.

Abro a porta para ele, como fiz quando chegou (*menos de uma hora atrás?*), mas ele para antes de se despedir.

– Obrigado pelo chá, Clara. Estava ótimo.

Cruzo os braços sobre o suéter e balanço a cabeça. Não tenho mais palavras para ele. Depois de fechar a porta, vou até a janela da cozinha e acompanho o seu retorno até o Crown Vic. Mike coloca a caixa no assento do carona e se abaixa para entrar pelo lado do motorista. Antes de ligar o carro, ele inclina a cabeça, tocando com os dedos a testa, o coração, o lado esquerdo e o direito, enquanto seus lábios se movem. Depois, ele se benze outra vez, liga o motor e vai se afastando. De mim.

# Capítulo Oito

Eu já fui beijada antes.
A primeira vez foi durante o ensino médio. Eu estava no segundo ano da escola Junior-Senior High, na divisa com o estado de Rhode Island. Depois que minha mãe morreu, morei com a mãe dela na aldeia de Slatersville. Embora, desde 1871, o nome oficial da cidade fosse North Smithfield, minha avó e outros moradores continuaram chamando o lugar de Slatersville, como se alguém pudesse se orgulhar de um nome.

Quando eu morei lá, Slatersville era, e ainda é, uma cidade pequena com menos de dez mil habitantes. A maioria era formada por pessoas mais velhas: donas de casa de meia-idade, trabalhando em meio expediente como recepcionistas ou suplentes nas escolas, e os maridos operários, sedentos por uma cerveja ao voltar para casa após o turno nas fábricas. A cerveja Narragansett era engarrafada ali perto. Havia poucas crianças, talvez em torno de mil, e, assim, poucas oportunidades para uma menina de quinze anos, principalmente alguém tão diferente como eu.

Muitas das tardes eram passadas na biblioteca da escola, fazendo o meu dever de casa. Eu matava o tempo ali até a hora de jantar e ir dormir, antes de fazer dezoito anos e poder esquecer o passado. Falei para minha avó que estava cursando uma matéria extra depois da escola. Eu tinha, propositalmente, sido reprovada numa prova de Inglês; os vergões que marcaram a parte traseira das minhas pernas eram um preço barato por aquelas preciosas horas longe da casa dela. Depois disso, batalhei para só tirar A, e sofria apenas alguns ligeiros golpes nos pulsos com a colher de pau, quando a professora Daher me dava notas baixas na ginástica. Era na biblioteca que eu encontrava Thoreau, Austen, Heathcliff e Cathy. Era lá que eu lia e relia sonetos portugueses; era lá que uma menina podia sonhar com o seu primeiro beijo. Na casa da minha avó, os únicos livros permitidos eram a Bíblia e o dicionário *Merriam-Webster's*.

Era outubro, e Tom McGee sentava a duas mesas de distância, rodeado de livros didáticos. Ele era um estudante do penúltimo ano e muito conhecido na escola, até por mim. Fora afastado do time de futebol por causa das notas baixas. Passamos vários dias sentados ali, enquanto a srta. Talbot, a bibliotecária, reabastecia as prateleiras e apagava os rabiscos pornográficos na seção de leitura fácil. Ela era a pessoa que mais se aproximava de ser minha amiga. Certa vez, contou que minha mãe também fora uma visitante frequente da biblioteca. Um lado meu queria saber se ela conhecera o círculo de amigos da minha mãe e se saberia qual dos rapazes era meu pai. Talvez minha mãe fosse o tipo de garota que confiasse seus segredos ao poço silencioso que aquela bibliotecária era, pois ela não contara a mais ninguém. Eu nunca perguntei a ela, claro; já era suficiente imaginar ou ter esperança que minha mãe houvesse tido amigos. Embora a bibliotecária e eu raramente conversássemos, era agradável ficarmos juntas naquele silêncio diário, cada uma com seu suéter de tamanho exagerado, mergulhadas no mundo familiar dos livros. A presença de Tom perturbava esse nosso mundo.

Enquanto ele fingia ignorar o barulho do seu time treinando no campo lá fora, eu fingia ignorar a sua presença. Tom era grande, com cabelos escuros e olhos azuis de irlandês. Sua beleza me lembrava as revistas de moda que havia nas prateleiras das lojas. Uma vez eu folheei uma daquelas revistas e vi um casaco suntuoso. Era vermelho e enfeitado com uma pele preta, longa e macia. A mulher que usava aquilo era diferente de qualquer mulher da cidade. Só a sra. Hansen, com seus cabelos louros e traços nórdicos, chegava perto. Quando li o preço embaixo da foto: 8.175 dólares, recoloquei a revista na prateleira e nunca mais tentei olhar outra vez.

Um dia, quando a bibliotecária estava atendendo um telefonema na sua mesa, Tom se aproximou de mim.

– Você tem um lápis?

Uma pilha de livros formava uma barreira entre nós: romances, memórias, poesia, algumas biografias. Eu mantive o olhar firme na página à minha frente, enquanto meus dedos procuravam os bordos chanfrados de um número dois na minha mochila. Levantei a mão, mas não os olhos, e estendi o lápis para Tom. Quando ele pegou o lápis, seus dedos roçaram nos meus. Pude sentir a sua pele áspera contra a maciez da minha.

Ele não foi embora. Em vez disso, baixou a minha muralha levantando o meu livro de ciências.

– Ei, você não é minha colega de química?

Não me dei ao trabalho de responder. Precisaria de palavras demais para explicar por que eu estava numa turma adiantada. Não adiantava continuar, já que a conversa terminaria, de qualquer maneira, em segundos. Era delírio pensar o contrário.

– Você já fez o dever de casa? Estou atolado no exercício número três.

Ainda assim, continuei fingindo que lia. Eu não era faceira o suficiente para bancar a difícil. Nas duas primeiras semanas, quando cheguei a Slatersville após o enterro da minha mãe, algumas crianças tentaram ser minhas amigas. No fim, nenhuma teve paciência.

Mas Tom persistiu.

– Você é muda? Minha prima é retardada. Você é boba ou alguma coisa assim?

Olhei para cima, então.

– Não.

– Você fez o número três?

Estendi para ele o meu caderno de química, que ele levou para sua mesa. Ficou por lá, virando as páginas e copiando o meu trabalho. A bibliotecária desligou o telefone, passando perto de nós com o borrifador e a esponja. Só então Tom voltou, e jogou meu caderno na mesa com força. Naquela época, porém, eu morava havia muitos anos com minha avó e já não era pega de surpresa por baques súbitos.

– Você já leu este livro? – Ele segurava com a mão direita uma surrada cópia escolar de *Hamlet*. Reparei que uma página do livro estava com a ponta virada, coisa que nossa professora proibia. Ver a página dobrada de Tom me empolgou de uma maneira que jamais pensei ser possível.

— É o meu preferido — comentei.

— Você não curte aquele troço de *Romeu e Julieta*?

Tentei não fazer uma careta, sabendo que a maioria das outras meninas se derretia pelo par romântico.

— É o que estamos lendo agora na aula da sra. Johnson. *Hamlet* é melhor.

Tom apoiou a coxa no canto da minha mesa. Reparei que sua carne não cedia à dureza da madeira. Quando ele se inclinou sobre mim, senti a acidez que emanava da sua boca e o calor que irradiava do seu corpo.

— Você sacou isso?

Eu balancei a cabeça, sentindo que Tom estava olhando para a direita, para a esquerda, e depois o campo de futebol lá fora, onde o apito do treinador soava pelo pátio da escola. Ele finalmente olhou para mim, ou assim eu esperava. Não consegui erguer o olhar. Parecia que eu estava respirando pela primeira vez quando ele disse:

— Talvez a gente possa ler isso junto?

Passamos a nos encontrar assim, todos os dias. Eu cedia meu caderno de química e respondia às suas perguntas sobre literatura inglesa. Em troca, Tom conversava comigo. Eu ouvia as suas histórias sobre as nossas colegas, histórias a que jamais tivera acesso. Os estereótipos nascem da verdade, e assim era no ensino médio, onde os jogadores de futebol namoravam as líderes de torcida, bebiam cerveja diretamente do barril e arrebentavam com bastões de beisebol as caixas de correio dos vizinhos.

Enquanto Tom falava, eu deixava meu olhar vagar pela largura do seu peito e espiava a mão esparramada sobre a coxa. Aspirava o cheiro do seu suor e o odor da sua colônia, que já esmorecera ao final da tarde. Passados muitos dias, já quase conseguia encarar seus olhos. Lembro-me da primeira vez em que ele me pediu que mostrasse onde ficavam as biografias dos seus ídolos esportivos: levantei de pernas bambas e fui apertando o pulôver comprido demais em torno do corpo enquanto andava à sua frente, consciente de seu tamanho atrás de mim.

Quando virei, apontando para a estante, ele me abraçou. Inclinou-se para alcançar minha boca, levantando meu queixo antes de me beijar. Senti tudo naquele instante: sua língua forçando meus lábios inocentes; a pressão de seus músculos fortes contra os meus ossos; e o despertar de algo há muito tempo adormecido. Sentia-me pequena e viva. Todos os sentidos estavam vivamente sintonizados, mas nenhum mais do que a audição: a bibliotecária empurrava o carrinho que rangia, parando a fim de repor os livros nas prateleiras, e, em seguida, seus joelhos estalavam quando ela levantava outra vez.

Aquele primeiro beijo foi tão inesperado quanto o nascimento de um broto no meio do inverno. De vez em quando, eu via algum florir no meu próprio jardim, rompendo uma fenda no solo invernal. São tão promissores, tão perfumados, tão alegremente despreparados para a brutalidade da próxima nevasca.

Depois daquela primeira vez, Tom e eu passamos a voltar às estantes assim que eu terminava seu dever de casa. A cada dia, suas mãos ficavam mais arrojadas e insistentes. Depois de algumas semanas, comecei a usar saia com longas meias de algodão, facilitando o livre acesso e uma cobertura rápida se a bibliotecária aparecesse no corredor. Embora Tom já houvesse se enfiado em mim vezes sem conta, eram seus beijos que me preenchiam toda.

Durante as aulas, fingíamos não nos conhecer quando cruzávamos nos corredores. Talvez eu olhasse rapidamente, quando Tom se cercava dos companheiros da equipe ou daquelas líderes de torcida com letras nas jaquetas. Eu não sentia ciúme daquelas garotas que pareciam algodão-doce, nem dos seus gracejos fáceis. Sabia que as nossas tardes na biblioteca iam muito além das experiências ingênuas delas.

Naquele dia, naquela sexta-feira, ele chegou à biblioteca como de costume, embora dessa vez trouxesse um amigo, alguém que eu conhecia de vista. Como Tom, ele tinha o mesmo pescoço grosso, os mesmos ombros musculosos e o mesmo escudo de futebol na jaqueta.

– Clara, este é o meu parceiro Art – disse Tom.

Fiquei exultante. Tom estava pronto a me apresentar ao seu círculo de amigos. Ele queria que me conhecessem, que, finalmente, soubessem de mim. O baile de formatura seria dentro de poucos meses, e eu já fizera preparativos para o caso de Tom me convidar. Passara semanas juntando sobras de tecidos na aula de trabalhos manuais. As meninas dali preferiam os tecidos de tom pastel, sobrando para mim compridos retalhos cinzentos e pretos. Mas serviam. A minha avó era o maior obstáculo. Eu não era burra a ponto de tocar em assuntos de namoro dentro de casa. Ela gostava de me lembrar que o jeito de prostituta da minha mãe causara sua morte prematura, e que, se eu não tomasse cuidado, teria o mesmo fim.

– Deus puniu a vagabunda pelos seus pecados – dizia minha avó, gesticulando para a prateleira sobre a lareira, onde colava a esmo páginas rasgadas de revistas com os divorciados de Hollywood, recortes de jornal sobre assassinos compulsivos e o retrato em branco e preto da minha mãe no último ano escolar, já me escondendo sob uma cinta. Sobre tudo isso, com os braços estendidos para o teto, pendia um crucifixo. A mão de minha avó estava úmida e pegajosa ao agarrar a minha. Ela parecia fria e desesperada, com um olhar imperioso, ao dizer:

– Seja fiel, Clara. Sofra por Ele. Ele lhe dará a vida eterna, se você rejeitar o pecado!

Eu ficava quieta, pois geralmente era mais seguro agir assim. Então ela me obrigava a ajoelhar.

– Vamos pedir perdão.

Mas eu não queria perdão, eu queria o Tom. Estava preparada para ser igual a minha mãe, uma criança-prostituta, e fugir do meu quarto pela janela para passar uma só noite perfeita com ele. Vergões e machucados acabariam sarando, raciocinava eu; a morte era inevitável.

Assim, quando Tom parou na minha frente com o amigo, Art, fui tomada pela emoção da aventura.

– É um prazer conhecer você.

– Ouvi falar muito de você – disse Art, com um sorriso que realçava as marcas da acne.

Meu coração bateu mais forte.

– Ei, Clara – disse Tom. – Tenho boas notícias. Consegui um B no exame de inglês e voltei ao time.

Sem pensar, lancei os braços em volta dele, bem no meio da biblioteca.

– Isso é ótimo.

– É mesmo, e por isso não vou precisar mais vir aqui. Mas, sabe, meu parceiro aqui precisa de uma ajuda. – Tom se afastou de mim e colocou o braço no ombro de Art. – O treinador falou que ele só pode jogar se também conseguir média C. Pensei que talvez você pudesse ajudar o Art como me ajudou.

Os dois se entreolharam. Tom tinha uma expressão maligna, e naquele momento percebi que eu vinha negligenciando aquilo havia semanas. Agora era tarde demais. Quando encarei Art, vi seus olhos turvos e a boca aberta.

– Eu disse a ele como você é boa em ciências e inglês – disse Tom. Eu realmente nunca reparara naquele sorriso cínico? – Além de outros troços.

Comecei a respirar com jatos curtos e breves, esvaziando rapidamente os pulmões.

– Acho que não.

– Vamos lá, Clara – disse Tom. – Dê uma chance ao cara. Faça isso pelo time.

Dei um passo para trás, e depois outro. As narinas de Tom se alargaram e imaginei que talvez ele estivesse me cheirando, sentindo o cheiro do meu arrependimento. Não sei como consegui voltar para minha mesa, mas sentei ali, tirando um livro da pilha, como se procurasse o ombro de um amigo leal. Só que Tom não foi embora. Chegou com um andar arrogante, colocou as duas mãos na minha mesa e, depois, puxou o livro.

– Fico imaginando o que sua avó pensaria se soubesse que a neta querida era piranha. O que aconteceria?

Olhei para ele e não vi nenhum traço do rapaz que eu passara semanas e meses desejando, o único a cujos ouvidos eu confessara meus segredos. Em vez disso, vi a mesma cara que seus oponentes no campo deviam ver, um adversário que achava normal aleijar quem se intrometesse no seu caminho.

As lágrimas quase me sufocavam.

– Não posso.

– Você não tem escolha – disse Tom. – Isso mataria a sua avó. Ele pegou meu caderno de química, que atirou para Art.

– Aí está. É só dar para ela seu dever de casa de inglês. Ela fará tudo para você. Quando ela terminar, vá com ela até a seção de biografias. – Tom olhou para mim então, sorrindo enquanto as lágrimas escorriam pelo meu rosto. – É dali que ela gosta.

Tom foi embora, e nesse momento eu quase cheguei a rezar. Quase rezei para Art sentir um pouco de compaixão, ter algum senso de dignidade, mas ele, simplesmente, tirou da mochila a pasta de inglês e estendeu o dever de casa para mim. Procurei ganhar tempo, dando respostas superficiais às perguntas, tal como fizera com Tom. *Espere o relógio se esgotar*, implorei ao deus silencioso da minha avó. Mas Art não foi paciente como Tom fora no começo. Depois de apenas dez minutos, ele levantou diante de mim com uma ereção visível através da calça jeans.

– Ei – disse ele, segurando a minha mão. Tentei e não consegui me soltar, enquanto ele me lançava um olhar furioso. – Não me faça contar isso ao Tom.

Então fui atrás dele, presa pelo pulso. Art viu a bibliotecária entrar na ala de ficção contemporânea e me puxou para a ala de história europeia. Em segundos, ele me encostou com força na estante. Senti as quinas dos livros machucarem minhas costas. Com um movimento rápido do pulso, Art baixou as calças. Ele se atrapalhou com a minha saia, afastando a lã para o lado e se enfiando dentro de mim. Eu impedi que ele se curvasse para me beijar.

– Não – disse eu, comprimida contra o ombro dele, com o rosto coberto de lágrimas e catarro.

Ele parou de se mover por dois segundos, com o rosto turvo e inexpressivo. Depois encolheu os ombros.

– Tudo bem.

Art foi apenas o primeiro dos amigos de Tom que me procuraram na biblioteca. Tom estava certo: eu não tinha escolha. Enquanto Art explodia dentro de mim, ouvi um som, um rangido. Olhei por cima dele e vi a bibliotecária. Ela estava no fim da ala, com o carrinho de livros atulhado. De boca aberta, percorria com o olhar os nossos corpos entrelaçados. Então seus olhos encontraram os meus. De costas para ela, Art nada percebeu, consumido apenas pelo seu prazer. Ficamos assim, minha amiga bibliotecária e eu, com nossos olhos entrecruzados. Então ela empurrou o carrinho para a ala seguinte, e eu ouvi seus joelhos estalarem mais uma vez, quando ela se abaixou para devolver o livro à estante.

Tenho pensado muito naquele momento ultimamente. Imagino o choque que aquela bibliotecária deve ter levado. Imagino que ela deve ter visto uma menina, com o rosto inexpressivo, mas olhos súplices.

Imagino que ela deve ter visto uma menina muito parecida com Trecie.

# Capítulo Nove

Eu queria que Linus estivesse aqui. Ele e Alma estão assistindo à apresentação de *Natividade Negra*, como fazem toda primeira semana de dezembro. Dizem que estimula neles o espírito festivo. Linus comprou as entradas com semanas de antecedência, preferindo a matinê ao espetáculo noturno, devido à idade e à aversão a dirigir de noite. Embora a peça só comece às três e meia, partiram cedo para passear um pouco em Boston.

– O Natal em Boston é uma versão pálida do que era antigamente – diz Alma, assim que as luzes natalinas começam a aparecer. Nesta época do ano, ela sempre me conta que, quando crianças, ela e as três irmãs saíam cedo do apartamento em South End para passar horas visitando a Aldeia Encantada da loja de departamentos Jordan Marsh.

– Aquilo me lembrava *É um mundo pequeno*, só que no Natal – diz ela. Agora Alma é forçada a aceitar qualquer substituto natalino que esteja disponível na cidade. Uma das desvantagens de morar em cima de uma funerária é que, nesta época do ano, ela não pode estender fieiras de luzes coloridas ou pendurar ramos festivos de sempre-vivas.

Aqui na sala de velório não se vê indício algum dos feriados. Há apenas os sussurros da sra. Molina, ajoelhada ao lado do corpo da filha de doze anos. Sua sombra, formada pela fraca luz dos candeeiros e dos candelabros de cinco pontas em cada lado do caixão, trêmula sobre a parede do fundo. Se oscila por causa das chamas ou por causa dos soluços silenciosos da mulher, não sei dizer.

Se estivesse aqui, Linus saberia onde ficar, e que palavras usar para confortar a mulher. Provavelmente ajoelharia ao lado dela, embora ultimamente seus joelhos estivessem dando problema na hora de levantar outra vez. Mas ele engoliria a dor.

Não sei por que ele me pediu para vir, em vez de cancelar os seus planos. As famílias dos falecidos são sempre convidadas a comparecerem, na noite anterior ao velório, para um adeus particular. Tem sido papel de Linus receber e acompanhar essas pessoas no sofrimento. Mas quem sabe isso também já seja devido à idade? Talvez ele esteja pensando em me treinar para assumir o negócio. Embora eu tema tocar no assunto, preciso lhe dizer que prefiro minha posição atual, aqui nas sombras. Nunca poderia me igualar a ele.

Tento não olhar para a mulher, cujo corpo parece uma cachoeira sobre o corpo da filha. Em vez disso, examino os arranjos de flores, identificando o maior número possível delas.

Como muitas crianças acometidas pelo câncer, Angel Molina ficou conhecida na comunidade. Ao longo dos anos, vi os panfletos na mercearia da esquina anunciando uma campanha de medula óssea. Ou a reportagem que saiu no ano passado no *Brockton Enterprise*, quando uma revendedora de carros doou uma van com um ascensor para cadeira de rodas. Ela era adorada. Agora que está morta, seu status se reflete nos inúmeros buquês e coroas que enchem a sala. Há os obrigatórios copos-de-leite nos falsos vasos de latão. Uma coroa de cravos azuis, brancos e vermelhos montada num suporte, enviada pela associação de veteranos de guerra do seu avô; uma açucena rosa (*orgulho*) enviada pela turma da professora Brown, onde Angel estudava. Eu gosto dos inúmeros vasos com arranjos completamente brancos: rosas, cravos e, como em todo funeral de criança, margaridas brancas. Há um buquê especialmente viçoso, próximo à cabeceira do caixão, com botões do tamanho do meu punho. Fico pensando se a mãe se incomodaria, caso eu tirasse um talo para plantar no meu jardim, e olho para ela. Como que pressentindo a minha atenção, ela se vira.

— Clara, foi você que fez isso? — Ela se levanta enquanto fala, apoiada no genuflexório, e depois para a fim de acariciar o rosto da filha. Eu devolvi à tez de Angel o tom azeitonado original e penteei de jeito infantil a brilhante peruca negra, para que o cacheado realçasse as curvas graciosas do pescoço.

— Sim, senhora.

Ela olha de volta para a filha, com voz trêmula.

– Todos vêm sendo tão generosos, nem sei como agradecer. E agora isso. – Ela faz um gesto para o caixão, com o braço formando uma enorme sombra na parede do fundo.

– Linus nunca cobra, quando é uma criança. Seja quem for.

Ela balança a cabeça, apertando nas mãos a alça de uma surrada bolsa marrom-clara, pendurada à sua frente. É uma mulher baixa, com meias pretas e sapatos confortáveis. O vestido parece ter sido escolhido na última hora. Os únicos enfeites são as intrincadas tranças, raiadas de preto e cinza, que vão serpenteando até o alto da cabeça. Eu reparo pela primeira vez que ela é bonita, embora o rosto seja comum e o corpo já demonstre o peso da meia-idade. É o tipo de beleza que exala dos poros, dos olhos brilhantes, e da paz interior.

– Ela está linda, Clara. Obrigada.

Como não sei qual seria a resposta apropriada, fico calada.

– Eu sempre quis saber como a Angel teria ficado se não houvesse passado pela quimioterapia e pelos esteroides – diz ela, virando de novo para a filha. – É claro que para mim ela sempre foi linda.

Tento ouvir os passos de Linus ou o barulho do carro entrando no estacionamento, mas estou sozinha.

– Sinto muito pela sua perda.

– Não, não é uma perda. – Ela se apressa em minha direção, abanando a cabeça e agarrando minha mão. Sinto a pele do meu pulso começar a coçar. Se eu olhar, verei a urticária surgindo ali.

– A Angel foi um presente. – Seus olhos brilham, enquanto as palavras soam fortes e seguras. – Ela trouxe tanta felicidade à minha vida... deu um sentido depois que seu papai morreu. Seu maior prazer no mundo era passear no Fim do Mundo. Você conhece esse parque em Hingham? Nós fazíamos um piquenique na hora do almoço. Levávamos nossos binóculos para ver os falcões de cauda vermelha perseguirem os pardais. Mas isso foi antes.

Ela faz uma pausa e lança outro olhar enternecido para Angel.

– Gosto de pensar que ela está voando com eles agora, até acima deles. Com o pai ao lado. Você sabe, algumas pessoas passam

a vida inteira sem amar, mas a minha garotinha me deu o bastante em doze anos para preencher toda a minha vida.
    Ela segura a minha mão e aperta. Seus dedos roçam a parte interna do meu pulso, fazendo cócegas delicadas na urticária. Eu só quero afastar suas unhas do meu braço.
    – Não, não sofri uma perda. Prefiro acreditar que o meu tempo com a Angel foi um presente.
    Ela sorri para mim, provocante e doce. Seria crueldade demais compartilhar com ela meus pensamentos; o silêncio é a melhor escolha. Esfregando a parte mais delicada do pulso na manga de lã do casaco, eu olho para a sua barriga. Não consigo deixar de imaginar Angel dentro do útero da mãe. Antes da vida, elas estavam presas por um cordão umbilical; depois, pela esperança.
    – Você tem filhos, Clara?
    – Eu? – Abano a cabeça e solto a mão.
    – Nenhum mesmo? – pergunta ela, com uma expressão de tristeza.
    – Não.
    – Bom, vou rezar por você – diz ela, recolhendo numa poltrona próxima o casaco que veste. – Eu tenho a minha Angel. Uma coisa insignificante como a morte nunca nos separará. Vou rezar para que você consiga o mesmo.
    Ela anda rapidamente até a saída, e a porta se fecha com força. Por um momento fico parada, imaginando o que é esperado de mim, se existe uma resposta apropriada para a sua piedade, mas ela já foi embora.
    De nada adianta continuar pensando nisso. Amanhã será um dia longo, com um fluxo constante de pessoas enlutadas. Já é hora de apagar as velas. Primeiro, sopro as que estão nos pés do caixão, e, depois, ando até os candelabros da cabeceira. Antes disso, olho para Angel. As feições da mãe predominam em seu rosto. Fico pensando se ela parece estar sorrindo porque as palavras da mãe ainda ressoam na minha cabeça ou porque a sua expressão sempre foi assim. Não consigo me lembrar. Passo a mão pelos lados da sua coxa, procurando as camélias cor-de-rosa (*beleza perfeita*). Imagino aquelas flores ali nos próximos dias, permanecendo viçosas durante

o velório e o funeral, mas depois enterradas com a menina. Seus restos mortais acabarão misturados, juntos de volta à terra.

Olhando para o rosto de Angel, tocando a sua mão, imagino o que minha mãe diria, caso ela houvesse sobrevivido e eu morrido naquela noite chuvosa. Ela teria declarado que o seu amor por mim era eterno, que para ela eu era coração, alma e alento?

– Clara?

Quase solto um grito e cambaleio para trás, tentando me recompor. Olho para a expressão congelada de Angel, mas então vejo Trecie surgir por trás de um arranjo de asfodéleas (*tristeza eterna*) num aparador atrás do caixão.

– O que você está fazendo aqui? – Recuo mais alguns passos.

– Você está triste? – Seu cabelo parece despenteado e embaraçado pelo vento. As pernas delicadas estão nuas por baixo da saia, apesar da noite típica da Nova Inglaterra. Os olhos são tão profundos e escuros... parece que eu poderia mergulhar ali e nunca tocar no fundo. Tudo que consigo fazer é abanar a cabeça.

– Como ela morreu? – Trecie rodeia o caixão e para diante de Angel. Olhando para baixo, ela estende a mão, com as pontas dos dedos perigosamente perto do braço da menina morta.

Lembro-me das palavras de Mike, mandando que eu mantivesse a calma e tentasse obter o máximo possível de informações, sem amedrontar a menina.

– Ela sofria de leucemia. Estava doente há muito tempo.

– Ah – diz Trecie, com a mão já apoiada na da menina. – Eu vi a mãe dela chorando.

– Perder uma pessoa amada pode ser difícil – respondo, pensando em como tirar Trecie da sala. Mas ela está hipnotizada por Angel.

– A mãe gostava muito dela. – Trecie vira e senta no genuflexório, de frente para mim. – A minha mãe choraria se viesse ao meu enterro. Ela se sentiria muito mal. E a minha irmã também choraria.

Meu coração se aperta dentro do peito. Eu procuro no bolso o cartão de Mike, que trago comigo desde aquele dia no chalé. Preciso ligar para ele agora.

– Qual é o nome de sua irmã?
– Adalia.
– E a sua mãe? Como ela se chama? – Dou um passo até Trecie. Ela não responde, só olha para mim com aqueles olhos sem fundo, e não posso deixar de me lembrar dela no vídeo. – Você me contou que sua mãe tem um namorado, não é?
Ela balança a cabeça.
– Qual é o nome dele? Você já disse, mas eu esqueci. – Meu coração dói, enquanto penso nas possibilidades. Vincent? Vito? Rick? Pressinto que Trecie está se afastando, e não quero perder tempo com perguntas que ela já respondeu. Isso precisa acabar hoje à noite. Não posso deixar que ela vá para casa. Não para aquilo. Ligarei para Mike, e ele virá cuidar de tudo isso.
Trecie se levanta e olha para Angel antes de me perguntar:
– Qual é o nome da *sua* mãe?
Mike disse que ela talvez usasse esse tipo de desvio. Mandou que eu tentasse entabular uma conversa. Devia estar desesperançado ao me dar essas instruções.
– Mary.
– Como ela é? – Trecie está acariciando as mãos de Angel, correndo os dedos pelas contas do rosário enrolado ali.
– Não me lembro, na verdade. Ela morreu quando eu tinha sete anos.
– Você acha que ela teria ficado triste se você morresse?
Sou obrigada a pensar que ela andou lendo meus pensamentos. A imaginação me domina, e tenho a sensação de que meu corpo inteiro está sendo raspado, como se Trecie estivesse vasculhando meu interior. Enfio a mão no cabelo.
– Acho que a maioria das mães ficaria.
Trecie se afasta do caixão e caminha para a sala de estar. Quando ela vira, a nuca fica de frente para mim. Partes do couro cabeludo brilham como esferas na luz ambiente. Se pelo menos houvesse uma pomada para esse tipo de coisa. Rapidamente apago as velas e vou atrás dela, que está parada no meio da sala, esperando por mim.
– Eu vi aquele homem outra vez.

– Que homem? – Na verdade, não quero saber do homem do vídeo. Esfrego o cartão de Mike, pensando se conseguiria escapar disso. Ele é o perito. Saberia o que perguntar e como perguntar. Aguentaria as respostas dela. Eu preciso acreditar que Trecie conversaria com ele.

– Eu vi aquele homem entrar na sua casa. Tem certeza de que ele não é seu namorado?

*Aquele homem*, Mike.

– Não, ele é só um amigo.

Trecie fica olhando para mim.

– Você tem namorado?

– Não.

– Nenhum mesmo? – pergunta ela. Não consigo responder, porque a sua piedade me sufoca. – Eu também não tenho.

Ficamos em silêncio, mas eu sei que devo tentar dirigir a conversa de volta para ela, de volta ao trauma da sua vida, longe do meu. Começo a coçar a urticária no pulso, que depois esfrego no quadril, à espera de inspiração.

– Ela ganhou muitas flores – diz Trecie, espiando de volta para o velório. – Mais do que aquele grandalhão.

– O MacDonnell? Pois é. – Lembro das flores que Trecie tirou dos arranjos na última vez em que esteve aqui... ou melhor, na última vez em que percebi que ela estava aqui. Ela amarrou a haste da flor em volta de uma mecha de cabelo. Mike mandou que eu fizesse qualquer coisa para ganhar a confiança de Trecie, para que ela ficasse por aqui até que ele chegasse. – Então você gosta de flores?

Trecie balança a cabeça. Não sei se é um erro, se estou ultrapassando algum tipo de limite... o meu próprio... mas não tenho esperteza para pensar em outra maneira.

– Quer ver minhas flores?

Ela sorri. Suas bochechas parecem quase cheias, e vejo a insinuação de uma covinha no seu queixo. Nesta sala fria, nesta noite fria, começo a sentir uma fagulha de esperança brilhar dentro de mim.

## Capítulo Dez

A PRESENÇA DE TRECIE, COLADA A MIM ENQUANTO ME ATRAPAlho com a fechadura da porta do pátio, é estranhamente reconfortante. Já são quase seis horas e a noite chega cedo nesta época do ano, em torno das quatro, mas a menina não parece querer estar em outro lugar, a não ser comigo. Eu me pergunto se ela estará com fome, quanto tempo já passou desde sua última refeição. Na minha geladeira há algumas frutas, um pouco de leite e queijo. Na despensa, tenho biscoitos junto com uma caixa de cereal, e, no armário, uma lata de sopa. Isso é tudo. Uma carne assada? Fatias de cenouras com molho de endro? Batatas assadas duas vezes? Eu devia ter ido com ela para a cozinha de Alma. Se ao menos eles estivessem em casa.

– É tão bonito aqui – diz Trecie, entrando na minha sala de visita com o rosto iluminado.

Eu olho para a simplicidade do espaço, tentando imaginar o que pode ser atraente para uma criança aqui. Não há arrojo nas cores ou no estilo da mobília. Nenhuma lembrança exótica encanta a vista. Mas há uma suavidade geral nas texturas, uma branda mistura de cores que é repousante. E as plantas sempre me aquecem.

Ela passa por mim e vai até as estantes, correndo os dedos pelas lombadas dos livros enquanto caminha ao longo das prateleiras.

– Você tem muitos livros.

– Você gosta de ler? – Tento me lembrar de algo apropriado para compartilhar com ela. Não sei se é jovem demais para a coleção de Nancy Drew que mantenho nas estantes do quarto. Nancy, Bess e George foram os meus únicos amigos nos primeiros anos. Comprei a coleção completa com o primeiro ordenado que recebi de Linus.

Trecie para diante de um *Guia de pássaros Sibley*.

– Eu não sei ler.

– Você pode levar esse, se quiser – digo eu, apontando para o livro. – Tem imagens lindas.

Para mim, é demais contemplar a inteireza da vida desta menina. Quando fui morar com minha avó, ela me matriculou no ensino fundamental da cidade. A vida errante com minha mãe não incluíra aulas e crianças da minha idade. Com suas lancheiras coloridas e suas roupas práticas compradas em lojas de departamento, meus colegas pareciam personagens dos livros ilustrados que a professora lia em voz alta para nós. Eram livros que as outras crianças já conseguiam ler sozinhas. A prisão de Trecie é até pior do que eu imaginara a princípio; parece que sua única salvação é este meu mundo subterrâneo.

Eu me sinto um gato se aproximando furtivamente de um passarinho recém-nascido, com músculos flexionados e movimentos silenciosos.

– Você não está aprendendo a ler na escola?

Ela para de correr os dedos pelos livros e anda até a cozinha.

– Eu não vou à escola.

Permaneço imóvel.

– Sua mãe dá aula para você em casa?

Trecie para e vira para mim, sorrindo. Seu rosto está pálido, e eu me lembro da mãe de Angel me oferecendo orações. Entre nós duas há um fícus murcho no canto, e estendo a mão para pegar uma folha. Como as bordas amarelaram sem que eu notasse? As raízes devem estar forçando o vaso de cerâmica, formando uma massa de entranhas enroladas sobre si mesmas no fundo. Fui negligente; sem cuidado, um vaso maior, terra fresca e a chance de passar dos limites, a planta vai sufocar e morrer.

– Você tem alguma foto sua quando era criança? – pergunta ela.

– Não. – Não havia álbuns de bebê, nem registros detalhados de meus primeiros passos ou minhas primeiras palavras; nada de fotos escolares mostrando minha vida ao longo dos anos, sublinhadas por legendas carinhosas. Eu arranco a folha murcha, que guardo no bolso. Amanhã irei ao viveiro de plantas.

– Como você era? – O fiapo de gente está parado tão perto agora, e eu sinto em cada fio de cabelo e fibra do meu corpo o quanto ela anseia para que eu estenda as mãos sobre sua cabeça, segure seu queixo e lhe dê um afago rápido. Algo brincalhão e afetuoso. Em vez disso, eu mexo na folha.

– Não sei, na verdade. Meu cabelo era comprido, como é agora, e escuro, um pouco mais fino. Acho que sempre fui baixa para a minha idade, e magricela. No verão eu ficava bronzeada feito uma castanha.

– Como eu.

– Pois é, acho que eu parecia muito com você.

Trecie inclina o rosto, e ela é linda. Instintivamente, meus braços começam a se levantar, estendendo-se por vontade própria em sua direção. Então, ela dá um passo para trás e corre para o outro lado da sala, girando a cabeça enquanto anda. Em vez de abraçar o corpo dela, eu enrolo os braços em torno de mim mesma.

– Posso ver as flores agora?

Sim, claro, as flores.

Ninguém viu o meu jardim secreto. Bom, isso não é verdade. Pedi permissão a Linus e Alma antes de começar a construção e, quando a estufa ficou pronta, eles me trouxeram o fícus para comemorar. Mas eu pretendia ter o lugar só para flores. Quando eles saíram, mudei o fícus para a minha sala, onde pudesse florescer perto da estante, exposto apenas à luz filtrada, e tivesse privacidade para chorar suas folhas em forma de lágrima.

Linus insistiu em dividir a despesa, já que aquilo aumentava o valor da sua propriedade, mas eu recusei. Uma agente funerária ganha relativamente bem, e eu não tenho outra coisa para fazer com minhas economias. No princípio, Alma aparecia com pastilhas de limão e vontade de fazer algo pelas minhas flores. Às vezes fico chocada, quando penso como desencorajei aquilo: nunca convidei Alma para entrar e tomar uma xícara de chá. Mesmo assim, não tento.

O jardim fica escondido atrás do meu quarto, nos fundos do chalé, onde outrora uma parede obscurecia a luz sulista. Não é algo que um hóspede, passando pelo quarto, perceberia; não, a pessoa precisa estar presente para ver o jardim. E se, por alguma razão, um operário precisar ter acesso ao quarto, tenho a opção de ocultar tudo com uma cortina. Minha cama está colocada de frente para as portas de vidro que dão acesso à estufa. Em dias claros, ambos os cômodos ficam banhados pela luz do sol. Lá do estacionamento, ninguém consegue ver o jardim, que fica escondido pela cerca e pelos arbustos que circundam o quintal. Acho que nem Trecie reparou, apesar dos seus olhos bisbilhoteiros.

Eu tropeço na ponta do tapete do quarto e apoio o corpo na cômoda. Trecie levanta as sobrancelhas e faz um gesto para me amparar, mas não chega a me tocar. Fazer com que ela atravesse este quarto esquisito, cheio de móveis de liquidação, modestos lençóis brancos, livros abertos sobre os travesseiros, um robe em cima de uma poltrona, e mais estantes... É um passo íntimo demais. Eu levo a menina até as portas duplas e afasto as cortinas para o lado, enquanto tateio no escuro pelo interruptor. Deixo para trás minha ansiedade quando as luzes se acendem, e entramos no meu céu. Não consigo deixar de olhar para o rosto de Trecie quando, depois de alguns segundos, seus olhos se adaptam.

– É lindo – arqueja ela.

A estrutura simples, feita de vidro e granito, é maravilhosamente acolhedora. Assim como na sala preparatória no subsolo da funerária, há ralos no piso ladrilhado. Aqui servem para que minhas plantas se nutram de água. Aqui as luzes brilhantes estimulam o crescimento e aquecem seres vivos. Neste ambiente, só há aromas generosos: são ondas sucessivas de limão, manteiga, açúcar molhado e almíscar sutil. Uma promessa de felicidade. Na minha estufa, o termostato não fica regulado em impiedosos doze graus, para evitar mais decomposição, mas sim em ardentes vinte e oito graus, para que as sementes formem raízes, caules, folhas, botões, pétalas ou espatas e os graciosos pistilos. Este lugar favorece a vida.

No canto mais distante, há uma galáxia de girassóis maravilhosos (*você é esplêndida*). Em outro canto, com um filtro cobrindo o painel de vidro do teto, há um festival de orquídeas elegantemente vestidas (*lisonja*), congeladas no meio de uma valsa, fazendo reverências e curvaturas. Nas bancadas e ao longo do chão, há azaléas, prímulas, dálias, ásteres, lupulinas, ipomeias, amores-perfeitos, asfodéleas, cravos-de-defunto, narcisos, uma roda colorida de rosas, margaridas, beijo-de-moça, lilás, e assim por diante, deixando uma passagem estreita para que eu possa andar com uma mangueira. A única mobília verdadeira é uma mesa própria para jardinagem com meus apetrechos. Não há cadeiras. Decidi que quando estou aqui, só quero perambular, tocar e ficar maravilhada.

– Vamos fechar a porta antes que o calor escape – digo.

Trecie começa a andar pelo lugar. Pouco depois, ela vira uma quina e fica oculta por cachos de zínias lavandas e de jasmim indiano.

– Por que você fez isso? – Posso ouvir a sua voz, embora não veja a menina. Ela está perdida no meio da densa folhagem.

– Não sei – digo. – Todo mundo tem um hobby.

– Qual é a sua flor favorita? – Sua cabeça fica visível entre umas plantas altas com flores rosadas. As gotículas de água ainda pairam sobre as pétalas.

– Acho que ainda não decidi. – Absorvida pelo jardim, esqueci por que estamos aqui. Procuro no bolso a folha do fícus, um lembrete duro da minha negligência com as vidas sob a minha responsabilidade e, em vez disso, encontro o cartão com o número do celular de Mike. Não sei se ele estaria em casa numa noite de fim de semana ou em algum lugar com alguém.

– Fale para mim.

– Não sei. Hortênsias, eu acho. Margaridas. As papoulas são bonitas, mas murcham muito depressa.

– As minhas são as margaridas. Gosto das rosas também. Amarelas.

Acho que Trecie escolheu margaridas e rosas porque são as únicas flores que conhece pelo nome. Ela não recebeu nenhuma educação na vida. Deve lembrar daquela de MacDonnell que permiti que guardasse. E que ela deixou para trás.

– Quer uma bebida? Ou alguma coisa para comer? – Ao fundo, os crisântemos estremecem. Ela só pode estar ajoelhada lá.

– Não.

– Vou pegar um copo de água. Volto já. – Fecho as portas duplas atrás de mim, na esperança de que ela não se importe, que seja envolvida pela serenidade reinante. A cozinha fica perto, e puxo o cartão do bolso rapidamente. Pego no fone e digito o número. Ele responde ao segundo toque.

– Mike Sullivan. – Não sei dizer se interrompi um jantar fora de casa ou se fiz com que ele despertasse de um cochilo, com um sanduíche diante da televisão.

Tento fazer minha voz soar firme quando falo.

– É a Clara March, da Funerária Bartholomeu.

– Eu sei quem você é, Clara.

Ele está sorrindo? Meus dedos retorcem o fio do telefone, formando um nó emaranhado.

– A Trecie está aqui. Você pode vir até a minha casa?

– Não deixe que ela saia. Estarei aí em dez minutos. – A voz de Mike torna-se cortante, mas ainda assim me tranquiliza.

Quando desligo o telefone, o fio volta ao lugar. Olhando para os meus dedos, percebo que não é o fio, e sim meu cabelo, que está emaranhado. Quero desatar aquilo, soltando os nós com cuidado. Quero. Mas quando penso em Mike dirigindo para cá, imaginando suas mãos ao volante, seu perfil na cabine do carro, puxo o cabelo com força e solto um gemido. Então me apoio na bancada até parar de ofegar e guardo tudo no bolso do suéter. Desta vez, foi demais, e eu apalpo rapidamente as mechas mais grossas. Mais tarde. Agora preciso me apressar. Encho um copo na torneira, derramando um pouco no chão quando atravesso o quarto em direção à estufa. Hesito antes de abrir a porta para encarar Trecie. Estendendo a mão, entro na estufa.

– Tem certeza de que não quer nada? – Não há resposta. – Trecie?

Estou perto da mesa de jardinagem. Coloco ali o copo e continuo a andar. É como se o barômetro houvesse baixado, com aquela sensação estranha de calma depois da fúria da tempestade. Enfio a mão no bolso para me tranquilizar, mas o cabelo não está mais ali. Paro diante das portas duplas, dei uma volta completa. Exclamo o nome de Trecie outra vez, mas sei que ela não aparecerá por baixo dos gladíolos. Por ora, a única coisa de que tenho certeza é que ela se foi.

# Capítulo Onze

Ele parece um touro irrequieto, com as narinas dilatadas e os músculos do pescoço salientes. Minha sala de visita é pequena demais para isso. Eu me encosto à parede tentando desaparecer, mas sua raiva ou decepção me obriga a ficar.

– Desculpe. – Meu pulôver vira casco de tartaruga. Eu me encolho ali dentro, puxando a gola até o queixo e enfiando as mãos nas mangas.

– Eu sei. – Os pés de Mike pisam o assoalho com força, para a frente e para trás, a cada passo arrancando um gemido da mesma tábua empenada. Uma das mãos envolve a nuca, a outra gesticula enquanto ele fala. Subitamente, Mike se detém e olha para dentro de mim. Eu cubro a boca com a gola de lã. Suas mãos se movem e se apoiam nos quadris. A voz é firme, pronunciando controlada e cuidadosamente cada palavra. A tez troca a habitual cor alabastrina por um rubor inflamado. – Qual foi o último lugar em que você viu a menina?

Não quero compartilhar o meu jardim secreto com Mike. Já basta que Trecie tenha visto o lugar. Não sei o que eu esperava, mostrando tudo a ela. Não, não é verdade. Eu esperava que o meu lugar especial fosse uma terra encantada também para Trecie, e que isso de alguma forma minorasse a sua dor. Esperava que ao ser transplantada para esse mundo, aquecida pelas luzes e regada por uma fina névoa, ela se desenvolvesse, desabrochando feito um botão de flor.

Mas não foi isso que aconteceu, e agora não tenho como dizer não a Mike.

– Por aqui – digo, indo a passos leves para o quarto.

Posso sentir o corpo de Mike atrás do meu, e o calor que irradia dele. Afundo ainda mais dentro do pulôver, enquanto estendo o braço para ligar a luz. Atravesso o quarto, mantendo os olhos fixos nas portas duplas à minha frente e não na cama que aparece desfocada na minha visão periférica. Espero que ele faça o mesmo. De repente, a maçaneta está na minha mão. Eu abro a porta, acendendo as luzes da estufa.

– Eu deixei a Trecie aqui.

– Jesus – diz Mike, passando por mim e colocando uma das mãos nas minhas costas, antes de descer os dois degraus de ardósia até a estufa.

Meus dentes mordem a unha do polegar, enquanto meu olhar se concentra no canto do piso mais próximo do ralo. Uma aranha de jardim com pernas elegantes descansa entre moscas de frutas presas na sua teia. Fico pensando se as moscas minúsculas ainda estão vivas e simplesmente cansaram de lutar. Talvez estejam apenas esperando que a aranha afunde as presas semelhantes a um trocarte nos tórax enrijecidos e sugue suas vidas. Depois de algum tempo, elas devem bendizer a morte, como uma alternativa preferível à angústia de esperar que a aranha decida seu destino.

– O que é isso? – diz Mike, abrindo caminho pela estufa. Seu olhar passa do meu rosto para as flores e depois volta para mim. Ele se agacha para espiar embaixo da mesa de jardinagem e para tocar num gerânio vermelho escuro (*melancolia*). Depois segue em frente, olhando para mim. – Todas essas flores são para a funerária?

– Não.

– Você faz isso sem motivo? – Ele está no fim do espaço, finalmente virado de costas, sacudindo o trinco da porta de saída.

– Ela deve ter saído por aí – digo eu, grata pela distração. É uma porta simples, com um ferrolho e uma porta externa contra nevascas. No verão, eu substituo o Plexiglas por uma tela, trancando a porta principal quando me ausento. À noite, gosto de ficar na cama com as portas duplas abertas, enquanto uma brisa flui pela estufa, carregando o perfume cacofônico do jardim.

Mike gira a maçaneta e puxa, mas a porta está trancada.

– Isso aqui estava aberto antes?

– Acho que não. Talvez.

– Onde ficam as outras saídas? – Ele dá passos largos até onde estou, roçando por uma densa moita de cosmos (*saudade*), e vai diretamente para o meu quarto. Eu sigo atrás dele, fechando a porta da estufa. Mike parece maior dentro do quarto. Seu reflexo passa pelo espelho pendurado sobre a cômoda, e fico atônita por ter duas versões dele tão perto de mim.

– Só existem duas saídas – digo, alisando uma mecha de cabelo que escapa do rabo de cavalo. – É tudo o que o código de incêndio exige.

– Diga outra vez onde vocês estavam.

– Eu fui até a cozinha pegar um copo de água e ligar para você. Mas será que não veria a Trecie, caso ela passasse por mim? – Levo Mike até a sala de visita e aponto para as portas duplas ao lado da cozinha. – Como não teria visto?

Havia aqueles momentos de distração, mas isso eu não conto a ele. Não posso.

– Ela deve ter seguido você e escutado a conversa comigo, fugindo enquanto você estava de costas – diz Mike, correndo os olhos pela sala diminuta. – A menos que ainda esteja aqui. Mas não há como se esconder nesta sala. Você procurou em todos os armários e embaixo da cama?

Eu abano a cabeça, e ele anda de volta em direção ao quarto.

– Espere – digo. – Eu mesma faço isso.

Ele balança a cabeça, enquanto caminhamos até o quarto. Eu vou até o armário, e ele volta para a estufa. Abrindo as portas de veneziana do armário, sei perfeitamente que não existe menina alguma escondida entre meus conjuntos pretos e sapatos brancos. Há os habituais três pares de mocassins pretos, mas nenhum tênis branco e sujo com personagens desbotados de desenho animado. Verifico embaixo da cama, mas só porque Mike pode estar olhando.

– Clara! – Mike deixou aberta a porta da estufa, e sinto o sopro do ar quente trazendo a fragrância do jardim. Corro até ele.

– Você fez isso? – Mike me entrega uma margarida. Há outras no chão, uma quantidade enorme, todas arrancadas dos canteiros onde ficaram apenas os caules em frangalhos.

– Trecie. – É tudo o que consigo dizer. Levarei meses para cultivar outras.

– Que diabo! – Ele vasculha entre os destroços e levanta um punhado de cabelos amarrados com um talo. – Isto é seu?

Não, embora pudesse ser. É tão comprido e castanho quanto o meu. Também vejo as familiares pontas brancas e fios arrancados pela raiz. Mas esse cabelo é mais fino e bonito. Não pode ser meu. Mike deve perceber a diferença.

Não posso explicar nada disso a ele e só abano a cabeça. Mike vai até a mesa de jardinagem e abre um saco plástico para sanduíches, que normalmente é usado para guardar sementes, e que agora servirá para recolher provas. Depois de guardar a evidência no bolso do paletó, ele anda até onde estou, e diz:

– Não há mais onde procurar. Ela foi embora.

Seu rosto está sério, como estava quando contei a ele sobre a marca de nascença de Flor Sem Nome. Ele não olha para mim. Em vez disso, apanha uma margarida, decapita a flor com um peteleco do polegar e atira o talo fora. Depois, pega o celular e aperta um botão.

– Aqui é o Sullivan. Preciso dos cachorros e da luz infravermelha na Funerária Bartholomeu, em Whitman. Agora. Ligue para a polícia de Whitman e avise para eles virem também. Perdemos contato com a menina.

Eu ajoelho ao seu lado, apanhando as flores sobreviventes, e tentando acolher todas nos meus braços. Vou catando as flores como se, levantando cada uma do chão e pressionando as pétalas contra mim, pudesse salvar todas, emprestando um pouco da minha vida a elas.

Como Trecie pode ter fugido? Será que vi quando ela passou de gatinhas por mim, e inconscientemente me afastei, porque ajudar a menina teria mexido demais comigo? Eu sou assim? Sou como a bibliotecária? (Não, não. As palavras da mãe de Angel, sua perda, ela foi uma boa mãe para uma boa filha. Talvez eu quisesse demasiadamente salvar alguém, qualquer pessoa, a menina que eu costumava ser. Não dormi bem a noite passada, não durmo bem há anos, e agora toda essa conversa, perseguindo o fantasma de Flor Sem

Nome e tentando ajudar... ou não?... outra menina carente. Há muitas de nós.) Afundo o rosto nas flores, inalando o odor penetrante de almíscar (*um-dois-três, respire*).

– Clara. – Mike está estendendo uma flor que eu esquecera no chão. Ele pega meu cotovelo e me ajuda a levantar. Continua segurando meu braço, e agora sua voz é suave feito seda. – Fique calma. Tudo vai dar certo.

Ouço um murmúrio, um sopro abafado, e, então, alguém chorando. O choro aumenta, rompendo em incontroláveis e entrecortados soluços. Mike passa o braço pelo meu ombro e me leva até a cozinha. O som aumenta enquanto ele me conduz. Trecie ainda deve estar aqui. Eu procuro nos cantos e atrás do fícus, mas não consigo ver a menina. Mike parece nem notar. Quando chegamos à bancada que separa a cozinha da mesa e das cadeiras, ele me larga e abre os armários em cima da pia, pegando um enorme jarro de cerâmica que arrematei num leilão no verão passado. Eu aumento a força com que seguro as flores, escutando os soluços pararem e depois voltarem. Procuro em torno, esperando ver Trecie, e, como não vejo, olho para Mike pedindo orientação.

– Mike?

Ele não me ouve. Está de costas para mim, enchendo o jarro na pia. O som da água corrente abafa os gritos dela e o meu. Mike parece tão forte, com ombros tão firmes. Imagino o fardo que suportam com a vida que ele leva e fico surpresa por não serem curvos e vergados. Não sei se ele já carregou a esposa ali, nem se há lugar para mais uma.

Ele se vira, coloca o jarro na bancada e estende os braços para mim.

– Ela ainda está aqui, Mike, eu sei. Você não está ouvindo?

Ele me encara com um olhar impiedoso.

– Vamos, me dê isso aí.

Gentilmente, com uma ternura que não vejo nele há muito tempo, Mike tira dos meus braços as flores. Coloca todas na água, cuidando para que cada haste fique mergulhada no jarro e não isolada, com sede enquanto as outras bebem sua cota.

Mesmo agora, ouço os soluços.

– Temos de encontrar Trecie.

Ele para e coloca as duas mãos nos meus ombros, fazendo pressão com os dedos.

– Clara, está tudo bem.

De repente, sinto que estou respirando com dificuldade. Levo as mãos até o rosto e percebo que estou ensopada. Enxugo o muco que escorre do nariz e dos olhos inchados. Ouço o som que sai dos meus lábios, um grande arquejo. Aspiro o odor metálico da minha tristeza. Sou eu, com as minhas lágrimas, o tempo todo.

Mike tira as mãos dos meus ombros, deixando aqueles pontos desoladamente frios. Enfia a mão no bolso e tira um lenço. Seus olhos estão fixos nos meus, e eu me obrigo a encarar seu olhar. Por fim, há o silêncio. Gentilmente, gentilmente esfregando de leve cada olho, ele rastreia minhas lágrimas, descendo por um lado do rosto e mais abaixo ainda, pressionando o lenço contra o meu pescoço com extrema delicadeza, acariciando, com um toque que é um sussurro. Depois passa para o outro lado, e começa outra vez. Minhas pálpebras se agitam sob o algodão, que é um bálsamo para a minha tristeza. Tem cheiro de hortelã e detergente. Não resisto ao desejo de apoiar o rosto naqueles dedos encobertos.

– Sinto muito por ter deixado que ela se fosse. Desapontei vocês dois.

– Shhhh. – A outra mão de Mike desce pelo meu ombro e encontra um lugar para descansar no meu flanco. Ele pressiona com o polegar o osso do meu quadril, enquanto seus dedos rodeiam as minhas costas. Meu corpo se inclina para ele, procurando seu calor como uma flor procura o sol.

As pontas de seus dedos, livres do lenço, acariciam os fios do meu cabelo. Descem por eles e, então, se curvam dentro dos meus lábios. Já consigo sentir o cheiro de Mike. Ele é gengibre e chuva, sal e sangue, pungente de umidade e vida. Acaricia todo o meu lábio inferior, e eu sinto minha boca se abrir. O seu dedo toca a umidade lá dentro.

Suas coxas, duras e musculosas, encostam em mim. A respiração junto ao meu rosto é irregular e quente. O fio de ligação que eu sentira antes, crescendo e diminuindo entre nós, está sendo recolhido pelas duas pontas, vibrando enquanto é puxado. Mais perto.

Com atordoante clareza, vejo no pescoço de Mike as feridas onde o barbeador cortou e o sangue coagulou. Vejo a espessura das veias na garganta e a pulsação da carótida. Sou dominada pelo desejo de passar os lábios ali. Preciso sentir sua vida fluir através dele, contra mim.

A luz de faróis entra pela janela da cozinha, incendiando a parede da sala e rompendo o fio. O ruído do motor do Buick é tão reconhecível quanto a voz do próprio Linus. À distância, não muito longe, ouço o som menos familiar de sirenes.

Mike me solta, enfiando o lenço na minha mão, enquanto pigarreia e se afasta, com a atenção já voltada para a janela.

– Preciso dar uma olhadela lá fora e depois falar com o Linus. Talvez ele tenha visto a Trecie zanzando por aqui mais cedo.

Eu balanço a cabeça e sigo em direção às portas do pátio, com o passo inseguro e a cabeça confusa. Saímos na friagem, e o vento aguilhoa as marcas úmidas que Mike deixou no meu rosto.

# Capítulo Doze

— É MESMO? — DIZ LINUS, BAIXANDO O OLHAR PARA A XÍCARA, soprando o chá e levantando uma nuvem de vapor.

Ele permanece calado, soltando apenas grunhidos ocasionais, enquanto Mike relata a investigação. Eu sigo com os dedos a textura familiar da mesa da cozinha de Alma, apalpando com a outra mão o lenço no bolso do casaco. Colocado entre nós, o rádio policial de Mike emite um chiado constante, só interrompido por atualizações esporádicas do progresso da investigação num raio de três quilômetros em torno da funerária.

O ar é aquecido pelo perfume do chá preto e das coroas de pinheiros. Alma se agita à nossa volta, reabastecendo o bule de chá e servindo um verdadeiro banquete formado por minibolos, brownie com glacê, linguiça fatiada, biscoitos de malte, e queijo chèvre de alho. Continua usando o festivo vestido vermelho com que foi a Boston. Um broche de Natal com folhas metálicas de azevinho, preso acima do seio esquerdo, tilinta a cada passo. Ela cantarola ao passar por nós. Eu paro de ouvir Mike e tento identificar a melodia. Depois de um momento, consigo. É uma canção natalina: "Alegria para o Mundo".

— A nossa investigação não encontrou qualquer tipo de equipamento de vídeo na casa do Charlie Kelly, onde descobrimos as fitas — diz Mike. — Meu palpite é que ele era só um freguês, mas provavelmente conhecia o cara que fazia as filmagens. Nós realmente não conseguimos identificar o sujeito que aparece nas fitas, porque ele tomou o cuidado de sempre manter a cabeça fora de quadro. Era o mesmo cenário, com o mesmo cara e as mesmas meninas, em todas as fitas.

— E as crianças... são quantas? — pergunta Linus, equilibrando metodicamente uma fatia de linguiça sobre um biscoito com queijo.

Mike afasta o prato, que contém apenas um resto educado do bolo que Alma pôs ali. Ele segura a xícara com a mesma mão que minutos antes abraçou minha cintura. Só tem olhos para Linus; não me fitou mais desde que chegamos aqui.

– Duas naquele ambiente – diz Mike. – Nós conhecemos uma, a Trecie, mas a outra não foi identificada. Ela tem mais ou menos a mesma idade, e o mesmo tom de pele. Essa menina aparece em poucos filmes.

Alma interrompe.

– Clara, quer ir comigo até a varanda? Comprei um CD do espetáculo *Natividade Negra* desta noite. Nós podemos ouvir se você quiser.

Ela sorri para mim, com a mão crispada no encosto da cadeira de Linus. Os nós escuros dos dedos assumem um tom rosado e quente devido à pressão, e seus dentes maravilhosos estão cerrados em duas fileiras perfeitas, uma em cima da outra.

Eu começo a falar; posso contribuir muito pouco para a conversa, mas entendo que meu dever é permanecer aqui. Através da janela, vejo fachos de lanterna em volta do meu chalé e sou obrigada a tentar decifrar a estática que vem pelo rádio de Mike. Eu viro para Alma, mas, antes que possa responder, Mike fala por mim.

– Infelizmente, preciso que a Clara fique aqui.

Alma cruza os braços sobre o peito, fuzilando Mike com o olhar.

– Não sei por que ela não pode descansar dessa conversa desagradável e ouvir um pouco de música alegre.

Ela raramente revela suas emoções e jamais abriu mão da dignidade. Nós nos conhecemos há doze anos, e só vi Alma gripada duas vezes. Em ambas, embora febril e obviamente dolorida, ela não se deixou abater. Continuou a preparar seus almoços, lavar roupa e varrer o chão.

– Desculpe, mas preciso da Clara aqui enquanto falo com o Linus. Talvez surja alguma coisa.

Alma comprime os lábios.

– *Eu* acredito que Clara já escutou o bastante para uma noite. Não acho que ela tenha algo mais a contribuir para sua investigação, *detetive* Sullivan.

Ela se inclina sobre a mesa e toma o prato de bolo dele. Com o queixo erguido e as costas rígidas, vira e larga dentro da pia o prato, que retine na pedra-sabão. Mike olha para Linus, erguendo as sobrancelhas como quem implora ajuda. Linus balança a cabeça e se levanta, passando o braço pelo ombro de Alma.

– Ele só está tentando ajudar a criança.

– Não está tentando ajudar *a minha* criança – diz Alma, com as costas eretas. Levo um tempo para perceber que ela está falando de mim.

Linus se inclina mais perto de Alma, roçando o ouvido dela com os lábios enquanto sussurra, embora o som seja alto o bastante para todos nós ouvirmos. É o momento mais íntimo que já vi entre os dois. Nós deveríamos pedir licença e sair, mas eu me sinto inexplicavelmente atraída para o mundo deles.

– Ora, Alma, o homem tem um trabalho a fazer, e a Clara precisa ajudar. Ela não vai se ferir. Estará protegida.

Alma dá um repelão na mão de Linus.

– É mesmo? Da minha parte, eu lembro o que a mãe do reverendo Greene falou. Guarde bem minhas palavras, Linus: se alguma coisa acontecer à Clara, a responsabilidade será sua – diz ela. Depois vira, apontando para Mike. – E sua.

Alma sai do aposento olhando fixamente para a frente. O tilintar do broche de Natal acompanha seus passos. Ainda pode ser ouvido enquanto ela sobe os degraus para o andar superior da residência, ficando mais fraco no alto da escada. Há um silêncio, seguido pelo estrondo de uma porta batendo.

Linus se apoia na bancada, abanando a cabeça com o olhar perdido. Mike se recosta na cadeira, concentrado na colher que revira entre os dedos. Eu fico esperando que alguém fale. Linus por fim vira para nós, com as grandes bochechas repuxadas por um sorriso cansado.

– Você não está assustada, está, Clara?

Após tantos anos, já virou um reflexo.

– Estou bem.

– Porque você sabe que eu vou cuidar de você, não sabe? Sabe que não deixarei ninguém magoar você. – Seus olhos estão firmes, e o sorriso é uma máscara. Eu não tinha noção, até hoje, de como conheço bem esses dois, Linus e Alma. Agora consigo enxergar além da sua expressão e perceber o seu medo, vendo como ele tenta me proteger disso.

Quero acreditar nele.

– Eu sei.

Seu rosto se descontrai.

– Bem, então peço licença para ir falar com a minha noiva.

Linus sai do aposento e leva com ele qualquer sensação de reconforto. Inicialmente, acho que seus passos na escada vão descendo até o salão da funerária, mas só posso estar enganada. Um murmúrio parece vir de lá: *Graça, meus medos aliviados...* Mas não. Conforme anunciou, Linus está indo até o quarto aplacar o nervosismo de Alma. Eu me ocupo com as fileiras de bolos diante de mim, tentando distinguir formas trapezoides e romboides no granulado da cobertura. Mike continua girando a colher.

Os minutos vão passando e nenhum de nós fala. Já passei para os triângulos mais abundantes da travessa, quando Mike pigarreia.

– Eu também não vou deixar alguém ferir você, sabia? – diz ele.

Meus olhos vão para o seu rosto, mas ele continua olhando para a colher.

– Eu vou ficar bem.

– Vou cuidar de você – diz ele.

Minha vista se turva. Sem que eu perceba, a mão que está apertando o lenço dentro do bolso se eleva lentamente sobre a mesa e se aproxima da de Mike. Não consigo sentir os dedos, só uma dormência a partir do pulso, mas ainda assim minha mão continua a se aproximar. Quero parar, já imaginando a ardência quando nossas peles se tocarem, mas a mão segue em frente. Mike permanece concentrado na colher. Minha mão se aproxima. Só quero o calor da sua pele, a textura dos seus calos, a maciez dos seus pelos. Quase lá, quase lá.

Levo um susto quando o seu celular toca, estilhaçando o silêncio. Mike larga a colher, que retine sobre a mesa. E eu resolvo pegar o açucareiro. Ele se levanta, tirando o celular do bolso traseiro.

— Sullivan.

Fico olhando para o lugar onde a mão dele estava, ouvindo a conversa pela metade.

— Tem certeza? — Mike puxa um bloco e uma caneta do bolso da frente, começando a escrever. Depois para e inclina o corpo na minha direção. Meus olhos correm pelo seu tronco, demoram no pescoço e finalmente encontram seu olhar. Ele está me encarando diretamente.

— Reverendo Greene, o senhor concordaria que seu telefone fosse grampeado? — Há um silêncio breve. — Reverendo Greene, a vida de uma menina está em perigo. Se for preciso, eu consigo um mandado judicial.

Os músculos do rosto de Mike ficam em relevo quando ele trinca os dentes; sua respiração é audível. Ele fecha o celular com a palma da mão e olha para mim antes de falar.

— O reverendo Greene recebeu outra dica do informante anônimo sobre o caso da Flor Sem Nome.

Eu pego a xícara de chá, na esperança de que tenha sobrado o suficiente para aquecer as minhas mãos.

— Mike, eu já falei tudo que sei. Não há mais coisa alguma.

— Clara, talvez a Alma tenha razão. Estamos lidando com gente muito doentia, que está ganhando dinheiro aos montes com esses vídeos. Isso é motivo mais do que suficiente para fazer qualquer coisa que encerre essa investigação.

Penso em Trecie passando os dedos pelas capas dos meus livros e passeando no meu jardim secreto. Lembro do seu rosto naquele vídeo, e sei que não posso ser mais uma pessoa a decepcionar a menina.

— Eu não estou com medo.

Mike deixa o celular na mesa e segura minhas mãos. As suas estão tão frias quanto as minhas, mas de alguma forma me aquecem.

— Lembra que eu falei que havia outra menina num dos vídeos? O informante falou para o reverendo Greene que era a Flor Sem Nome.

Sinto o sangue me fugir do rosto, no momento em que o rádio de Mike volta à vida e ele atende.

– Sullivan.

– Pois é, Mikey – diz uma voz de homem. Parece ser Ryan. – A pista esfriou, não temos coisa alguma.

– E os cachorros?

As palavras de Ryan saem truncadas.

– Não temos rastro algum. Nada para continuar. Você quer que a gente dê um Alerta Geral?

Mike encosta a cabeça no rádio e espera um momento. Continua esperando até que finalmente decide.

– Não. Quero todos de volta ao ponto de origem em cinco minutos.

– Afirmativo – diz Ryan.

Mike repõe o rádio na mesa. Agora entendo como ele se sentiu lá na estufa, quando deixei a menina escapar. Não sei se é vergonha ou medo que move as palavras que jorram da minha boca.

– Por que não pedir um Alerta Geral? Uma menina já está morta. Precisamos salvar a Trecie.

Mike está incendiado pelo mesmo fogo que me engolfou. Ele levanta, derrubando a cadeira no chão e fazendo os pratos decorativos de cobre de Alma chacoalharem na parede, vibrando, até pouco a pouco retornarem ao silêncio.

– Acha que eu não sei disso? O que você acha que estou fazendo aqui? Se eu alerto a televisão e o rádio, o que acontecerá com a Trecie? – Ele estala os dedos, com o rosto inflamado pela raiva. – Aquele tarado dará sumiço nela, assim como fez com a Flor Sem Nome.

Ele prende o rádio no cinto e esfrega as duas mãos no rosto.

– Não posso perder outra criança. Não posso.

Vou até ele, então. Vou com cuidado, cambaleando ao cruzar o abismo. Finalmente, em pé diante dele, levanto meus braços, sentindo nervos e músculos crescerem dentro dos meus membros: conectando, engrossando e doendo. Enlaço sua cintura, encontrando até a coragem de olhar para o seu rosto, mas ele está olhando para além de mim.

Descanso meu rosto no seu peito, feliz com o ritmo das batidas do seu coração. E quando seu corpo começa a estremecer, digo:

– Está tudo bem, Mike. Tudo vai dar certo.

# Capítulo Treze

A ENTRADA DO DEPARTAMENTO DE POLÍCIA DE BROCKTON É UM corredor estreito com piso sujo e paredes de bloquetes cobertas por cartazes. Há uma grande colagem de rostos masculinos impassíveis, com olhos bidimensionais saltando das fotos em preto e branco: CUIDADO! São apenas alguns dos infratores sexuais de terceiro nível da cidade, a categoria mais violenta entre os criminosos. Os cartazes farfalham quando eu passo. Embora não queira encarar os rostos, dou uma olhadela neles, quase esperando que algum pisque.

Passo por uma mulher mais velha e uma adolescente, que presumo seja sua filha, sentadas com ar fatigado. As duas usam casacos com debruns de pele no capuz. E chego ao policial sentado atrás do balcão, com um guichê de vidro temperado e uma porta trancada entre nós.

– Posso ajudar? – As palavras são mal articuladas e o rosto é inexpressivo, embora a papada trema quando ele fala. O sujeito é de meia-idade, já pesadão, com gomalina nos cabelos pretos e ralos. Tem a palidez cinzenta de alguns dos meus clientes.

– Vim falar com o detetive Sullivan. – Virando para trás, noto as duas mulheres olhando para mim.

O tira pega um telefone, e de repente seu rosto se anima.

– É, Mike, ela está aqui. – Quando ele fala, seu queixo some dentro da poça de carne que há embaixo.

O relógio utilitário acima da sua cabeça, encardido por anos de uso, marca oito e meia. Em um instante, Mike abre a porta, acenando para que eu entre.

– Obrigado por ter vindo – diz ele, com voz firme e olhar fixo no formulário de entrada que está preenchendo. Seu rosto parece bem barbeado e determinado, sem sinais da noite passada. Ele saiu da funerária depois da meia-noite, parecendo abatido e exausto. Antes disso, voltara ao meu chalé para procurar algum sinal de Trecie, qualquer pista, sem nada encontrar. Eu fui com ele até o carro. Nossos dedos talvez tenham se roçado antes que ele abrisse a porta. Agora, porém, embora ele esteja a centímetros de mim, posso sentir o abismo entre nós. Fico pensando se não imaginei aquele abraço, e a sua mão na minha cintura. Provavelmente é melhor acreditar nisso.

– Desculpe obrigar você a vir tão cedo. – Mike abre uma porta que dá para uma escada e subimos um andar. Como ele anda na frente, não posso ver sua expressão, só ouvir. – Provavelmente você não dormiu muito, hein?

Paro por um instante, com a mão no corrimão.

– Eu estou bem.

Ele chega ao patamar e, de novo, segura a porta para que eu passe. Desta vez olha para mim, mas agora seus olhos estão protegidos por aquele familiar escudo reptiliano.

– Não teve dificuldade para dormir?

– Não. – Aguardo que me dê instruções, mas ele fica parado no umbral, olhando para mim. – Fui direto para a cama, depois que você saiu.

Ele deixa a porta bater atrás de nós e segue em frente. Eu sigo atrás, mexendo num botão solto do casaco e observando suas costas retas. Posso ver a saliência no seu quadril direito, sempre que o paletó roça na arma. Sei o que ele quer que eu fale, mas é demais me separar disso. Sim, eu precisara levar para Flor Sem Nome as margaridas que Trecie arrancou; não posso ter coisas mortas na minha casa. Ali, não. A princípio não vira Mike, preocupada como estava com o que achara apoiado na lápide de Flor. Era um santinho de missa que Linus imprimira para o enterro dela: de um lado, havia a oração de Santo Antônio, o santo das coisas perdidas; e do outro, uma imagem das mãos de uma criança, juntas, em forma de oração. As pontas estavam desgastadas e o canto superior direito dobrado, como se o cartão houvesse sido guardado em algum lugar onde fosse manuseado regularmente. Na noite passada, fora a vez de Mike se esconder entre as sombras. É melhor fingir que eu não ouvira seu chamado, ao sair apressadamente. A tristeza não foi feita para ser compartilhada.

Eu nunca estive no escritório de Mike, embora de vez em quando tenha necessidade de ir à delegacia. Ocasionalmente, ao buscar um corpo, o rabecão é multado por algum policial. Ruas estreitas e vagas interditadas no inverno não podem justificar que um corpo se deteriore no lar de um ente querido. Anos atrás, o chefe de polícia assegurou a Linus que ele podia simplesmente ignorar as multas.

– É só trazer tudo aqui para mim – disse ele. Linus e eu jamais abusamos dessa cortesia.

Mike abre outra porta, e entramos numa grande sala com várias mesas enfileiradas diante de três escritórios fechados. Com os paletós nos encostos das cadeiras, diversos homens olham para telas de computadores à sua frente, ou então falam ao telefone. Reconheço alguns que já me chamaram para recolher cadáveres descobertos. Há apenas uma mulher, que não conheço. Ela é baixa, tem cabelo louro natural e usa um elegante conjunto bege. Aparenta ter trinta e poucos anos, mas pode facilmente passar por menos. Quando passamos, ela sorri falando ao telefone. À sua frente, um grande porta-retrato mostra duas garotas, com os mesmos cachos louros e sorrisos cheios de dentes. Acho que essa mulher foi tanto rainha do baile como presidente da turma do ensino médio.

A sala mostra o mesmo ar de sujeira da entrada, só que em escala maior. As placas do teto estão amareladas, manchadas por anos de fumaça de cigarro e infiltrações. Algumas simplesmente sumiram, revelando fios expostos e canos, outrora brancos, cobertos de poeira marrom. É fácil imaginar a colônia de ratos que deve morar nas paredes e vigas. Quadros de avisos circundam a sala, cheios de notícias e fotos de rostos. Eu examino o que está mais perto de mim: é um alerta da Interpol sobre uma arma disfarçada como telefone celular.

Mike caminha até uma das mesas e tira o telefone do gancho. Aperta um botão e fala algo ininteligível a quem está na linha. Quase olha para mim, passando a mão pelo cós da calça, mas vira de costas. Presumo que aquela seja a sua mesa, embora não haja evidência disso. Eu me posiciono para ver se há alguma foto da sua esposa, mas só descubro guardanapos amassados e uma xícara azul, com café até a metade e um redemoinho de creme no centro. Então vejo a foto, atrás de uma hera morta. A moldura é de madeira, mostrando uma imagem colorida dos dois na praia, com os rostos bronzeados e juntos. Eles parecem um casal.

Como Mike não me convidou a sentar, continuo a examinar o lugar. Atrás de mim, vejo um conjunto de aposentos para interrogatório. Passando por uma porta, há um cubículo com uma janela e, ao lado, uma sala grande com um espelho e uma mesa comprida. De um dos lados da mesa, o lado oposto ao espelho de duas faces, vejo uma cadeira de encosto reto; do outro, mais duas. Fico surpresa ao ver que a sala é igual às mostradas em filmes. Acho que esperava mais sutileza.

– Você quer uma xícara de café antes de começar? – pergunta Mike, folheando os papéis empilhados na mesa e fazendo um gesto para a garrafa semivazia.

– Não, obrigada.

– Aí vêm eles. – Mike se endireita, levanta a cabeça e lança o olhar atrás de mim.

Dois homens de terno entram na sala. Têm o ar resoluto e o andar confiante de policiais. Quando se aproximam, Mike aperta a mão de cada um. Juntos, eles formam um círculo de costas para mim. Fico parada ali, a poucos metros, mas ainda assim a quilômetros de distância. Depois de alguns minutos de um bate-papo amistoso, Mike se vira.

– Clara, este é o Will Peña. Ele é do escritório do procurador de Justiça do distrito de Plymouth. E este é o detetive Frank Ball, da polícia de Whitman. Eles estão encarregados do caso Trecie.

Eu balanço a cabeça. Há muito tempo aprendi que as pessoas não faziam questão de apertar minha mão. E hoje não é diferente. Os dois homens ficam imóveis. Will Peña é mais baixo do que Mike, troncudo e forte, com um corte de cabelo à escovinha. Frank Ball é alto e magro, com o tipo de magreza que expõe um saliente pomo de adão. Os dois têm o mesmo olhar desconfiado.

Eu acho que vamos sentar em uma das salas de interrogatório, mas, em vez disso, Mike vai buscar umas cadeiras nas mesas vazias ao lado. Depois destampa uma caixa de papelão; presumo que seja a mesma que ele levou ao chalé naquele dia. Pega a fotografia tirada do vídeo e a cópia da foto de rosto. Há outra caixa ao lado da primeira: as palavras Flor Sem Nome estão rabiscadas com tinta preta nos lados e em cima. Não sei se é a letra de Mike.

– O Mike já nos relatou as conversas de vocês, Clara – diz Peña, do escritório do procurador de Justiça. – Mas que tal você nos contar tudo com suas próprias palavras?

– Por onde devo começar?

– Pelo dia em que você conheceu a menina – diz Ball, o detetive de Whitman. Quando começo a falar, a tal detetive desliga o telefone e cruza a sala até nós. Ela senta na mesa de Mike, com a perna pendurada sobre o canto. Isso parece ser uma pose familiar para ela, uma postura relaxada. Fico me perguntando se é algo que ela sempre faz, seja ao trabalhar com Mike num caso ou simplesmente ao conversar tomando um café. Reparo que ela usa elegantes sapatos de camurça, com saltos altos. Imagino que raramente saia desta sala. Não é o tipo de sapato que se espera que uma policial use numa perseguição. Ela aparenta tranquilidade, dando a sensação de ter uma autoridade natural entre esses homens. Eu olho rapidamente para Mike, mas ele parece não notar a mulher sentada na sua mesa.

De vez em quando, sou interrompida por um dos homens pedindo que eu esclareça determinado ponto, embora sempre me veja incapaz de fazer isso. Enquanto tento lembrar a versão exata que contei a Mike, procuro não ficar presa às mãos que anotam velozmente minhas palavras em blocos amarelos. Reparo que Mike e a mulher não tomam notas. Não consigo decidir o que é mais enervante. Quando termino, os homens olham para a mulher, que, finalmente, fala:

– Clara, sou a tenente Kate McCarthy, chefe da unidade de crimes sexuais daqui. – Ela se inclina em minha direção, e eu me vejo recuando na cadeira. – A Trecie já mencionou a escola em que estuda e em que ano está?

– Como eu disse, ela me contou que não vai à escola. Parece ter oito anos, mas não tenho certeza. Não sei muito sobre crianças...

O detetive Peña interrompe.

– Não poderíamos levar Clara para dar uma volta pelas escolas e procurar a criança durante o recreio?

Kate abana a cabeça e volta a atenção para mim.

– Pode descrever como ela é? – ela pergunta, sorrindo.

– Ela está nos vídeos. O Mike me mostrou um deles.

Kate olha para Mike e depois para mim, com o mesmo sorriso.

– Eu sei... mas com suas próprias palavras.

Não entendo aonde Kate quer chegar, mas estou dominada por aquela sensação familiar de alteridade: eles e eu.

– Ela tem cabelos castanhos, compridos e ondulados. É bem magra, pequena para a idade. Age como uma pessoa mais velha do que aparenta ser. Seus olhos são castanhos, eu acho. É difícil dizer. Não sei. A pele é um pouco pálida.

– Parece um pouco com você – diz Kate, com um olhar penetrante. É como se todo o som fosse sugado da sala. – Aquela mecha de cabelo, que o Mike achou na sua casa, parece ter sido arrancada. Você já notou alguma falha no couro cabeludo da Trecie?

Eles sabem bastante sobre a vida da menina, têm os vídeos. Não posso trair o seu segredo, revelar ainda mais a sua vergonha. Seu segredo está a salvo comigo.

– Não.

– E as pestanas dela?

Antes que eu possa responder, o detetive Peña interrompe.

– Aonde você quer chegar?

Kate continua olhando para mim, enquanto responde.

– O psicólogo disse que é uma espécie de distúrbio de ansiedade. As meninas molestadas, às vezes, arrancam o cabelo ou as pestanas.

– Tricotilomania – digo sem querer.

Não ouso olhar para Mike. Kate pronuncia as palavras seguintes lentamente.

– É, isso mesmo. Elas ficam **hipnotizadas, ou algo assim, ao torcer o cabelo, e depois arrancam as mechas. Nem sabem que estão fazendo isso. Algumas ficam carecas, outras tentam esconder as falhas com chapéus. – Ela inclina a cabeça e olha para mim de alto a baixo. – Ou usam rabo de cavalo. Como você ouviu falar disso, Clara?**
– Já encontrei alguns casos. **Vejo muita coisa na minha área profissional. – Eu sinto que todos olham para mim.**
Kate enfim quebra o silêncio.
– Quando ela apareceu, foi **sempre na mesma hora do dia?**
– Uma vez à tarde e duas ao anoitecer – digo, tomando cuidado para não cair da cadeira.
– Quando ela esteve lá, você se **lembra de ter** ouvido a porta de um carro bater, ou visto carros **estranhos** no estacionamento? Uma bicicleta, talvez?
– Não. – Olho para Mike, mas ele está brincando com uma caneta entre os dedos, e olhando para a caneca de café velho. – Ontem à noite, os únicos carros no estacionamento eram os rabecões. Linus e Alma tinham saído com o Buick. Não notei qualquer bicicleta, mas nós não conferimos a **frente da casa.**
– Ei, Frank – diz Kate, virando para o detetive de Whitman. – Quantos prédios residenciais há perto da funerária?
– Depende do que você chama de perto – diz Frank. – Talvez seis, a menos de dois quilômetros para cima e para baixo na rua Washington, ou oito, se ela cortar caminho pelo cemitério. Mas que menina vai andar sozinha por um cemitério, principalmente à noite?
Kate levanta a sobrancelha e descruza as pernas.
– O tipo de menina que fica **passeando numa funerária.**
– Acho que devemos vigiar o lugar onde o corpo da Flor Sem Nome foi encontrado, e também o túmulo – diz Mike, com os olhos perfurando os meus. Faço força para que meu rosto não fique em brasa. – Ver se há alguém agindo de modo suspeito por ali.
Ele se cala, enquanto os outros discutem o perigo que Trecie correrá se seu retrato for distribuído por prédios residenciais e lojas de conveniência da vizinhança. Eu escuto distraidamente, enquanto

Kate argumenta contra isso, expondo as mesmas razões que Mike deu na noite passada. Giro o corpo, tirando Mike da minha linha de visão. Quando faço isso, vejo Ryan colocando uma pasta de arquivo em cima de uma das mesas vazias.

Ele me vê olhando e acena. Antes que eu finja não ter notado, vem andando até nós, com um sorriso aberto.

– Ei, o que está acontecendo? – Sua voz é alta demais para esta sala, para esta conversa.

Mike só balança a cabeça, mas Kate vira para cumprimentar o recém-chegado.

– Olá, Ryan.

Ele anda até a máquina de café perto de nós e pega uma xícara de isopor.

– Vocês trouxeram a Clara aqui por causa das multas de estacionamento? – Quando Ryan polvilha creme em pó no café, as cutículas roídas contrastam cruamente com o azul da lata. Depois seu tom fica sério, quase bondoso. – É sobre aquela menina?

– Parece que o caso de ontem à noite, quando você foi chamado pelo Mike, está relacionado com o da Flor Sem Nome – diz Kate, ficando de pé.

Ryan abre quatro envelopes de açúcar ao mesmo tempo e joga tudo na xícara. Depois pega uma colher de plástico já usada do carrinho do café e fica remexendo, com o queixo contraído.

– Que merda. Como vocês chegaram a essa conclusão?

– Nosso informante anônimo – diz Mike, quebrando seu silêncio. – O reverendo Greene me ligou ontem à noite, enquanto eu estava na casa do Linus.

– Podemos grampear o telefone dele? – pergunta Peña. – Tenho certeza de que o próprio procurador pediria licença ao juiz.

Mike abana a cabeça.

– Já pedi isso ao reverendo, e ele recusou. Não quero esperar um ano por uma ordem da justiça, por isso já requeri uma intimação para levantar todas as ligações feitas e recebidas por ele, desde a morte da Flor Sem Nome. Devemos receber isso dentro de duas semanas. Talvez antes.

Peña inclina a cabeça.

– Como podemos saber se o nosso reverendo não inventou esse informante anônimo? Pode ser que ele esteja tentando ocultar o criminoso. Alguém verificou os antecedentes dele?

– Claro. O reverendo Greene é um sujeito sério – diz Ball, segurando as lapelas enquanto abana a cabeça. – Ele colabora há anos no trabalho comunitário da polícia lá em Whitman, principalmente com jovens sob risco, portanto, é obrigado a passar por verificações de conduta anuais. Diabo, estou nesse negócio há tempo demais para ainda me chocar, mas ficaria surpreso se ele tivesse alguma coisa escusa a ver com esse caso.

– Mas os detalhes que o nosso informante anônimo conta são coisas que só o assassino sabe – diz Mike. – Então, por que o reverendo Greene não nos deixa grampear o seu telefone?

– É sempre o pessoal de quem menos se suspeita – diz Ryan, balançando a cabeça sabiamente. Seu corpo oscila sobre os calcanhares, para a frente e para trás, enquanto a mão esquerda fecha e abre, com estalidos, a capa do coldre da arma. Eu já esquecera que ele estava aqui. De alguma forma, ele parece deslocado: um uniforme entre ternos.

– A Trecie tinha uma irmã, não? – Kate está olhando para mim, e me lembro de que também faço parte da conversa.

– Sim.

– Ela contou que o nome da irmã era Adalia? Contou se ela era mais moça ou mais velha?

– Mais moça, eu acho – respondo.

Kate se vira para os homens.

– Está certo, vou ligar para o serviço estadual de proteção à criança e ver se eles têm algum caso na área com duas irmãs chamadas Trecie e Adalia. Peña, você pode consultar os arquivos do laboratório criminal da polícia estadual? Diga a eles que enviaremos aquela mecha de cabelo, se for o caso. Veja se há alguma semelhança física entre a Flor Sem Nome e a Trecie. Se o nosso suspeito persegue um tipo determinado, veja se há qualquer semelhança com os nossos infratores de nível três. Acho que é hora de recontactar o agente do FBI responsável pelo caso da Flor Sem Nome. Ele deve poder nos indicar um analista de perfis. Frank, você conhece o reverendo Greene, mas minha intuição diz que ele está escondendo alguma coisa. É hora de vigiar o sujeito mais de perto. Você sabe como fazer isso sem dar bandeira.

Kate para a fim de respirar. Depois, endireita os ombros e olha para Mike.

– E você, Mike, fique grudado na Clara. Ela é o nosso único contato com a Trecie. Durma na funerária, se for preciso, ou na casa dela. Pouco importa. Não podemos deixar que aconteça com a Trecie o mesmo que aconteceu com a Flor.

Sinto meu rosto em brasas, mesmo estando gelada por dentro. O rosto de Mike também fica vermelho, com algo mais: um opressivo ar de medo.

Kate coloca as mãos nos quadris e puxa o casaco para trás. Embora não devesse me surpreender, fico espantada ao ver uma arma ali.

– Olhem aqui, pessoal. Pouco me importam as leis que precisaremos contornar, quebrar, ou virar de cabeça para baixo. Eu quero encontrar essa menina e o homem responsável por esses vídeos. – Ela coloca a mão em cima da caixa, enquanto fala. – Custe o que custar.

Quando todos começam a se levantar, tento me firmar nas pernas, mas cambaleio e me apoio no encosto da cadeira. Ninguém parece notar. Retomando o equilíbrio, procuro as chaves no bolso, aflita para sair da sala, mas Ryan nos faz retroceder.

– Tenente? Quero entrar nessa.

Kate para, e depois dá para Ryan o sorriso que, imagino eu, daria para suas jovens filhas.

– Por que você não distribui as fotos de Trecie por todas as patrulhas em Brockton e Whitman?

Ryan amassa a xícara, derramando café na coxa. Depois joga tudo na lata de lixo mais próxima.

– Não. Um rato escroto está magoando meninas, e quero ajudar a pegar esse filho da puta. – Ele vira para Mike enquanto fala, assumindo um tom mais alto e suplicante. Eu sou obrigada a desviar o olhar. – Vamos lá, Mike. Eu passei muito tempo fora. Quero voltar a me envolver com as coisas. Posso entrar nessa?

Mike passa a mão pelo cabelo. Ele parece tão cansado quanto ontem à noite, quando me deixou. Ou pior.

– É claro. Mais dois olhos e ouvidos não farão mal. Você pode ajudar a vigiar a funerária.

Ryan balança a cabeça e se acalma. A proximidade daquelas pessoas começa a me angustiar. Sinto que estou sumindo na parede, escondida ali. Poderia me diluir na tinta, na sujeira e na nicotina acumuladas durante anos. Juntas poderíamos formar uma mistura cinzenta, um nada. À noite, quando as sombras cobrem este lugar, eu poderia ver os ratos correndo à vontade, catando as migalhas de pão e outros restos pelo chão. Estaria a par dos segredos que passam pelas mesas, entre essas pessoas. Poderia observar cada suspiro ou piscadela de Mike, vendo como ele gesticula ao falar ao telefone. E quando ele passasse pelo meu lugar dentro da parede, eu poderia estender a mão invisível, deixando meus dedos roçarem sua manga. Ele não repararia, pois se sentiria seguro sabendo que nunca mais precisaria sofrer a indignidade do meu toque.

Em vez disso, Ryan me vê e olha para mim. Depois pousa a mão maltratada e roída no meu ombro.

– Parece que eu e você vamos passar muito tempo juntos.

Não respondo. Minhas palavras só iriam prolongar um momento já embaraçoso. Só quero que Ryan tire a mão do meu ombro. E que Mike perceba que nem toda mentira nasce da fraude.

## Capítulo Catorze

Há duas semanas eu sentei à mesa de Mike. Há quatro dias ele decidiu que Trecie não vai mais voltar e que seu tempo na Funerária terminou. Nos primeiros cinco dias, ele ficou percorrendo as salas de velório, evitando contato visual e conversa comigo. Nunca se aventurou a ir ao porão, onde eu preparava os mortos. Passou os seis dias seguintes, e também boa parte das noites, dentro do carro. De hora em hora, ligava o motor. Eu ficava ouvindo o barulho, precisamente quinze minutos de cada vez, e, então, o silêncio voltava. Acho que a friagem estava incomodando.

Eu não conseguia deixar de imaginar Trecie também escondida lá fora, esperando que Mike e Ryan fossem embora para que ela pudesse voltar. De qualquer ponto da casa, verificava as janelas procurando por ela. Posso até ter deixado um casaco e umas luvas de criança atrás da moita de azevinho que bloqueia uma das janelas do porão. Um presente natalino, com duas semanas de antecedência. Tecido macio para envolver seu corpo. Sem dúvida foi só minha imaginação, mas no quarto dia que Mike passou aqui, vi Trecie olhando para mim pela tal janela. Foi apenas um vislumbre, um movimento, uma mecha de cabelo balançando e sumindo de vista. Como eu não tinha certeza, fiquei calada. O casaco e as luvas continuam lá.

No seu último dia, o décimo, Mike percorreu a propriedade e, depois, ficou subindo e descendo a rua Washington. Eu tentava imaginar o que ele pensava durante aquelas longas horas, com a esposa no cemitério do outro lado da rua. Tentava não imaginar o que ele pensava de mim, um andar abaixo.

Quando estava subindo a escada do porão, vi Mike. Ele devia estar esperando por mim, sentado em uma poltrona de couro antiga na sala de recepção. Evitava olhar para o velório ao lado, onde o corpo da sra. Shannon tinha as coxas guarnecidas por adônios (*lembranças tristes*). Ouvi seus dedos tamborilando sobre o couro do braço da poltrona, além dos rumores do seu rádio oculto pelo casaco e regulado em volume baixo. Ele levantou quando cheguei ao degrau de cima. Embora seu rosto estivesse calmo, exceto pela ruga permanente na testa, e o terno bem passado, ele próprio parecia desgastado, como se tivesse sido esfregado rudemente por algo grosseiro e severo.

– Clara, estamos encerrando a busca, por enquanto. Agradeço a sua cooperação, mas temos que dirigir nossos recursos para outras investigações. Se a Trecie voltar, você deve ligar para a Kate e contar para ela. – Mike falava lentamente, com os olhos fixados em um ponto acima da minha cabeça. Desviei o olhar quando ele colocou um cartão comercial perto do livro de convidados da morta ao lado. – Aqui está o número dela.

Não me mexi, nem falei. Ficamos parados ali durante o que me pareceu serem vários minutos, mas eu era mais paciente e acostumada a silêncios embaraçosos. Finalmente, ele olhou para o chão e disse:

– A gente se vê.

E foi embora.

Fiquei aliviada, em parte. Com a partida dele, talvez Trecie voltasse. Eu não ligaria para Mike se ela aparecesse. Daria o cartão comercial de Kate para Linus e ele telefonaria.

Ryan também estivera aqui, mas fora mandado de volta para a patrulha depois de uma semana. Ele passou cada dia de vigilância andando pelas salas de velório, desembrulhando as balas de hortelã das salvas e amassando o celofane entre os dedos. Eu tornava a encher as salvas toda noite, depois que ele saía.

No seu último dia aqui, Ryan entrou quando eu estava terminando de preparar a sra. Shannon. A mãe idosa deixara um singelo vestido preto, tirado do armário da filha, e um colar de pérolas artificiais. Depois de preparar o cabelo da morta, emoldurando-lhe o rosto com alguns cachos para desviar a atenção da carranca perpétua, comecei a cobrir de base a parte flácida do nariz, onde uma explosão de vasos sanguíneos estragava um rosto que outrora talvez houvesse sido sedutor e faceiro. De costas para a porta, só me virei quando ouvi o estalido da bala de hortelã nos dentes de Ryan.

– Desculpe, não queria assustar você. – Ele levantou as mãos, como que em sinal de rendição.

Depois fechou a porta e atravessou a sala lentamente, só parando quando alcançou o ralo no piso junto à ponta da minha mesa de trabalho, aos pés da falecida. Além de Linus e meus colegas na escola mortuária, mais ninguém já me vira preparar um corpo.

– Como ela morreu? – perguntou ele, apontando para a mesa, enquanto cutucava com a ponta do pé direito a grade do ralo no chão.

– Cirrose. – Meu indicador roçou na borda do ferro de frisar, queimando levemente a cutícula. Tentei não fazer uma careta.

– Ela é jovem, hein?

– Quarenta e dois.

– Tem filhos?

– Não, só os pais e irmãos. Divorciada.

Ryan ficou em silêncio, olhando para o rosto da mulher, embora seu pé continuasse a forçar o ralo. Sem aviso, soltou um arquejo estranho. Eu pousei o ferro na mesa de trabalho e peguei um pente.

– Ela lembra um pouco minha mãe, sabia?

– Ah, sinto muito.

Virei para Ryan, mas ele fez um aceno de mão para mim e continuou concentrado no cadáver. Então levantei um cacho perto da testa da morta, aumentando o volume.

– Minha irmã caçula parecia com ela, sabia? Era uma verdadeira miniatura viva. Minha mãe dizia que eu puxei ao meu pai, mas ninguém mais sabia quem ele era, portanto não tenho certeza. Ela dizia que eu era a cara dele.

Depois de recolocar os cabelos no lugar, separei algumas mechas atrás e fui formando cachos enquanto Ryan falava. Sua voz foi perdendo volume e vigor, embora o pé continuasse mexendo na grade. Enrolei outro tufo de cabelo em volta do ferro quente, enquanto o pé dele entrava e saía. Era um cabelo liso e lustroso. Contei quatro parafusos fixando o ralo no chão; produtos químicos para esterilizar os corpos correm pela superfície daquela grade. Ryan enfiou a ponta do sapato sob uma das barras e forçou para cima, vincando o couro. Os parafusos aguentaram. Um vapor se desprendeu do cacho, quando eu soltei o cabelo.

– Deus, ela realmente se parece com a minha mãe. – A voz de Ryan se tornou um murmúrio, e o pé finalmente se aquietou. Segui seu olhar até o rosto da falecida, onde uma gota de cola que escapara da área do canal lacrimal brilhava sobre a pálpebra esquerda, unindo os cílios no canto. Removedor de esmalte e um cotonete dariam um jeito naquilo. Mais tarde.

– Ela só podia ter uma vida horrorosa, se atacava a garrafa com tanta gana. – Ryan rolou a bala de hortelã entre os dentes amarelos. – Acho que cada um de nós escolhe o seu caminho, não?

Peguei a lata de laquê superforte, pois ainda faltavam alguns dias para o velório, e comprimi o ejetor, que emitiu um silvo. O perfume de uvas artificiais quase disfarçava o cheiro do fluído de embalsamar. Ryan soltou o pé e foi em direção ao quadro de Linus.

– Então, nem sinal da tal menina, a Trecie, hein?

– Não.

– Você tem certeza de que era a mesma menina do vídeo?

Eu balancei a cabeça e olhei pela janela. O casaco continuava lá fora, com o náilon provavelmente já endurecido pelo frio.

Ryan deslocou o peso sobre os pés, mastigando a bala de hortelã enquanto se mexia.

– Porque o Mikey e eu estávamos conversando e... preciso dizer que eles estão começando a ficar curiosos.

– Curiosos?

– Talvez fosse melhor ficar calado, mas a Kate acha que você pode andar confusa ou... sabe como é, passando tempo demais aqui embaixo, sem alguém para conversar. – O braço de Ryan apontou para as prateleiras. – E com todos esses troços químicos.

Depois ele continuou insistindo.

– O Mike tem muita coisa em jogo nesse caso, sabia? O chefe quer que ele tire uma licença médica. O Mike não pode falhar outra vez. E ele ouve muito a Kate.

– Desculpe – disse eu. – Preciso terminar de preparar este corpo.
Ele abanou a cabeça e foi em direção ao umbral antes de virar.
– Olhe, eu acredito em você, de verdade. Nós lidamos com um monte de mulheres que passam tempo demais espiando por trás das cortinas. Elas querem um pouco de atenção e começam a ligar para nós com dicas quentes. Isso acontece o tempo todo. Mas eu sei que você não é assim.
– Não estou mentindo. – Comecei a recuar em direção à porta, estendendo a mão para a maçaneta atrás das costas.
– Não, claro que não. É a Kate, ela acha que você pode estar a fim do Mike, ou algo assim. "Solitária", acho que foi o que ela disse. Mas o que ela entende? Já eu acredito em você, como sempre digo.
– Por favor. – Eu precisava que Ryan fosse embora, mas não queria encostar nele. Achava que não conseguiria. Em vez disso, eu me enfiei atrás da porta, fazendo força com meu corpo contra a madeira, contra ele. Ryan não se moveu. Meus dedos doíam, querendo liberar a humilhação, buscar aqueles lugares ardidos e puros. Para criar um novo. Contornei a porta e repeti: – Por favor. Com licença.
Embora tentasse focalizar só o chão, podia sentir o peso dos olhos de Ryan em mim. Antes de virar para sair, ele disse:
– Não sou eu que penso que você é maluca.
Durante os dias que se seguiram, as poucas vezes em que encontrei os olhos de Mike e ouvi suas palavras criaram um círculo infindável na minha cabeça. Mas não posso ficar pensando nessas coisas. Há muito que fazer: a polícia de Brockton acaba de ligar pedindo que eu recolha um cadáver. É isso que exige a minha atenção agora. O tira responsável, Andrew Browne, disse que o corpo estava num apartamento em Vanity Faire há pelo menos quatro dias. Sinto certo alívio ao saber que é ele quem está no local.
Estaciono o rabecão em frente à entrada e examino, através da porta de vidro, a escada de metal. Como em muitos prédios de baixa renda da cidade, aqui não há elevador. São apenas três andares. Quando chego ao terceiro, abro a maca. Um rato escuro e gordo passa correndo pelo piso de vinil, entrando em um buraco no

rodapé esfarelado de uma parede entre o poço da escada a um apartamento. Já enviei uma mensagem para um dos nossos ajudantes de remoção. Ele deverá chegar logo.

Quando abro e prendo com o pé a porta de entrada, para conseguir passar a maca, o mau cheiro me assalta. A decomposição já virou um odor familiar para mim, mas para os moradores deste corredor, tanto quanto para os diretamente abaixo e acima, os últimos dois dias devem ter sido insuportáveis. E hoje de manhã, finalmente, alguém telefonou. Posso sentir os olhos deles observando minha chegada pelo olho mágico. Alguns mostram coragem suficiente para ficar junto às portas abertas, de braços cruzados. Uma mulher tem um filho agarrado à perna e outro dentro da barriga. Quando me aproximo, ela fala, com dois dedos tampando o nariz.

– Esse cheiro é nojento. Eu sempre achei que ela era encrenca.

Eu balanço a cabeça, fitando o garoto que chupa um pirulito. Ele usa um macacão de malha aparentemente caro e ergue os olhos enormes para mim.

– Nós não tínhamos baratas antes da chegada dela. Quanto tempo vocês levarão para tirar o corpo daqui? – Ela estreita os olhos quando fala. Ainda apertando o nariz, levanta a outra mão para dar uma tragada no cigarro.

Eu olho para o policial parado no fim do corredor e encolho os ombros. Ouvindo o rangido das rodas da maca ao avançar, desvio das sacolas plásticas amarradas e amontoadas junto à porta descascada de um apartamento. Lá dentro ressoa a música-tema de um programa televisivo popular, enquanto eu tento respirar o menos possível. O odor de urina de gato que exala desse apartamento desafia o fedor da morte.

A mulher grávida dá uma baforada, e persiste.

– Você precisa abrir as janelas lá dentro, algo assim, porque nunca vi tanta imundície.

Finalmente passo por ela, chego ao policial, e noto que ele respira com dificuldade. Percebo isso porque ele aspira e exala pela boca.

– Oi, Clara – diz Andrew, com os braços cruzados e a pele pálida. – Parece que ela morreu de overdose.

Eu não abro a porta. Por mais horrível que o cheiro seja, só vai piorar quando essa barreira frágil for removida.

Abro a minha mochila e tiro o Vicks VapoRub, oferecendo o frasco primeiro a Andrew.

– Você falou com o médico dela?

– Não – responde Andrew, passando a pomada embaixo das narinas. Eu reparo que ele ainda respira pela boca. – Gente como ela não tem médico. O legista nem apareceu. Você vai ver quando entrar.

Eu balanço a cabeça, pegando um par de luvas e uma máscara. Quando giro o trinco para entrar, Andrew me detém.

– Desculpe, mas hoje não posso ajudar. É nojento demais.

Dentro do apartamento modesto, a cena esperada: pedaços de papel e contas a pagar por toda parte; pratos e caixas de papelão com restos de comida sobre a única bancada, formando um banquete repugnante; móveis quebrados e um imundo lençol branco pregado sobre as duas janelas. O único objeto na sala que tem algum brilho é um televisor mais novo enfeitando um velho caixote de madeira. Tudo está coberto por uma película de sujeira.

E lá está o corpo. Os olhos da mulher estão quase fechados, com os cabelos castanhos presos por um elástico. Ela está vestida com uma bata e uma calcinha manchadas, meio sentada no sofá. Embora o rosto e as pernas estejam perigosamente inchados, os braços são esqueléticos e cheios de contusões ligadas por linhas sinuosas. Eu evito olhar para esses lugares, onde o sangue e outros fluidos corporais se acumularam. Mas olho para o seu antebraço, apertado por um elástico: uma agulha sai da curva do cotovelo, e há mais duas sobre o sofá ao lado. Uma pequeno saco plástico jaz no chão, boiando numa poça que ela própria criou. Foi uma morte intencional. Fico admirada com a coragem da mulher.

Não há dignidade neste quarto. A morte não permite isso. Ela deve ter sentido alívio ao dar o último suspiro, quando foi libertada da dor excruciante de uma vida penosa. Olhando para ela, vendo seu rosto que derrete dentro de si mesmo, lembro-me de uma cena parecida, feita de sangue, dor e perda. Fico parada ali um momento, perdida no paralelo constante entre nascimento e morte.

Ouço uma leve batida na porta antes da entrada de Andrew no aposento. Ele olha para mim, que fico parada junto ao corpo.

– Eu disse que era horrível – diz ele, com os olhos dardejando sobre a mulher. – O Carlos, seu ajudante, está aqui. Posso mandar entrar?

– Sim, obrigada. – Antes que ele vire para sair, pergunto: – Qual é o nome dela?

Andrew cobre o rosto com a mão, e as palavras saem abafadas.
– Craig. Eileen Craig.

Carlos faz um meneio de cabeça ao entrar. Entre todos os ajudantes de remoção que Linus costuma contratar, ele é o meu preferido. Fico imaginando seu passado em Cabo Verde... por que ele jamais fez careta ao remover um corpo? É jovem, forte e calmo. Sua presença nos lares tranquiliza um pouco os familiares, que veem seu ente querido naqueles braços musculosos. Esta mulher, porém, não tem família aqui. Carlos se persigna ao chegar perto dela, murmurando algo em português. Depois calça um par de luvas, abanando a cabeça quando ofereço a máscara. Estende a mão até o braço dela e, com a destreza habitual, arranca da veia a agulha, que coloca junto às outras. Faz uma pausa e, então, afasta uma emaranhada mecha de cabelo do rosto da mulher. Depois de alguns minutos, conseguimos colocar o corpo no saco de cadáveres e levantar o fardo até a maca. Enquanto avançamos em direção à porta, ouço Andrew engasgar, mas ele está virado para a parede. Desvio o olhar quando ele começa a vomitar.

Tento espiar, por cima de Carlos, se a mulher grávida ainda está lá, esperando para dar sua opinião sobre o que resta da vizinha. Há apenas uma menina parada em outra porta, no meio do corredor, com um minúsculo cachorro choroso nos braços. O bicho fareja o ar e gane mais alto ainda.

Quando nos aproximamos, noto algo familiar nela. É o jeito com que a cabeleira ondulada e levemente emaranhada cai até a cintura; os ossos frágeis sob a pele pálida; os olhos escuros e sombrios que me fazem um pedido mudo.

Embora eu esteja mascarada, empurrando um corpo pesado e fedorento, ela olha para mim sem medo. Meu coração bate com força: Trecie está aqui. As rodas da maca rangem sob o peso do corpo. Eu sinto uma vertigem ao ver a menina. O corredor se alonga, tornando-se telescópico, com a menina entrando e saindo de foco lá no fundo. Posso ouvir, ou sentir, minha máscara murchando e inflando a cada respiração (*um-dois-três*). Começo a tremer. É Trecie. Estou pronta a deixar a falecida, pegando Trecie e o cachorro nos braços, quando percebo meu engano.

Ela não é a menina que estou procurando. Não é Trecie. Mas podia ser. A semelhança é impressionante: ela tem o mesmo nariz e os mesmos olhos estreitos, embora seja mais velha. Nove, dez anos? Não consigo afastar os olhos, e ela não desvia os seus.

Quando passamos, a menina encosta o cachorro, um chihauhua, no rosto. Esfregando o nariz, aquele lindo nariz familiar, na cabeça do bicho, fala algo em português.

Carlos abre a porta que dá para o poço da escada, tomando cuidado para não deixar a madeira bater na maca e deslocar o corpo. Logo estamos do lado de fora, onde o fedor começa a se dissipar na friagem de dezembro. Colocamos a morta dentro do rabecão e bato a porta traseira. Com um aceno, Carlos vira para ir embora. Eu paro, percebendo que ele pode ajudar.

– Carlos.

Ele olha para mim. Nunca trocamos muitas palavras, além de breves instruções. Ele parece curioso, mas fica calado.

– O que aquela menina disse?

– Que menina? – Suas palavras são marcadas pelo sotaque forte. A voz é baixa e cautelosa.

– A que segurava o cachorro no corredor... ela não falou em português?

Carlos pisca os olhos.

– O que ela disse?

Carlos acena com a mão, abana a cabeça, e vai se afastando novamente.

Embora consciente das minhas luvas sujas, não hesito em pôr a mão no seu ombro, manchando a jaqueta.

– Eu preciso saber.

Carlos olha para seu ombro e depois para mim.

– A menina disse "Tudo bem, Amendoim. Não tenha medo".

Ele entra no carro e se afasta, enquanto eu continuo olhando. Finalmente, tiro as luvas e a máscara. Quando faço isso, lembro o que é ficar presa sob as garras frias do medo.

# Capítulo Quinze

Era o bebê de Tom. Não. Na verdade, era meu.

Na primavera do penúltimo ano do ensino médio, eu estava com dezesseis anos. Os sinais estavam ali havia meses, embora, no princípio, eu não percebesse. Eu era muito franzina, magricela. Meu ciclo menstrual era, no máximo, irregular, e na maioria das vezes inexistente. Não dava para dizer que atrasava. O cansaço foi tomando conta de mim, mas nunca fiquei nauseada. Os cheiros tornaram-se mais intensos. Depois de alguns meses, senti um inchaço nos seios, nada mais. Ignorei tudo até que senti um movimento, o despertar de algo, alguém, dentro de mim.

Arranjei coragem para deixar de ir à biblioteca depois da escola, embora ainda não saiba ao certo se aquilo foi coragem; mais sobrevivência, desespero, um desejo de proteger meu filho daqueles intrusos. Não houve repercussão. Eu já era uma lembrança distante para Tom. Depois que as garotas bonitas e populares, acaloradas pela febre primaveril, floresciam sob a atenção do time de futebol, ninguém sentia a minha falta na biblioteca. Se ao menos eu tivesse percebido isso mais cedo.

Comecei a trabalhar na Floricultura Witherspoon. Minha função era controlar o estoque, espargir água nas flores e varrer as folhagens descartadas no chão da sala dos fundos, depois que Daphne terminava de criar os seus grandes arranjos. A Funerária Mulrey era a sua melhor cliente.

A floricultura fechava às cinco, mas eu permanecia uma hora a mais, limpando e aprontando a loja para o dia seguinte. Ficava, com frequência, até mais tarde, aprendendo os nomes das flores, sua textura e seu perfume. Quando terminava o serviço, eu vagueava pelo depósito, onde havia baldes cheios de todo o tipo de flor. Para mim, era o paraíso me ver rodeada de aveludadas rosas, pontiagudas flores-de-lis e recatadas orquídeas.

Além disso, eu estava ganhando e poupando dinheiro, semana após semana. Na biblioteca da cidade, procurava nos classificados do *Boston Globe* um apartamento e um emprego onde ganhasse o bastante para sustentar a criança. Achei tudo que procurava: um lugar barato para ficar durante o verão, até o outono, quando os universitários retornam e os aluguéis são aumentados; muitos empregos, pelo menos do tipo que eu podia assumir; e anúncios oferecendo dinheiro vivo em troca de diamantes, sem perguntas. À noite, minha avó guardava seu anel numa caixa na gaveta da cômoda. A joia fora de sua mãe.

Eu sabia os horários dos ônibus e planejava partir dentro de algumas semanas. Seria difícil esconder o meu estado, já perto do oitavo mês, principalmente quando os suéteres primaveris fossem trocados por roupas de verão.

Mas a confiança é a maldição da juventude.

As contrações começaram de madrugada. Eu acordei na cama, sob o crucifixo que minha avó pendurara na cabeceira, esperando que passasse aquela dor que apertava meu ventre, torcendo e retorcendo minhas entranhas.

Quando tudo parou, deslizei para fora dos lençóis e fui me apertando contra a parede para evitar as tábuas empenadas do assoalho no meio do corredor. Minha avó ainda escutava muito bem, embora já houvesse passado bastante dos sessenta. Levei vários minutos andando nas pontas dos pés, até alcançar a escada. Quando comecei a descer, fui tomada por outra contração. Enfiei a mão na boca, mordendo com tanta força que a marca dos dentes continuou visível por muitos dias. Mas não gritei.

Lembro que, pela primeira vez, senti alívio por ficar no primeiro andar o único banheiro da casa. Depois de tantos anos com medo das jornadas noturnas naquele casarão cheio de rangidos, eu agradeci. Mais que isso. Mal fechei a porta do banheiro, senti outra dolorosa contração. Quando a dor passou, entrei na banheira antiga de pés curvos. Fiquei sentada ali, com uma toalha enrolada embaixo do corpo e outra enfiada na boca. Tudo aconteceu rapidamente.

Minhas pernas estavam bem abertas, com os pés pressionando as paredes e as costas, a porcelana rígida. Ela nasceu poucos minutos depois, num espasmo de fluido, sangue e desespero. Quando lancei o olhar entre as pernas, eu estava ofegante, mas ela não.

Era do comprimento do meu antebraço, e igualmente magra. Veias extremamente finas eram visíveis através da sua pele transparente, e os olhos permaneciam fechados. O cabelo espesso e castanho estava grudado na cabeça, com o topo lambuzado de sangue. Ela era linda.

Cuidadosamente, ergui o bebê perto de mim; ela parecia não pesar nos meus braços. Tirei da boca a toalha, que enrolei em torno dela, instintivamente aninhando seu corpo junto a mim. Limpei seu rosto com a ponta da toalha, e depois com minha própria face. Nunca me ocorreu que ela deveria estar chorando.

Dei uma espiadela nela por baixo do cobertor provisório. Seu peito estufou e murchou em rápida sucessão áspera... uma, duas, três vezes... mas depois parou. Esperei que ela se mexesse outra vez. Claro que não se mexeu.

– Respire! – implorei. A palavra solitária estilhaçou a noite.

Não me recordo de ter saído e percorrido os dois quilômetros da rua Preston Road até a praça principal, carregando minha filha na friagem noturna. Quando cheguei à floricultura, devo ter ido até a caixa do correio para apanhar a chave e destrancar a porta. Devo ter feito isso, mas não lembro.

Seu caixão foi uma elegante caixa de marfim, reservada para rosas de caule comprido, que propiciem momentos mais felizes na vida de uma pessoa. Eu lavei minha filha na sala dos fundos com sabonete e uma toalha macia, alisando seu corpo pequeno, sentindo a pele com a ponta dos meus dedos. Quando terminei, beijei sua boca e deitei seu corpo nu numa cama de margaridas, puramente brancas.

Foi uma cerimônia simples no cemitério do lugarejo, sem palavras ou promessas. Ela foi enterrada a três canteiros da minha mãe, entre duas imponentes sempre-vivas. Sua única lápide é um chusma de agulhas de pinheiro. Eu sei que ela está lá.

Eu me lembro de ter voltado para a casa da minha avó e ido para o banheiro no andar de baixo. Ela deve ter acordado com o rangido dos canos, quando tomei um banho. E não bateu. Entrou direto, porque as trancas eram proibidas ali. A imagem de seu robe fino, dos seus chinelos gastos e da teia de varizes que pareciam explodir na frente das suas pernas entristeceu o momento mais ainda. Ela tinha o rosto suavizado pelo sono, mas retinha a expressão dura na boca. Carregava a escova de cabelo de pelo de javali em uma das mãos, já esperando o pior de minha parte.

– Tive cólicas – disse eu. O olhar de minha avó passou pela água cheia de sangue e voltou para mim. – Estou naquela época.

Ela ficou parada olhando para mim. Nós duas estávamos perigosamente imóveis. Então, sem falar, fechou a porta e voltou para a cama, deixando que eu ficasse sozinha com o sangue, a dor e a perda.

## Capítulo Dezesseis

MONTES DE GUIMBAS CRESCEM NOS CANTEIROS ABANDONAdos. Sua expansão só é detida pelos perenes aglomerados de lixo. Parada na entrada do prédio residencial Vanity Faire, envolvida pelo vento canalizado, sou penetrada pela friagem amarga. Um homem de meia-idade sai da portaria com um boné enfiado na cabeça e os dedos das luvas cortados. Ele mantém a porta aberta para mim, com um cigarro pendurado nos lábios, mas finjo que não percebo. O sujeito parece ficar aborrecido e atira a guimba em cima das outras, abanando a cabeça enquanto se afasta. O cheiro de Eileen Craig ainda paira no ambiente.

Não posso demorar. Preciso fazer os preparativos finais do funeral dela. Será uma cerimônia muito curta, dirigida por Linus, sem a presença de religioso algum. Ela está enrolada num singelo lençol de algodão, com gerânios vermelhos (*consolação no desespero*) em volta. O corpo foi descoberto tarde demais para ser vestido. Será um caixão fechado. Só a mãe e a irmã devem comparecer, e depois ela será cremada. Parece que dinheiro é um problema. Minha expectativa é que Linus abra mão da sua remuneração. É bem sabido que ele não cobra para enterrar crianças, mas eu soube que já teve a mesma generosidade no caso de alguns adultos. Ele nunca me contou, mas às vezes os parentes voltam dias depois do enterro do ente amado, com os braços carregados de suculentas tortas de frutas, ou um relógio de bolso paterno. Certa vez trouxeram um par de lagostas que lutavam para se libertar de um saco de papel. Lutavam para viver. Todos me falavam da bondade dele. Pronunciavam o nome de Linus como se ele fosse o seu salvador e, de certa maneira, acho que ele era. Com Eileen Craig ele chegou ao ponto de encomendar um buquê funerário. Neste momento, eu deveria estar apanhando o arranjo floral para o serviço à tarde. Em vez disso, estou aqui.

É hora de entrar no prédio, mas sei que, quando fizer isso, estarei saindo da minha vida pacata e entrando, outra vez, no mundo de Mike. A porta abre com facilidade.

Nada mudou desde anteontem, a não ser o cheiro, que é menos intenso. Eu subo a escada até o terceiro piso e paro no patamar. Espreito o buraco do rato, esperando que o bicho saia correndo, mas nada acontece. Não sei o que farei quando estiver diante da porta do apartamento. Baterei? Perguntarei pela menina que se parece tanto com Trecie? Perguntarei pela própria Trecie?

Percorrendo rapidamente o corredor, viro o rosto de lado quando passo pelo apartamento da tal grávida. Ali está a porta da menina. Evitando cuidadosamente o olho mágico, encosto o ouvido na porta e ouço o murmúrio de uma televisão. Meu coração acelera diante de vozes de crianças discutindo. São muitas vozes em tom baixo. Sem pensar, bato à porta.

Há uma explosão de latidos e, depois, silêncio. Então a porta se abre. A menina está parada ali, com o cãozinho aninhado nos braços. O bicho treme, com olhos frenéticos e orelhas empinadas. A criança não parece assustada, embora sua expressão seja de cansaço.

– Olá – digo.

Ela simplesmente fica olhando. O cachorro se contorce nos braços dela, com o familiar pingente em forma de osso preso à coleira. A menina está usando uma calça azul desbotada e uma camiseta que parece pertencer a um adulto, com *Cape Cod* escrito na frente em letras que já foram verdes. Do interior do apartamento, vem um cheiro azedo.

– Eu vi você outro dia, com esse cachorro – digo, acenando na direção dele. – Queria saber onde você achou o bicho. Parece um que eu perdi.

Ela continua em silêncio. Então lembro que ela falara em português. Fico muito envergonhada. Foi absurdo pensar que eu poderia fazer isto sozinha. Deveria ter ligado para Kate, permitindo que ela cuidasse disto. Melhor ainda: podia enviar a ela uma mensagem anônima. Ainda havia tempo.

Abaixo a cabeça e me viro para sair, quando a menina pergunta:

– Qual é o nome do seu cachorro?

Eu prendo a respiração. Lembro dos momentos que passei na casa de Kelly. Há quanto tempo foi aquilo?

– Amendoim.

– Ah. – Ela olha para o cachorro que gane no seu peito. Esfrega o rosto na cabeça do bicho. – É o nome dele também.

Tento espiar dentro do apartamento, mas a menina está parada no espaço estreito da porta semiaberta.

– Talvez eu devesse falar com os seus pais.

– Mamãe não está em casa.

– E seu pai?

Ela abana a cabeça enquanto se agacha, pondo o cachorro no colo. O bicho rola sobre as costas, expondo uma barriga redonda, enquanto procura o rosto da menina com o olhar. Mas ela está olhando para mim. Ouço um murmúrio, e uma menina mais nova tenta se esgueirar pela abertura estreita da porta. Só consigo dar uma espiadela nela, antes que a irmã mais velha gire a cabeça em advertência.

– Shh!

Virando outra vez para mim, ela continua a acariciar o cachorro de modo pensativo.

– Você deve ter uma porção de irmãos e irmãs aí dentro.

Ela fica calada, e o único som entre nós é a respiração ofegante do cachorro.

Não sei o que fazer. Minha cabeça está cheia de perguntas, mas tenho medo de assustar a menina, como fiz com Trecie. Vou sendo tomada por uma sensação de urgência que pressiona meus pulmões e minhas pernas. Serei forçada a fazer o meu último e melhor esforço. Mas a menina fala primeiro.

– Você vai levar o Amendoim?

Sua cabeça está abaixada, e o corpo curvado sobre o cachorro. Ela parece completamente derrotada. Pode ser uma grande crueldade, mas preciso continuar.

– Onde você arranjou esse cachorro?

– Com o Victor.

Victor. Sim, Victor. Não era Vincent, Vito ou Rick. Victor. Eu me inclino para afagar o cachorro. Reparo que minha mão está trêmula, e apresso o gesto para que a menina não perceba isto, embora ela esteja olhando para o cão, com a boca colada à orelha dele. Talvez esteja sussurrando um adeus. Quando estou prestes a tocar Amendoim, o bicho se vira e morde meu dedo. Depois pula do colo da menina e, correndo por entre as pernas dela, volta para o apartamento.

Nós duas levantamos, e, antes que eu fale algo, a menina (decididamente ela é mais velha que Trecie, um ano ou dois) gira para me encarar.

– Acho que ele não gosta de você.

Ela bate a porta, e ouço o ferrolho correr. Meu dedo começa a latejar e o sangue a escorrer bem do meio da articulação. Parada ali, com o sangue pingando do dedo, espero para ver se a menina sairá outra vez. Não sairá, sei que não. Volto pelo corredor. Meu dedo arde, e minha cabeça lateja. *Victor*.

Quando estou chegando à escada, a tal grávida escancara sua porta, que bate com força na parede. Eu me vejo numa situação familiar, encolhida de medo e paralisada.

– Não venha comprar drogas no meu prédio, piranha!

Ela está segurando um saco de petiscos de queijo, com a boca e as pontas dos dedos manchadas de um alaranjado artificial. Apesar da aparência graciosa da gravidez, tem uma expressão ameaçadora. Dou uma espiadela no seu apartamento, é maior que o de Eileen Craig e muito mais limpo, embora exale um vago cheiro de cigarro. Uma vela perfumada com maçãs e canela arde sobre a bancada da cozinha. O filho está diante de um televisor de tela grande, sentado de pernas cruzadas sobre um tapete de pelúcia, tão perto dos fantoches dançantes que parece fazer parte do programa. Ele não se altera com a agitação.

– Eu estava procurando meu cachorro.

Então a coisa clareia. Ela relaxa e recosta no umbral da porta, esticando a barriga para a frente. Os dedos voltam ao saco, e ela enfia vários petiscos na boca enquanto fala.

– Você esteve aqui outro dia. Levou aquela morta horrorosa. Quanto tempo vai feder assim? Estou preocupada com meus filhos.

É difícil prestar atenção às suas palavras, dividida como estou entre a dor no dedo e a terrível incerteza de não saber se estou me aproximando de Trecie. Enfio a mão boa no bolso e tiro uma pilha de cartões comerciais. Há alguns de floriculturas locais, serviços de motoristas e duas firmas de limpeza tóxica especializadas em higienização após a morte. Eu dou a ela um desses últimos.

– O seu síndico devia chamar essa firma.

– Olhe só para você – diz a mulher, indicando meu dedo com as pontas alaranjadas dos seus, mas sem estender a mão para pegar o cartão. – Aquele cachorro neurótico mordeu seu dedo?

Eu balanço a cabeça. Está na hora de ir apanhar o arranjo floral de Eileen Craig. E preciso de um lugar calmo para pensar.

– Você tem AIDS? – pergunta a grávida, olhando para minha mão. Antes que eu responda, ela estala a língua e abana a cabeça. – Venha, vamos botar um curativo aí antes que você manche todo o corredor. Entre aqui.

Eu abano a cabeça, mas ela insiste, acenando na direção do apartamento da menina.

– Do jeito que eles são, aquele cachorro provavelmente tem raiva. Era de se esperar que eles tivessem um Rottweiller, ou um Pit Bull. Alguma espécie de cão de guarda. É o que a maioria dos traficantes daqui tem.

– Traficantes?

O menino olha para a mãe, quando ela fecha a porta, e já estamos na quitinete. Junto à janela do fundo, vejo uma árvore natalina enfeitada de luzes, agora desligadas. Está salpicada de bolas verdes e vermelhas, com um anjo plástico no alto. A base é enrolada por papel laminado dourado. A mulher faz um gesto para que eu ponha a mão debaixo da torneira da cozinha. Depois enxuga o rosto e as mãos com uma toalha de papel molhada.

– Isso mesmo – diz ela, pegando meu pulso e molhando minha mão com água quente. Ela é surpreendentemente forte. Seu cabelo tem cheiro de alisante, e a pele escura, livre da maquiagem, brilha sob a luz fluorescente. – Aquela mulher é viciada. Craque, heroína, metadona... pode escolher. Os homens costumavam passar naquele apartamento a toda hora. Eu chamei a polícia uma vez, há quatro anos, mas eles não fizeram nada. Um policial fez uma visita rápida, mas nem chegou a chamar o serviço de proteção à criança. Só expulsou o tal namorado. Atirou o cara escada abaixo.

Tento manter a voz firme.

– Quantas crianças moram ali?

– Estou machucando você? – Ela está passando mertiolate no corte. Eu mal sinto a ardência. – Deus sabe quantas ela tem ali. Cinco, seis? Nunca vi qualquer uma ir à escola, disso tenho certeza.

Agora, ela está apertando um curativo de algodão em torno do meu dedo. Em segundos, a ponta do dedo fica esbranquiçada e dormente.

– Você viu uma menininha? Tem uns sete, talvez oito anos, e uma cabeleira escura. O nome dela é Trecie.

Ela guarda o esparadrapo e a gaze, abanando a cabeça de testa franzida.

– Morando aqui, a gente aprende a não se meter na vida dos outros. Só chamei a polícia daquela vez porque o namorado da mãe era um homem malvado. Mas os que vieram depois eram piores. Quando esse novo começou a aparecer, eu ouvia muitas choradeiras e brigas, a maior parte das crianças. Meu próprio filho ainda era bebê. Não sei se você tem filhos, mas quando ele adormecia, eu queria que ele continuasse dormindo. – Ela cruza os braços em cima da barriga e olha para o filho. – Meu conselho... arranje outro cachorro.

Fico parada um segundo, no máximo dois. Mas parece uma eternidade. É a vivacidade exuberante da televisão infantil que enche meus ouvidos (deve ser o mesmo programa do outro apartamento), o contato constante com o medo e o perigo, o insistente odor da morte. Esta é a vida de Trecie.

– Então, aquele era o seu cachorro? – A mulher me estende uma Coca diet. Eu abano a cabeça, e ela abre a lata para si mesma.

– Como? – Preciso prestar atenção.

– O cachorro. Era seu?

– Não – digo. – Não era.

– Ótimo. – Ela apanha o saco de petiscos. – Então você não vai precisar enfrentar o tal namorado. Ele aprontaria alguma sacanagem para o seu lado, e é intocável.

– O Victor? Por quê? – Sinto outra vez aquele empurrão para a frente, impetuoso e rápido, um arranco em direção a algo.

Os movimentos da mulher ficam mais lentos, e o saco de celofane que está segurando começa a tremer.

– Você precisa ir embora agora. Já. Vá.

Eu ando até a porta e viro para me desculpar, mas ela permanece na cozinha. Ao sair, dou uma olhadela no menino. Ele fecha a cara para mim, enquanto puxo a porta aberta.

Quando chego ao rabecão, ligo o motor e procuro no bolso o cartão de Mike. Tento não pensar no motivo que me leva a guardar aquilo, e o que isso revela sobre mim.

– Mike Sullivan.

Como fico em silêncio, ele repete o nome antes que eu possa responder.

– É a Clara. Clara Marsh.

– Ah.

Seguro o celular com o ombro.

– Acho que tenho novidades. Sobre a Trecie.

Minha unha roça um ponto dolorido atrás da cabeça, e um espasmo de dor desce até meu pescoço.

Há uma longa pausa e, então, Mike suspira.

– Você devia ter ligado para Kate. Ela é quem está dirigindo a investigação desse caso.

Eu arranco a crosta da ferida, procurando fios novos. Ainda estão muito finos.

– Acho que sei onde ela mora.

A voz de Mike se anima.

– O que você quer dizer com isso?

Deixo minha mão descansar no colo, já sentindo o sangue começar a escorrer.

– Fui recolher um corpo no Vanity Faire, e uma menina saiu de um dos apartamentos. Era parecida com a Trecie. As duas podiam ser irmãs. Ela também tem um cachorro, chamado...

– Clara, pare.

– Mas...

– Eu acredito que você queira ajudar. Acredito mesmo. Meu Jesus Cristo – diz ele, com um suspiro. – Olhe, Clara, nós nem sabemos se a sua Trecie é a mesma menina do vídeo.

– É ela, eu sei – murmuro. Minha mão livre retorna à cabeça, desta vez intencionalmente. Há um trecho de cachos ouriçados lá no alto.

– *Eu* não sei – diz Mike, levantando a voz. – O que você está fazendo, afinal de contas? Primeiro, fala que não sabia da marca de nascença da Flor Sem Nome e, depois, que uma garota está aparecendo na sua funerária...

Um puxão e vários fios se soltam, com raízes agradavelmente brancas. A dor aguda me distrai apenas por um momento.

– É verdade.

– É mesmo? Então por que ninguém mais viu isso?

– O Linus viu.

Não sei se Mike me ouve. Minha voz virou nada.

– Eu desperdicei duas semanas na mesma funerária onde precisei me despedir da minha mulher, perseguindo um produto da sua imaginação, quando podia estar ajudando vítimas reais. – Mike faz uma pausa, e eu sinto o enorme espaço do rabecão começar a me comprimir, à medida que ressoa com a voz dele. – Olhe, sinto muito, deve ser difícil trabalhar ali, morar ali, só pode ser solitário, mas...

Não ouço o resto. O celular cai no assoalho do rabecão. Eu engreno a primeira e saio fora. Meu punho já está cheio. Eu levo a mão ao rosto, varrendo as lágrimas, e depois escondo tudo no bolso.

As minivans e picapes lotam o estacionamento dos Jardins Campestres de Kennedy. Homens podem ser vistos aqui e ali, amarrando árvores de Natal em cima dos carros, enquanto as mães se preocupam com os chapéus das crianças. Alto-falantes em postes espalhados pelos gramados irradiam "Jingle Bell Rock", enquanto um bando de garotos com casacos de cores vivas corre livremente entre os abetos azuis. Estaciono o rabecão longe dos gritos de alegria do feriado, tentando esquecer as palavras de Mike, e fazendo força para lembrar tanto dos arranjos que Linus pediu quanto do vaso para o meu fícus. Um pente que guardo no porta-luvas ajuda a restabelecer minha compostura.

Não me detenho para admirar as fileiras e fileiras de coroas com belos laços, alguns salpicados com estrelas-do-mar, outros com bagas de azevinho (*previsão*). Entro por uma porta lateral, ignorando cuidadosamente os viscos (*necessidade de ser beijada*) acima de mim. Se eu passasse pelas salas da frente, precisaria testemunhar as multidões escolhendo transadas açucenas (*orgulho*) ou populares poinsétias (*muito linda*), sabendo que todas essas plantas perenes serão jogadas fora, junto com um pinheiro morto, em poucas semanas. É melhor ir à floricultura pelo caminho mais longo, evitando a carnificina.

Quando cruzo a soleira, tiro as mãos dos bolsos e reparo que o sangue da mordida do cachorro vazou para o curativo. Precisarei levar pontos.

Nesta época do ano, as estufas traseiras formam uma área abandonada, em que fertilizantes, terra, sementes e todos os tipos de vasos (de cerâmica esmaltada, plástico, cedro, terracota, ou concreto) ficam estocados até que os jardineiros voltem da folga de inverno, prontos para esbanjar as riquezas da primavera. Aqui há insumos empilhados por toda parte, cobertos de poeira, uns por cima dos outros, junto das paredes cobrindo todas as mesas. O aroma da terra vegetal e das lascas de cedro que vazam dos sacos para o chão me dá boas-vindas. Paro diante de um bagunçado mostruário de gaiolas. São primorosamente trabalhadas, com beirais e ripas brancas amorosamente desenhadas. Várias delas têm telhados feitos de cobre. Eu toco numa, que me parece fria. Quando começo a recolher o braço, um pardal passa voando por mim. Se minha avó fosse viva, não descansaria enquanto não expulsasse o passarinho daqui, seguindo a velha lenda: um pássaro dentro de casa é sinal de morte. À sua maneira, ela também tentara me capturar. Tentara. Eu avanço devagar, parando para admirar uma jardineira quadrada, em tom azul-cobalto, e então me lembro do meu fícus.

Erguendo o vaso da prateleira, luto para carregar a peça pela passagem estreita. Uma borda áspera no fundo, intocada pelo esmalte, arranha meu dedo ferido. Sinto a dor a cada passo. Preocupada com o machucado, a princípio nem noto a sua presença, mas, quando estou a caminho do balcão da floricultura no fundo do lugar, ouço uma voz exclamar:

– Ei, Mikey!

Quando viro, a poucos passos de mim há um homem, de quem me lembro vagamente, acenando para alguém que não vejo. Embora eu precise fugir, meus pés se recusam a me tirar daqui, e fico exposta no meio da passagem. Um vendedor, Jeff, com os braços cheios de beijos-de-frade verdes, passa correndo e esbarra no meu braço. Ele cambaleia, tal como eu, e então se reequilibra, parecendo nem me notar.

– Mikey! – O sujeito acena para alguém fora da minha visão. Não tolero o pensamento de encontrar Mike, pelo menos agora. É como se uma onda crescesse dentro de mim e estivesse a ponto de explodir. Sinto o vaso escorregar. Então surge do canto um garotinho carregando um enfeite espalhafatoso.

– Venha cá, parceiro – diz o homem para o menino.

Eu aperto o vaso com mais força e me acalmo, não posso permitir que o pânico me domine outra vez. Acelero o passo e recuo para a loja da floricultura na sala ao lado. Está vazia, exceto pela arara-azul gigante que cochila num poleiro no meio do mostruário de papoulas-de-seda (*extravagância*). Há muitos anos, a ave fugiu e espatifou o para-brisa de um caminhão de entrega que entrava no estacionamento. Agora só consegue dar pequenos arremedos de voos, principalmente saltando do poleiro para uma coluna e tomando cuidando para largar seu excremento no canto da sala. Mirabelle chegou aqui antes que eu me tornasse freguesa, já virou um acessório entre as flores murchas e as coroas de hera. Há fotos dela por toda a parte. A gerente deste departamento se chama Bea, é a filha do proprietário e "mãe" da ave. Ela usa, com frequência, a plumagem caída da arara em alguns arranjos, mas nunca nos nossos. Geralmente, eu dou um agrado para Mirabelle, apesar dos cartazes dizendo: *Não Alimente a Ave*, escritos por Bea com sua caligrafia da Universidade de Palmer.

O vaso está ficando pesado, e, quando atravesso a sala em direção ao balcão para descansar, Mirabelle começa a arrulhar. Consulto o relógio, a cerimônia de Eileen Craig vai ter início em breve. Se eu me apressar, terei tempo de beber uma xícara de chá para me ajudar a esquecer este dia.

– Olá? – digo, esperando que Bea esteja na sala dos fundos e não no meio da multidão do feriado. Não tenho forças para procurar por ela. Este lugar, esta casa longe de casa, está começando a me dar claustrofobia.

– *Olá.*

A palavra ressoa atrás de mim. Quando me viro, porém, não há ninguém ali. – Olá?

– *Olá.* – É Mirabelle.

Eu nunca ouvi a ave falar. Rio, a despeito de mim mesma, pois aquele som diferente me enerva mais ainda. É um dia de circunstâncias estranhas. A arara olha para mim através das íris brancas. Sua cara alterna faixas de preto e branco, embora o resto do corpo seja uma verdadeira aquarela: amarelos, azuis e verdes.

– Bea?

– *Olá, Clara* – diz Mirabelle de novo, embora seu bico mal se mova. Não posso deixar de sorrir quando a arara joga a cabeça para o lado e se inclina para mim. Dou um passo, e depois outro, em direção à ave. Se ao menos tivesse trazido um biscoito para ela. Mirabelle abre e bate as asas levemente. Pela primeira vez reparo que a parte de baixo do seu rabo é amarelo queimado, enquanto a de cima é safira. A arara estende o pescoço todo, e seu bico recurvo fica a poucos centímetros de mim. Eu me inclino, e ela esfrega a cabeça no meu rosto. Suas penas parecem uma almofada de veludo. Fechando os olhos, eu me perco.

– Pensei que eu era a favorita. – Bea está na registradora, com os modestos arranjos de Eileen Craig já no balcão, prontos para serem cobrados. Ela tira a etiqueta do vaso. – Isto também?

Eu me afasto da arara, que voa para outro poleiro.

– Sim, com notas separadas.

Bea é uma mulher séria, com mechas grisalhas nos cabelos outrora louros, e os olhos azuis ficando aquosos. Sua silhueta já se resignou à gordura da meia-idade, que fica escondida sob uma camiseta vermelha com o logotipo da floricultura. Ela sempre tem terra embaixo das unhas aparadas e nas palmas encardidas das mãos, hoje não é diferente. Quando chegar a hora, vou enterrar Bea com violetas brancas (*candura destemida*): ela não atura gente boba.

– Você deve ter dado alguma coisa muito boa a ela – diz Bea, entregando a minha conta. Nós duas evitamos qualquer contato visual. Ela se retrai quando as pontas dos nossos dedos se roçam, mas não comenta sobre o machucado. – Aquele adubo serviu para você?

– Vou saber na próxima primavera. – Entrego o cartão de crédito de Linus, tomando cuidado com minha mão desta vez.

– Tomara que o inverno nos traga um pouco de neve. Eu detestaria começar a primavera com uma seca. Perdi todos os beijos-de-moça no ano passado. – Ela guarda os dois recibos num saquinho, que coloca junto com os arranjos dentro do vaso. E fica parada com ar de expectativa. – Você já pegou a sua árvore? Temos umas maravilhosas lá na frente.

Eu abano a cabeça.

A voz de Bea fica mais baixa, e os cantos da sua boca viram para baixo, como se ela tivesse mordido algo azedo.

– Acho que você não comemora o Natal, não é?

Eu pego o vaso e viro para sair. Mirabelle salta para o poleiro mais próximo de mim e se inclina em minha direção. A penugem que cobre seu pescoço é irisada, com milhares de cores misturadas. Sinto os olhos de Bea em mim.

– Ela falou o meu nome – digo.

Bea sai de trás do balcão, envolvendo Mirabelle num abraço protetor. Embora seu tom de voz seja suave e jocoso, a expressão assume uma cautela que conheço muito bem por ter visto em muita gente.

– Acho que você anda passando tempo demais na funerária, Clara. Desde o acidente, Mirabelle não consegue mais falar.

## Capítulo Dezessete

A MÃE DE EILEEN CRAIG ESTÁ PARADA JUNTO À PORTA ABERTA que dá para o estacionamento nos fundos da Funerária. Rajadas de ar gelado assoviam à sua volta, inundando o vestíbulo, enquanto ela dá uma última tragada no cigarro. Seu agasalho de náilon é fino demais para esse tempo e ela não tem proteção para as mãos ou a cabeça; os cabelos revoltos esvoaçam contra o rosto. Uma bolsa azul-marinho pende do seu ombro, e o conteúdo escapa por um zíper quebrado. Ela está usando calças de poliéster que parecem pertencer a um uniforme, e eu imagino que no final o rosto de Eileen Craig tenha ficado muito parecido com o da mãe: um campo de batalha entre a desesperança e a ânsia.

– Oi, cheguei cedo – diz ela, entrando. Sua voz arranha a garganta: o catarro enegrecido que forra o esôfago e os pulmões vibra a cada palavra. – Minha filha está a caminho. Chegará aqui dentro de um minuto.

Tento escutar os passos de Linus no corredor. Até hoje ele nunca se esqueceu de receber um membro da família.

– Olá, minha senhora – digo.

Linus apertaria a mão dela com as duas mãos e daria um abraço na mãe de Eileen, oferecendo condolências. Enquanto ela falasse sobre a vida e a morte da filha, ele estenderia a mão sobre o ombro dela. A senhora se apoiaria em Linus, confortada por aquela massa corporal e aquela capacidade de absorver sua dor. Ficaria apaziguada, ainda que apenas na presença dele.

Já eu ofereço o que tenho.

– Posso pegar o seu casaco?

– Não, eu ainda estou gelada. – Ela enfia as mãos nos bolsos do agasalho e ergue os ombros na direção das orelhas. – Posso esperar minha filha aqui? Não quero entrar... *ali*... sozinha. Você entende?

– Claro. Vou levar a senhora para a sala de espera. Lá é mais confortável. – Esse cômodo fica ao lado da sala de velório, onde está o caixão da Eileen. É equipado com poltronas de couro e sofás confortáveis. Faço com que ela se sente em uma das poltronas, sabendo que daquele ângulo não verá o caixão simples que abriga tudo o que restou de sua filha. – Aceita um copo de água? Café ou chá?

– Sim, um café simples. Seria ótimo – diz ela. Quando viro para sair, ela diz: – Senhorita?

– Sim?

– Os tiras falaram que ela passou alguns dias no apartamento antes de ser encontrada.

– Passou.

O curativo novo está bem ajustado no meu dedo. Eu mesma dei seis pontos ali, e não doeu muito. Um cochilo e uma xícara de chá de camomila me ajudaram a recolocar as coisas em perspectiva. Já estou bem.

– Quem trouxe Eileen para cá? – Suas palavras saem estranguladas. Os olhos ficam marejados, arregalados e vacilantes até as lágrimas despencarem.

– Fui eu.

– Ela devia estar péssima, não é?

Ela começa a vasculhar a bolsa, empilhando na mesa lateral os detritos de sua vida: um pente plástico, pastilhas de hortelã, um batom barato e gotas para tosse compradas na drogaria.

De uma caixa na mesa vizinha, eu tiro um lenço de papel que ofereço a ela. A mãe de Eileen interrompe a busca e assoa o nariz, respirando com arquejos entrecortados.

– Ela estava linda, minha senhora. – Minha mão dá um leve toque no seu ombro, e para ali. Quase faço um carinho nela. – Vou buscar o café.

Onde está Linus? Com esse frio terrível, sua artrite é realmente um incômodo. Ele pode ter caído. Não consigo imaginar algo pior do que isso, mas quando viro o corredor e vejo que a porta do escritório está fechada, o frio no meu estômago aumenta. Ele está aqui, mas ignorando seus deveres. Alguma coisa está terrivelmente errada. Seguro a maçaneta, pronta para entrar, quando ouço a voz dele.

– Senhor, perdão, não sou *perfeito e virtuoso*; não, não sou assim. – Sua voz atravessa a porta de carvalho, com o tom de barítono vibrando dentro de mim. – Às vezes, Senhor, sou dominado pelo mal que se esconde entre nós, dentro de nós, *andando na terra de um lado a outro, para a frente e para trás.*

Fico mais tranquila. Olhando para o relógio, percebo que Linus não está de maneira alguma atrasado. Está simplesmente se preparando para o ritual de Eileen Craig. Ele diz que faz isso para se purificar antes de conduzir as preces. Mesmo famílias que nunca pertenceram a alguma instituição religiosa anseiam por algum arremedo de cerimônia. Acreditam que Linus tem força e que pode ajudar o seu ente amado a ingressar no outro mundo. Têm a fervorosa esperança de que nunca é tarde demais.

– Senhor, eu sou um pecador. Há um tumor dentro de mim, crescendo e me atormentando, questionando se o que faço é puro de coração – diz Linus. Começo a me afastar, dando a ele mais alguns minutos para se recompor. – Não faz muita diferença se é mentira por omissão ou total negação da verdade, e mentir assim para a Clara...

Eu paro quando ouço meu nome e encosto o ouvido na madeira. No fim do corredor, a porta dos fundos é aberta e uma rajada de ar frio entra serpenteando até aqui. A porta bate, e uma voz de mulher exclama:

– Olá?

Eu desejo que ela faça silêncio e continuo a ouvir Linus.

– Isso me faz sentir que eu devia estar lendo o Gênesis em vez de Jó, Senhor. Durante todos estes anos nunca entendi como Abraão pôde acariciar a cabeça fofa do seu filho, enquanto punha o garoto no altar, com uma faca atrás das costas.

As vozes das mulheres se elevam, e eu tampo o ouvido livre com a mão, para eliminar o som delas.

– Não posso dizer que sou muito diferente de Abraão, Senhor, disposto como estou a sacrificar minha própria criança. – Linus solta um soluço e tropeça nas palavras. Não é choro. Não. – O que me assusta, o que me faz olhar em torno dos cantos, *para trás e para a frente*, é a dúvida se estou, realmente, fazendo a Vossa vontade. Preciso acreditar que as mentiras e trapaças têm propósito. Que eu realmente estou agindo direito com a Clara e a Trecie. Pois nos dias de trevas, a fé é tudo o que um homem tem.

É como se, em torno das minhas costelas, um laço houvesse sido atirado, puxado rapidamente e apertado, prendendo a minha respiração. Alfinetes e agulhas começam a abrir caminho por entre os ossos. Ele não está falando sério. Não vem mentindo. Não posso acreditar nisso. Linus é um homem honrado, e não um embusteiro. Mike podia me abandonar, sim, era um nada, eu era um nada para ele. Mas Linus não. E Trecie? Eu simplesmente não entendera. Linus estava orando, e as orações podem ser interpretadas de mil maneiras diferentes.

– Com licença! – Uma mulher está parada no final do corredor, com uma postura zangada e tensa. – Minha mãe e eu estamos esperando aqui na outra sala.

– Sim – respondo. – Eu já estava chamando o sr. Bartholomeu.

Giro a maçaneta, mas, antes que possa empurrar a porta, Linus abre. Ele me apara, quando eu me desequilibro.

– Peguei você, não se preocupe – diz ele, sustentando meu peso. Suas mãos me transmitem segurança, como imagino que um pai faria. Eu me endireito rapidamente. Sim, eu simplesmente me confundira.

– A família de Eileen está aqui.

– Já vi – diz ele, passando por mim.

– Linus?! – exclamo atrás dele, que já avança pelo corredor para cumprimentar a família Craig. Estou tremendo, mas se não perguntar agora, jamais conseguirei. – Há quanto tempo você conhece a Trecie?

– Hummm? – Ele estaca e gira o corpo lentamente, com uma expressão impossível de ser interpretada. Tão diferente dele.

– Há quanto tempo ela vem brincar aqui?

– Já há algum tempo.

Ele recomeça a andar, mas eu dou alguns passos e seguro seu braço, fazendo com que pare.

– Há quanto tempo?

Linus tira a minha mão do seu braço e a segura entre as suas.

– Ora, o que exatamente você está me perguntando, Clara? Não consigo dizer. Não consigo. Ele me solta e chega ao fim do corredor, onde a irmã da Eileen Craig está esperando, e suas mãos apertam as dela como sempre fazem.

– Eileen Craig, compreendo a imensidão da sua dor. Sei o que é perder uma irmã, porque perdi meu irmão quando eu tinha vinte e seis anos. É como perder metade das suas lembranças e um braço também. Receba minhas condolências.

A raiva da mulher desaparece e ela abaixa a cabeça.

– Éramos só eu e ela crescendo juntas, sabe? Ela tinha problema com drogas, mas era uma pessoa boa. Era mesmo.

– Sim, ela é, e não se preocupe, pois o Senhor sabe disso. – Linus abraça a irmã de Eileen e fica assim por um minuto, até que as lágrimas dela diminuem. – Agora, vá para junto da sua mãe. Preciso pegar meu livro de orações e logo estarei com vocês.

Ela sai e Linus volta pelo corredor até onde estou. Aponta para o meu dedo, quando passa por mim. – O que foi isso?

– Nada. Eu me cortei. – A ferida está começando a latejar outra vez, e eu seguro o dedo com a outra mão.

– Não se esqueça de passar uma pomada aí, e enrole bem. Não deixe qualquer fluido entrar em contato com isso. Pode pegar uma infecção terrível assim, sabia? – Linus entra no escritório e pega o livro de orações aberto sobre a escrivaninha. Antes de sair, levanta o meu queixo com a palma da mão enorme e olha para mim por um longo momento. – Eu não gostaria que algo ruim acontecesse com você.

Enquanto se afasta pelo corredor, ele vai cantarolando um hino, sem demonstrar preocupação alguma. É algo sombrio e fantasmagórico, uma melodia familiar. As palavras estão na ponta da minha língua... é isso!... mas depois desaparecem outra vez. É algo que eu deveria saber, provocadoramente próximo, insinuando algo... *provações e armadilhas que eu já encontrei...* não tenho certeza. Quando ele desaparece na dobra do corredor, quero ir atrás e fazer perguntas, mas não saio do lugar. Não sei por quê.

# Capítulo Dezoito

Estou sonhando. Sei que estou, mas continuo. Uma mulher asiática está logo à minha frente. De vez em quando, ela vira, sorri e acena para me apressar. É pequena e está descalça. Usa um *ao dai* branco, que se enfuna em volta das canelas devido à brisa criada por ela. O cabelo é preto e forma longas camadas irregulares. Parece mais jovem do que eu, mas também muito mais velha. Eu conheço essa mulher. Estamos na trilha de um jardim, cercadas por uma mistura de flores que pendem de densas trepadeiras serpenteantes, suspensas no nada. Eu quero parar e cortar um talo de hibiscos, hortênsias, rosas, todas conjugadas num único caule comprido, mas ali está a mulher. Logo à frente.

Ela dobra numa curva do caminho e desaparece de vista. Eu apresso o passo, mas, quando faço isso, as trepadeiras começam a se agitar e balançar na minha direção, arranhando minha pele, beliscando e mordendo. Ainda consigo ver o tornozelo da mulher, quando ela some na escuridão.

Hesito, olhando por cima do ombro. Lá atrás, a trilha está coberta de vegetação. Folhas se desdobram, farfalhando enquanto se agitam; botões de flores se abrem diante dos meus olhos, com cores tão vibrantes que ardem; sua fragrância começa a me sufocar. Eu sigo avançando pela escuridão.

Estou caindo, despencando, esperneando freneticamente, tentando desesperadamente sentir algo sólido. Estico os braços, mas minhas mãos não acham amparo antes que eu aterrisse no nada. É um sonho, sei disso.

Então eu vejo Trecie, sentada no meio do caminho com as pernas cruzadas. A tal asiática desapareceu. Trecie está segurando um embrulho que solta um ganido. Eu me lembro do cachorro, Amendoim. Vejo Trecie aproximar o embrulho do corpo, roçando a face na cabeça do bicho e soltando risadinhas.

Sinto fluir dentro de mim um alívio que ondula em círculos concêntricos e cresce ao inundar minhas entranhas. Ando na direção de Trecie com os braços estendidos, pronta para abraçar a menina. Ela está salva.

Trecie vê que eu me aproximo e senta ereta. Há nela uma mudança que me amedronta. Cada passo que dou em sua direção me dói, como uma pontada se elevando para o peito. Mas preciso levar a menina para casa.

E então, paro junto dela. Trecie olha para mim como se estivesse me protegendo e abre a manta que cobre o embrulho. É um bebê. O rosto rechonchudo pede para ser beijado. A boca está cheia de baba brilhante, e um fio escorre pelo canto. Eu quero limpar aquilo com o dedo. Os olhos são castanhos, límpidos, inocentes e lindos. Há margaridas espalhadas sobre a barriga e um talo preso numa dobra da coxa. A criança espernea para se livrar daquilo, sorri e gorgoleja. Ela é minha filha.

Trecie ergue o bebê para mim. – Clara.

Lágrimas ardem no meu rosto quando estendo os braços, mas não consigo alcançar a criança.

– Clara – diz Trecie.

Meus braços parecem feitos de chumbo, como se eu estivesse sob a água. Eu nado na direção das duas, lutando para respirar.

– Clara!

Acordo de repente, com o corpo pesado, os pulmões ofegantes e o livro de memórias de guerra, que eu lia ao adormecer, caído no chão. Quero voltar. Preciso encontrar o caminho de volta até elas.

– Clara, acorde. É o Mike.

Há alguém batendo na porta. Eu saio cambaleando da cama, pegando o robe e esquecendo os chinelos. Mike continua a socar a porta e me chamar. Confusa, não sei se estou mesmo acordada ou se continuo presa ao pesadelo.

Posso ver Mike através das portas do pátio; ele parece mais magro do que da última vez que nos vimos, embora isso tenha sido há poucos dias. O relógio da cozinha marca 7:06. Dormi demais. Minha cabeça está tão anuviada que mal consigo falar quando abro a porta.

Não é uma visita casual. Mike não veio aqui para tomar mais chá, segurar minha mão, afiançar que Trecie está bem, que não é culpa minha, e que ele verdadeiramente não acredita que eu imaginei tudo aquilo. Ele está de paletó e gravata, com as mãos nuas e avermelhadas. A barba por fazer torna áspera a maciez habitual do seu rosto. Tomo o cuidado de colocar minha mão na parte traseira da cabeça. Mas não tem importância. Ele não se afasta do capacho. Nem olha para mim.

– Clara, preciso levar você até a delegacia para fazer algumas perguntas. – No estacionamento atrás dele há mais carros; três sedãs e uma radiopatrulha de Whitman.

– Por quê? – Sinto o mesmo que sentia quando minha avó me interrogava sobre algum mal-entendido. E depois havia aqueles momentos horríveis esperando no quarto de infância da minha mãe, enquanto minha avó pegava a escova no banheiro lá de baixo. Mesmo agora, ainda quase consigo ouvir suas passadas, subindo a escada.

– Vou esperar aqui, enquanto você se veste. – Mike desloca o peso do corpo de um pé para outro.

– O que você quer perguntar? – Será que ele está curioso sobre a minha visita ao apartamento Vanity Fair?

– Vá se vestir.

É como se ele estivesse suplicando, como se nós dois estivéssemos.

– Mike, por favor.

Ele esfrega o rosto com a mão até a nuca, para frente e para trás.

– Nós conseguimos os registros telefônicos da linha do reverendo Greene. As datas e os horários de todas as dicas anônimas combinam com chamadas feitas aqui da Funerária Bartholomew. Preciso que você vá até a delegacia.

– Não estou entendendo.

Mike fica parado ali, com o corpo virado de lado.

– Só posso dizer isso.

Eu balanço a cabeça, pois é tudo o que posso fazer, e volto para o quarto. Apanho minha blusa branca com dedos desajeitados e trêmulos, tentando acertar as casas dos botões. Enquanto me visto, olho para a estufa e calculo se ainda dá para regar as flores. Quanto tempo vou passar fora? Elas sobreviverão dois dias, uma semana? Abro a porta e aspiro, enchendo meu corpo com elas, levando o seu conforto comigo. Demoro poucos minutos para fazer a cama, escovar os dentes e ajeitar o cabelo. Quando volto à cozinha, Mike está no mesmo lugar, ainda olhando para longe.

Ao seguirmos para o estacionamento, vejo Linus e Alma. Kate está conduzindo Alma para um dos sedãs e o parceiro de Mike, Jorge, acompanha Linus. Ninguém fala. Estamos longe demais para estender as mãos e perto demais para ignorar o medo de cada um. Alma parece serena, ainda que nervosa. Segura a bolsa à frente, com os lábios vermelhos pintados cuidadosamente. Olha para mim e balança a cabeça em solidariedade. O frio deve estar incomodando o joelho de Linus. Ele anda lentamente, com cuidado. Quando ergue os olhos, fica me fitando fixamente, enquanto se jorra sobre mim. Depois sorri, cordial e bondoso, como se estivesse me acolhendo num abraço protetor. Se eu pudesse, iria até ele. Seguraria sua mão entre as minhas e a encostaria no meu rosto. Posso ouvir a sua voz, *Eu cuidarei de você.*

Engulo em seco e vou andando para Linus, até que Mike segura meu braço e me leva para outro carro. Eu me detenho, baixo o olhar para sua mão e depois encaro seu rosto.

Então ele olha para mim, e consigo ver Mike. Finalmente consigo ver Mike outra vez.

– Sinto muito, Clara.

## Capítulo Dezenove

Meu chá esfriou. Com apenas leite em pó e açúcar de saquinho para acompanhar, isso é o de menos.

Estamos numa das salas de interrogatório no Departamento de Polícia de Brockton. Estou sentada diante de Mike, Frank Ball e quem quer que esteja atrás do espelho falso. Tento não olhar para o meu reflexo e para a pessoa que está por trás de tudo. Em vez disso, focalizo o oscilante pomo de adão do detetive de Whitman, enquanto ele examina um dossiê saído da robusta caixa de papelão de provas, que tem a familiar inscrição *Flor Sem Nome* rabiscada apressadamente nos quatro lados. Entre nós há uma velha mesa de metal, com a superfície cinza cheia de marcas redondas de café, palavrões e jogos da velha. As ranhuras da mesa estão enegrecidas pela onipresente poeira da cidade. Mike já me falou que nossa conversa será gravada; não mencionou se seríamos filmados também.

Tento imaginar Linus e Alma em salas similares, sendo informados de que têm direito a um advogado durante o interrogatório, e assegurados de que não estão presos. Imagino a estoica fachada de Alma, endurecida contra a jovialidade loura de Kate. Seus dedos devem estar coçando para limpar a mesa à sua frente.

Com Linus, contudo, a coisa será diferente. Amigável, até mesmo afetuoso, ele pode ir longe demais. É incapaz de trapacear. Dirá a eles tudo o que querem. Ou, num esforço para me proteger, tentará enganá-los? Preciso me lembrar de respirar (*um-dois-três*).

Mantenho minhas mãos no colo, onde podem tremer à vontade. O café de Mike está à sua frente, intocado. Ele esfrega a mão no rosto, e neste ambiente pequeno dá para ouvir o ruído dos pelos na barba por fazer, mas ele nem parece notar. Estamos muito perto, e posso sentir o cheiro do seu sabonete. Parece impossível que há poucas semanas eu tenha ficado com ele nos braços, enquanto ele estremecia. Agora estamos aqui. Eu ergo o olhar e encontro os olhos dele fixados em mim. Imagino se estará pensando a mesma coisa.

— O que você pode nos dizer sobre o sistema telefônico da Funerária Bartholomew? — começa Mike

Penso em Linus e Alma, e no rosto deles encontro coragem para começar.

— É uma linha de duas vias, o que significa dois números de telefones na mesma linha. Um número é para a Funerária, o outro para a residência de Linus e Alma. Cada número tem um som diferente, para sabermos se a ligação é profissional ou pessoal.

— Qual é o propósito de ter uma linha de duas vias? — pergunta Ball. — Por que não ter duas linhas?

— A morte vem a qualquer hora, detetive. O Linus fica disponível o tempo todo, seja à mesa do jantar ou quando está dormindo. Há inclusive um telefone instalado no banheiro. Ninguém gosta de ser atendido pela secretária eletrônica quando precisa de uma funerária.

— Entendi. — Ball faz uma anotação no seu bloco amarelo e acena para Mike.

— Quem tem acesso ao telefone? — pergunta Mike, girando uma caneta entre os dedos. Seu bloco de anotações continua em branco.

— Linus, Alma e eu.

Um ponto brilhante na embaçada aliança de casamento de Mike capta a luz que vem de cima. Percebendo isso, ele esconde a mão embaixo da mesa, continuando a girar a caneta com a outra, e pergunta

— Você conhece bem o reverendo Greene?

Imagino que o reverendo só pode estar em algum lugar deste prédio, sendo pressionado e espicaçado por outro interrogador. O aposento começa a oscilar um pouco. O ar parece pesado. De repente, minha garganta resseca e o chá se torna irresistível. Mas não ouso pegar a xícara com minha mão trêmula.

— Conheço o reverendo há doze anos.

Mike para de girar a caneta. Seu olhar se fixa sobre mim, criando uma esfera ao meu redor. Não consigo mais ver o detetive Ball. Não consigo mais ver, ouvir ou sentir coisa alguma além de Mike.

Meus braços tremelicam, e uma mão começa a abandonar meu colo, subindo em direção ao cabelo.

– Não foi isso o que perguntei – diz Mike. – Perguntei se conhece bem. Vocês conversam com regularidade e se encontram socialmente? Ele é viúvo, correto?

Eu faço uma pausa, examinando os pelos no seu rosto. Entendo a implicação e tenho vontade de dar um tapa nele. Mike é forte, mas sinto que uma força igual cresce dentro de mim. Torno a cruzar as mãos.

– Até que ponto realmente conhecemos alguém?

Os olhos de Mike brilham quando ele pergunta:

– Há três anos, por que você não falou da marca de nascença que viu no pescoço da Flor Sem Nome para os investigadores da morte dela?

– Por que você não encontrou a marca?

Mike quase faz uma careta de dor. Embora não seja tão satisfatória quanto um tapa, minha pergunta tem o mesmo efeito. Mesmo assim, ele persiste.

– Você e o informante anônimo sabiam disso.

– Assim parece.

– O Linus sabia?

– Não.

Mike inclina o corpo para a frente. Sinto o cheiro do seu suor, junto com o do sabonete, e percebo que eu própria estou esquentando.

– Tem certeza?

*Respire.*

– Se o Linus soubesse de qualquer coisa que pudesse ajudar aquela criança, ele teria chamado você.

– O que leva você a pensar que ele não fez isso? – Mike faz outra pergunta sem me dar tempo para responder. – E a Trecie?

– Eu achava que você não estava interessado em ouvir falar da Trecie.

– Você disse que o Linus permite que ela brinque na Funerária?

– Mike, pare.

– Outras crianças têm ido lá ao longo dos anos? Alguma que se encaixe na descrição da Flor Sem Nome?
– Não! – Minhas unhas arranham a minha palma. – Mike, você conhece o Linus. Ele é um homem bom.
Mas Mike não consegue parar.
– Você mesma disse que ninguém conhece ninguém. – Ele espera um pouco para que suas palavras sejam registradas. – Por que você foi visitar o túmulo da Flor Sem Nome na noite em que a Trecie fugiu da sua casa?
– Por que mais ninguém faz isso.
Mike comprime os lábios e desvia o olhar.
– Você diria que vai lá frequentemente?
– Geralmente vou lá à noite – respondo, sentindo a raiva aumentar minha coragem. – Depois da meia-noite, quando ninguém está lá. Quase ninguém.
Rapidamente, Mike volta os olhos para mim, e neles vejo o seu desamparo. Quero recuar e apagar o que falei, mas as palavras já foram ditas, atingindo o alvo que eu procurava. É tarde demais.
Mark endireita os ombros e se ajeita.
– Você tem acesso a todos os cômodos da Funerária Bartholomew?
– Tenho.
– Até mesmo a parte íntima?
– Sim.
Mike se inclina para frente sobre a mesa, olhando para mim fixamente, sem piscar. Está apertando o meu laço.
– Os quartos?
– Como?
Mike levanta a voz.
– Os quartos. Você já subiu aos quartos do casal Bartholomew?
Eu devia contar tudo agora, obrigar Mike a ouvir a história do cachorro, da menina que parecia tanto com Trecie, e do namorado chamado Victor, mas fico calada. Agora ele está do outro lado. Não do meu, não do Linus.
– Já.
– Recentemente?

– Não me lembro.

– Quantos quartos há no segundo andar da casa?

Eu faço uma pausa, tentando imaginar qual a armadilha que ele está preparando.

– Há quatro quartos, com um banheiro principal e outro para hóspedes.

– Suponho que haja um telefone no andar de cima. – Mike não desvia a vista, e eu fico sem saber para onde olhar.

– Já disse a vocês que o Linus mandou instalar um aparelho no banheiro. Há outro na mesa de cabeceira.

– Na noite em que procurávamos Trecie, o Linus subiu para conversar com a Alma enquanto nós ficamos sentados na cozinha. Minutos depois, foi feita uma ligação para o reverendo Greene. Então o reverendo me ligou falando que a outra menina no vídeo era a Flor Sem Nome. Lembra disso?

Não consigo responder. Dói quando eu respiro.

Mas Mike não para.

– O que há nos outros quartos?

Pego a xícara de chá, deixando a amargura escorrer pela minha garganta.

– Alma usa um deles como quarto de costura, e os outros dois são para dormir.

Mike tira do arquivo de Flor Sem Nome uma foto, que mostra para mim. É uma imagem de Trecie, tirada daquele vídeo que eu vi na casa de Charlie Kelly. Ela está olhando para a câmera; por trás, aparece a parede suja, com os rabiscos a creiom e o colchão sem cobertas que me perseguem.

– Isto lhe parece familiar? – pergunta Mike.

Eu giro a cabeça para o lado. Venho tentando esquecer aquele vídeo.

– Esse é um dos quartos da casa do casal Bartholomew? – A voz de Mike é um sussurro, e a foto começa a tremer entre os dedos dele.

Coloco as duas mãos em cima da mesa e me levanto, pegando meu casaco no encosto da cadeira. O detetive Ball fica de pé e vai até a porta.

– Nós não terminamos o seu interrogatório.

Ele não existe. Viro para Mike, que também se levanta e me encara, com a foto de Trecie sobre a mesa entre nós.

– Há quatro quartos no andar de cima. – Já estou calma. Por Linus, sou capaz de fazer qualquer coisa. – Há o quarto do casal, o quarto de costura de Alma, e um quarto de hóspedes decorado com um edredom que a Alma fez junto com as irmãs. O último quarto pertence ao filho deles que morreu, o Elton. Tem os troféus de beisebol e os pôsteres da banda favorita dele. Nada foi tocado desde aquele dia.

Minha voz falha e preciso parar. Limpo a garganta antes de prosseguir, apontando para a foto.

– Vocês não vão encontrar esse quarto aí na casa do casal Bartholomew. – Sentindo a raiva crescer, abaixo a voz. – Já deve haver policiais revistando a casa, enquanto conversamos aqui. Gostaria que vocês dissessem a eles para não mexerem no quarto de Elton. Isso seria mortal para Alma. Você mais do que ninguém deveria entender.

Mike balança a cabeça, com o rosto caído e incrivelmente cansado. Eu giro o corpo para sair.

– Clara, espere.

Ele segura no meu braço, mas eu me solto.

– Não me toque. – A única coisa que quero é sair dali. Pego a carteira no bolso, na esperança de ter dinheiro bastante para pegar um táxi. Não vou pedir carona. Eu realmente acreditara que podia esperar mais de Mike, algo além de traição? Meus dedos se enfiam sob o elástico que prende meu cabelo na nuca, e começam a torcer. Aqui, não. Agora, não. Depois. – Se você tiver mais perguntas, por favor, entre em contato com o meu advogado.

Antes que eu consiga abrir a porta, Ryan aparece. Ele entra, bloqueando minha fuga. Acena para mim, mas olha para Mike.

– Pegamos o tal informante anônimo. O Bartholomew acaba de pedir um advogado.

# Capítulo Vinte

Minha avó veio ao meu quarto à noite. Percebi que ela estava ali antes mesmo de abrir os olhos, pelo cheiro de sabão e cravo-da-índia flutuando entre nós. No início, ficou calada esperando que meus olhos se acostumassem à luz que vinha do corredor. Embora fisicamente baixa, assomava sobre a minha cama, a cama da minha mãe, com as contas do rosário fortemente enroladas nos nós da mão esquerda e as pontas dos dedos ficando lívidas. Comecei a tremer quando reparei que ela estava vestida, com a roupa coberta pelo avental listrado de bolsos. O cabo da escova de cerdas de javali se projetava de um dos bolsos, o outro continha algo pesado que não consegui distinguir. Não olhei para o rosto da minha avó.

– Levante.

Minha cama estava quente, e o casarão gélido, naquela noite de inverno. Ainda assim, segui atrás dela pelo corredor e desci a escada, segurando os lados da camisola de algodão, que ondulava à altura dos joelhos. Eu só não deveria ter arrastado os pés descalços pelas tábuas de pinho nodoso, deveria ter pisado firmemente em direção ao inevitável. Logo se cravou no meu pé direito uma farpa que permaneceu lá durante dias, raivosamente inflamada. Quando enfiei uma agulha aquecida na ferida, mais de uma semana depois, o pedaço de madeira explodiu para fora da pele, carregado por uma onda de pus.

Enquanto minha avó me conduzia pela sala de visita, vi o que ela fizera e percebi tudo. Sobre a cornija da lareira, abaixo do crucifixo e ao lado da foto de formatura da minha mãe, estava meu próprio retrato tirado havia um mês. Cada um fora desfigurado com letras vermelhas, na sua caligrafia precisa e deliberada: *Prostituta*. Quando chegara à escola no dia de tirar a foto, eu soltara o elástico da cabeleira, deixando que os fios caíssem até a cintura.

Escondera o retrato no fundo do meu armário, junto com o dinheiro que economizara trabalhando na Flora Witherspoon, uma passagem de ônibus só de ida para Boston no dia seguinte à formatura e o cartão com o nome da minha antiga boneca, Patrice. Era o mesmo cartão que eu tirara do caixão da minha mãe. Com certeza, tudo isso já desaparacera.

Passamos para a sala de jantar, cuja mobília fora da mãe dela, sendo a joia da coroa um aparador vitoriano de mogno marchetado. O móvel era pesado demais para o tamanho da sala e lembrava demasiadamente hóspedes que nunca teríamos. Pela porta, as luzes da cozinha brilhavam. Quando entramos, compreendi o que aconteceria. Não era a primeira vez, embora fosse a última. Ou, talvez, o começo.

Um banco aguardava no meio do piso de linóleo, com uma mesa de cabeceira do quarto de hóspedes ao lado. Em cima da mesa encontrava-se a Bíblia da minha avó, com a gasta capa de plástico coberta por um espelho de mão virado para baixo. Pedaços de papel rasgado marcavam os trechos preferidos. Qualquer calor que eu ainda tinha desapareceu nesse momento. Foi como se todo o meu sangue se esvaísse, deixando o corpo fraco e maleável. Eu gostaria de dizer que protestei, que ao menos recuei um ou dois passos para sair da sala, mas não fiz isso.

– Sente – disse ela, apontando para o banco solitário.

Sentei. De certa forma, foi um alívio. Minha avó ficou atrás de mim, irradiando sua fúria em ondas palpáveis. Ouvi as cerdas de javali da escova roçarem no avental, ao serem tiradas do bolso. Depois ela apanhou o espelho em cima da Bíblia e o entregou a mim. Segurei o cabo com as duas mãos, lançando o olhar difuso para um ponto além da moldura. Se eu focalizasse o espelho, se permanecesse dentro de mim mesma, talvez não conseguisse segurar as lágrimas. Ela iniciou pelo alto, pressionando as cerdas fortemente contra meu couro cabeludo, e começou a puxar, mecha por mecha.

– Sua mãe só devia gostar dos escurinhos... olhe só esse cabelo. Está olhando?

– Sim, senhora.

Ela puxou com tanta força que fui derrubada do banco, mas sabia que precisava sentar outra vez. Assim acabaria mais cedo. Tentei não dar atenção à ardência e aos tufos de cabelo que caíam no chão.

– Uma cabeleira toda desgrenhada. Não consigo imaginar por que alguém se orgulharia disso.

Com a mão direita, ela continuou a arrastar as cerdas, e com a esquerda abriu a Bíblia no trecho marcado. Procurei manter o queixo levantado, enquanto ela atacava outro emaranhado de caracóis. Meus olhos começaram a arder, mas eu não ousava piscar. Minha avó pousou o livro aberto, com as folhas viradas para baixo. Senti certa satisfação quando a lombada estalou. Ela parou para limpar a escova. Os fios que livrava caíam ao longo do meu joelho, presos na bainha da camisola. Passei todo o tempo naquela cadeira sentindo cócegas, sempre que os fios eram apanhados por uma corrente de ar.

Minha avó enfim colocou a escova na mesa. Embora eu soubesse o que me aguardava no outro bolso, tentei pensar que o pior já passara. Mas ela estava imóvel demais atrás de mim, com a respiração agitada. O espelho refletia a subida e a descida do seu peito, e, logo acima, o queixo e o lábio inferior. A saliva foi se juntando nos cantos, enquanto ela falava.

– A maçã nunca cai longe da árvore, não é? Sabemos o quanto Eva gostava de maçãs. Encontrei a Dot McGee no mercado. Ela queria expressar sua *preocupação* com você. Parece que ouviu o filho Tom e seus amigos comentarem que você é a melhor chefe de torcida do time de futebol. – Pelo espelho, vi a mão da minha avó deslizando pelo avental de listras azuis e brancas até o tal bolso da frente. Não consegui desviar o olhar. – Ela disse que só estava sendo uma boa vizinha e não queria que você acabasse como a sua mãe. "A maçã nunca cai longe da árvore"... foi o que ela disse.

Com a outra mão, minha avó desvirou a Bíblia. Eu não vi, só ouvi o baque quando ela endireitou o volume na mesa. Sua voz trovejava.

– Uma leitura da primeira carta aos Coríntios: pois se uma mulher não estiver coberta, que ela tenha a cabeça raspada.

A tesoura, a melhor tesoura de costura da minha avó, cintilou na luz ao ser levada até minha cabeça. O espelho tremia, enquanto a tesoura podava. Os bufos da minha avó e os rangidos da tesoura torturavam meus ouvidos. Ela começou com punhados pequenos, mas, à medida que sua raiva crescia, aumentavam as camadas na sua mão. Durante todo o tempo, eu me agarrei àquele espelho, enquanto procurava me equilibrar no banco.

Minha avó só cortara parte da cabeleira, quando sentiu uma câimbra no braço esquerdo. Sua boca ficou rodeada de espuma, e o peito, ofegante. Antes de sentar à mesa da cozinha, ela me entregou a tesoura.

– Termine.

Minha avó morreu alguns meses depois, devido a um enfarte, um dia antes da minha formatura. O dinheiro do anel de brilhantes da mãe dela pagou outra passagem de ônibus e alguns meses de aluguel, antes da minha matrícula na escola mortuária. Eu fiz o resto. Mais tarde, depois de estagiar numa funerária, cheguei a Linus. Ele tenta me proteger e dar um jeito de driblar meu passado, mas o legado da minha avó é poderoso demais. Até para ele.

Meu cabelo levou dez anos para recuperar o comprimento de antes. E eu levarei muito mais para esquecer aquela noite: o cheiro de cravo-da-índia e o tremor nas minhas mãos. A lembrança mais forte, no entanto, é a calma que desceu sobre mim quando, finalmente, larguei a tesoura. Minha respiração se estabilizou, as lágrimas secaram e tudo *parou* quando eu segurei os tufos que restavam. Olhei primeiro para minha avó, que esfregava o ombro. Depois, virei outra vez para o meu reflexo e, então, comecei a arrancar.

## Capítulo Vinte e Um

Andando pelo estacionamento, olho entre os carros, sem saber se devo subir pelo lado externo da rampa em curva. Uma leve garoa molha a sujeira, atiçando o cheiro de lixo. Minhas coxas se contraem à medida que escalo a íngreme subida até o Departamento de Polícia de Brockton, situado no alto de um morro de concreto, feito uma sentinela a supervisionar esta cidade fatigada. As esporádicas lâmpadas de halogênio emitem uma luz difusa e sobrenatural, fazendo a poeira e a chuva onipresentes formarem redemoinhos sob seu brilho. Há uma parada do metrô perto da entrada principal, isso nunca pareceu esquisito até hoje. Mas, esta noite, o familiar tornou-se estranho.

Coerentemente, o céu está nublado, sem lua ou estrelas para iluminar meu caminho. Agora, qualquer coisa é possível. Um trem uiva ao longo da plataforma do metrô, diante da entrada da delegacia, soltando das vísceras vapores de diesel. Num instante, os vagões devoram uma torrente de pessoas pelas portas automáticas, como que raptando todas até a última saída delas. Um policial de folga sai da delegacia e vem em minha direção, com um celular no ouvido e o chapéu puxado para baixo devido ao tempo. Sua risada ecoa na noite amarga, ele não sabe.

Eu abro a porta que dá para a mesma entrada suja desta manhã, embora minha vinda pareça ter acontecido há anos. Lá estão os mesmos cartazes de *CUIDADO!* para me alertar de que os verdadeiros monstros esperam emboscados. Não sei quanto tempo levará para que eles pendurem o retrato de Linus junto com esses.

Alma me pediu para ir buscar Linus. Ela me lembrou da sua dificuldade de dirigir à noite e do assado no forno. As duas desculpas são verdadeiras. Não quero pensar que existe qualquer outra razão.

A polícia ainda não formalizou uma acusação, mas Alma disse que, mesmo assim, eles já contrataram uma advogada, alguém da congregação do reverendo Greene. Ele conseguiu localizar a pessoa na Carolina do Norte, onde ela está comemorando o Natal com a família. A advogada disse que voltaria para casa no primeiro voo amanhã cedo. Será uma defesa gratuita, Linus enterrou o noivo da mulher há quase um ano. O coitado estava indo para o ensaio da festa de casamento dos dois quando um senhor idoso confundiu o pedal do freio com o da embreagem. No velório, cochichavam que Linus recusara o pagamento, que aquilo era o seu presente para a noiva. Teria sido o dia do casamento deles.

Ninguém aguarda na área de espera agora. O policial atrás do biombo é jovem e magro, com um sorriso infantil e um nariz de lutador de boxe; imagino que o seu fim de semana seja cheio de mulheres alegres e partidas de futebol. Ele está encomendando uma bebida a alguém fora do meu campo de visão.

— Três tabletes de açúcar e leite, e você pode me arranjar um chocolate com creme? — É feita a habitual piada sobre tiras e roscas e, então, ele gira a cadeira, tirando o sorriso do rosto quando me vê. — Posso ajudar?

Ele baixa os olhos para uma papelada, e sua fisionomia é o retrato da indiferença. Sinto de novo aquela punhalada, a sensação familiar de diversidade.

— Vim buscar Linus Bartholomew.

O policial não olha para mim, só levanta o fone e resmunga qualquer coisa. Fico parada depois que ele desliga, esperando instruções, mas ele simplesmente embaralha a papelada à sua frente.

Eu viro e sento na borda de uma cadeira metálica, sozinha e invisível outra vez. É difícil admitir isto, mas eu não queria estar aqui, vendo Linus vulnerável e alquebrado. Pensamentos sobre os dias e semanas que virão começam a zumbir na minha cabeça: é o prelúdio de uma enxaqueca. Embora Linus vá sair por estas portas hoje, duvido que volte a ficar livre algum dia. Ser ligado a um crime assim acaba com a reputação da pessoa para sempre. Eu precisarei encontrar dentro de mim uma reserva desconhecida que possa dar sustentação a nós dois.

Procuro nos bolsos uma aspirina esquecida, qualquer coisa que acalme a ensurdecedora agitação dos meus pensamentos. Ouço sons vindo do outro lado da parede atrás do policial: uma voz familiar e o tom grave do próprio Linus. Então, a porta que dá para as escadas se abre, e Linus surge acompanhado por Jorge, que mantém a porta entreaberta enquanto Linus continua a falar.

– Não, não, eu agradeço. – Linus aponta na minha direção. – A Clara vai me deixar em casa agora. Obrigado assim mesmo.

Jorge acena para mim, e Linus atravessa a sala. Ele coloca a mão nas minhas costas, num gesto inconsciente de afeição. Desta vez, eu permito.

– Então você volta amanhã a uma hora com o seu advogado? – pergunta Jorge, segurando um dossiê. Sua expressão é uma mistura de pesar e desapontamento.

– Ah, estarei aqui, não se preocupe. – Linus levanta a mão acima do ombro, já se dirigindo para a saída.

A garoa já parou, embora outras nuvens ainda rolem no céu. Neve? Nós não falamos ao andarmos até o carro, embora Linus se apoie em mim durante todo o caminho; há uma fina camada de gelo nas depressões do piso asfaltado. Creio que para as pernas dele sejam penosos tanto o frio quanto a forte inclinação, além, é claro, do longo dia horrível que precisou suportar. Eu ajudo Linus a entrar no banco do carona do rabecão, acho as minhas chaves e ligo o motor. O ventilador sopra com força, inicialmente frio; o ar parece estagnado com odores de bolor e podridão. São odores familiares no meu ramo. Paro no sinal, na base do morro de concreto. Quando o sinal fica verde, viro à esquerda para retornar a Whitman.

– Clara – diz Linus, com a voz forte e o rosto obscurecido pelas sombras. – Vá em frente e pergunte. Tudo bem, eu não me incomodo.

Não sei se ele consegue enxergar nesta luz fraca, mas abano a cabeça. Tomo seu silêncio como concordância, até que ele muda de posição e lança o olhar pela janela. As placas das lojas passam zunindo em atordoantes clarões vermelhos e azuis, ampliadas e enevoadas pelas gotículas de chuva nos vidros das janelas.

– Você se lembra do dia em que bateu à nossa porta?

Continuo a dirigir, deixando a escuridão engolir meu embaraço. Quando ele fala, eu me acalmo diante do timbre da sua voz e a maciez do seu tom.

– Foram dias sombrios, depois que Elton morreu. Rezei, rezei muito para que Deus me desvendasse Seu plano, para que o Seu propósito fosse revelado. É claro que, quando a gente acha que conhece o plano de Deus, Ele vai e muda de ideia outra vez.

Passando sob um viaduto com as laterais caindo aos pedaços, vejo um sem-teto encostado numa pilastra. Ao lado, há um carrinho de supermercado atulhado com a vida do sujeito. Mais adiante, surgem um depósito de colchões, uma agência para trocar cheques e a pista de retorno para Whitman.

– Logo estaremos em casa – digo.

Linus me ignora. Sua voz virou um murmúrio, como se ele estivesse em transe. A contragosto, fico hipnotizada.

– Achei que aquilo fazia sentido, já que você era órfã e nós éramos pais órfãos. Alma e eu amamos você como uma verdadeira filha.

Coloco minha mão sobre a mão de Linus. Sua pele ainda está gelada, apesar do ar quente que já sopra com força no carro. Mantenho os olhos fixos na estrada enquanto aperto a palma de Linus. Ele inclina a cabeça e beija minha mão. Sinto aquilo como algo tangível e puro, algo que posso carregar para sempre comigo. Preciso acreditar, acreditar *nele*. Preciso tentar.

– Alma disse que está preparando carne de porco assada. – Há uma falha na sua voz, antes que ele pigarreie. – Você vai jantar conosco?

– Vou, sim – respondo soltando minha mão.

Não demoramos muito para chegar em casa. Eu entro pelos fundos, no estacionamento que se estende entre a casa de Linus e o meu chalé. Alma deve ter ouvido o carro se aproximar, pois acendeu todas as luzes do estacionamento. Está parada no umbral, com as mãos apertadas à frente. Não é possível... provavelmente é a lâmpada fluorescente pendurada acima dela, acentuando cada ruga e mancha... mas Alma parece ter envelhecido uma década desde esta manhã. Ela corre para ajudar Linus a sair do carro.

– Olhe só para você... atrasou o meu jantar. Agora vai ter de mastigar o lombo duas vezes.

Sua admoestação é desmentida pelo braço com que ela cinge a cintura dele. O outro serve de amparo, quando ele sai com dificuldade do carro.

– Desculpe, fiquei preso lá – diz Linus, sorrindo. Os dois se entreolham longamente. – Desculpe, Alma.

– Você não precisa se desculpar por nada, Linus Alvin Bartholomew. Está me ouvindo? Por nada!

Ela sacode o marido um pouco, à medida que fala. Os dois param quando chegam à porta. Alma endireita o corpo, enquanto Linus se apoia sobre ela.

– Clara, você pode nos dar uns quinze minutos, querida? – diz Alma, sem se virar. – Eu apronto o jantar nesse tempo.

– Posso trazer alguma coisa?

Eles não me escutam, porém, e eu sigo para casa. É um alívio estar na minha cozinha, passar pela minha sala e entrar no meu quarto. Mas nenhum desses espaços é o que procuro, só fazem parte do caminho. Escancaro as duas portas da minha estufa e entro. Sinto minha pele se aquecer e meu cérebro se acalmar, com o fluxo do sangue pulsando lentamente pelo meu corpo. Então sento no umbral, presa entre esses dois mundos: as carências alheias e as minhas. Fico respirando o incenso do meu jardim e só me lembro de inspirar profundamente várias vezes. Então, acordo bruscamente.

Antes mesmo de meus olhos se abrirem, consulto o relógio. Devo ter cochilado e agora estou atrasada para o jantar. Já passou quase meia hora... o que eles vão pensar? Levanto rapidamente e acho meus sapatos na porta do pátio. Na pressa, esqueço o casaco e, lá fora, sou imediatamente envolvida por um vento que trespassa minha blusa fina feito estilhaços de metralhadora.

Está mais escuro que à nossa chegada. A lua cheia ainda está visível, embora o céu pareça carregado. As formas indefinidas e o agourento tom cinzento das nuvens prenunciam neve a semana toda. Os flocos poderão começar a cair a qualquer hora.

Minha cabeça ainda está pesada de sono, entorpecida e lenta. E então percebo a diferença. As luzes do estacionamento estão desligadas. Alma sempre deixa tudo aceso para mim. Ela é assim. Quando me encaminho para a casa deles, outra rajada de vento me golpeia, empurrando as nuvens e obscurecendo o luar. Então, ouço o som de passos sobre o cascalho espalhado sobre o asfalto. São rápidos e leves, e cessam antes que eu tenha certeza se eram mesmo passos.

Avanço mais devagar, temendo tanto a minha imaginação quanto o gelo negro e as pedras soltas, que são bastante reais. Mesmo assim, tropeço caindo sobre algo duro e volumoso. Outra rajada de vento me ataca, jogando poeira nos meus olhos e livrando a lua da sua cobertura. Por um instante, não consigo enxergar, e fico piscando para tirar o grãos de areia que arranham a delicada superfície das minhas córneas.

Quando tudo clareia, meu desejo é voltar à cegueira.

Estou sobre um monte de roupas, uma espécie de trouxa, e penso no meu sonho. Levanto, já sabendo que a vida mudou, e digo – Linus?

Ele está estatelado no chão, com os joelhos dobrados, deitado sobre o lado direito. Ajoelho e ponho a mão no seu pescoço, procurando sentir a pulsação da carótida nas pontas dos dedos. Seus olhos estão abertos e, então, ouço um som; a respiração vem em rápida e rascante sequência.

– Clara? – É um gorgolejo, mas é vida.

– O que aconteceu?

Há um tremor na minha voz, mas eu me controlo. Minha visão periférica só abrange o rosto de Linus, tudo mais em torno fica acinzentado. Na fração de segundos entre a sua voz e a minha, mil pensamentos passam pela minha cabeça: Posso levantar Linus? Se tivesse trazido meu casaco, poderia cobrir seu corpo. E se eu precisar comprimir meus lábios nos seus, para soprar a vida dentro dele?

– Estava indo chamar você para o jantar...

Ele é tomado por um acesso de tosse.

– Você sente dor no peito, Linus? É o seu coração?

Procuro lembrar dos passos ensinados no curso de primeiros socorros que fiz no Hospital de Brockton. Talvez eu precise deitar Linus de costas, conferir seus batimentos cardíacos, assegurar que ele esteja respirando. Três sopros, quinze compressões no peito. É isso mesmo?

– Clara – diz ele. Suas palavras saem com grande esforço.

– Linus, não fale. Preciso mudar você de posição e, depois, ir correndo ligar para a emergência.

Levo minhas mãos até seus ombros, mas ele agarra meu pulso.

– Espere.

Seu peito explode em outro acesso de tosse, e o sangue jorra de sua boca. Sem pensar, eu agarro as fraldas da minha blusa junto com a ponta do meu rabo de cavalo, e começo a limpar seu rosto e seu pescoço. Coloco Linus deitado de costas, e seguro debaixo dos dois braços para erguer seu corpo, de forma que ele não engasgue, mas está escorregadio ali. Meus dedos procuram outra vez o seu pescoço, mas minhas mãos resvalam. Esfrego as duas na blusa, e sinto que estão sujas. Estendo os braços da escuridão para a luz que vem da janela da cozinha onde Alma mexe numa tigela, alheia ao que está acontecendo. Minhas mãos estão manchadas de sangue. Muito sangue.

– Alma! – Não quero deixar Linus, mas ela não me ouve. Grito outra vez, ainda mais alto e com voz aguda. – Alma!

O ar se embrenha no meu cabelo, cristalizando o suor. O muco dentro e fora das minhas narinas endurece quando congela. O único calor que sinto vem do sangue de Linus. Quando abro o seu casaco de lã, um botão arrebenta e rola livre pelo pavimento. Sua camisa branca brilha na luz refratada, mas também há sombras se espalhando diante dos meus olhos. Ponho a mão no chão e sinto a vida de Linus empoçando ali embaixo.

– Linus, o que aconteceu? – Tento lembrar quantos litros de sangue cada pessoa tem, calculando a quantidade já perdida.

– Um homem – gagueja ele outra vez. – Corra, Clara.

Antes que eu consiga me levantar, ouço Linus arfar e depois ser engolfado por outro espasmo violento. Corro para Alma, à procura de ajuda. Quando abro a porta contra tempestades e encontro a escada, outra ventania forte se levanta, açoitando meu cabelo emaranhado contra meu rosto e meu pescoço. Embora o ar do inverno uive e chore, ainda consigo ouvir a voz de Linus.

– Senhor, cuide da minha Clara.

# Capítulo Vinte e Dois

As paredes de Ellison Quatro são em tom bege e azul, projetadas para aliviar a angústia dos entes amados. A iluminação busca a sutileza, embora o chão seja uma atordoante confusão de quadrados de vinil imitando mármore, com veios coloridos que tentam assimilar todos os tipos de fluidos corporais.

Estou sentada ao lado de Alma, aguardando que as enfermeiras acomodem Linus, que só vimos rapidamente na sala de recuperação da UTI. Ele ainda estava com o respirador, mergulhado no mundo dos mortos da anestesia.

Ele teve transporte médico aéreo daqui para o Hospital Geral de Massachusetts. Alma e eu viajamos de rabecão, passando a maior parte do tempo em silêncio. Alma cantarolava um hino que só ela ouvia. Quando chegamos à emergência, o doutor Belcher assegurou a Alma que o hospital possuía a melhor unidade de cirurgia toráxica do país e, consequentemente, do mundo. Seu olhar bondoso e rosto amável não se alarmaram com o medo refletido nos olhos dela.

– Seu marido está muito mal, minha senhora – disse ele. – O pulmão esquerdo foi perfurado e entrou em colapso. Parece que ele tem várias costelas quebradas. Perdeu muito sangue, e ainda está recebendo transfusões. Com o excesso de peso, os órgãos ficam sobrecarregados.

Quando reparou em mim ao lado de Alma, o doutor Belcher olhou para ela interrogativamente. Alma ainda estava usando o avental com o cheiro de alho e batata frita entranhado no tecido, foi o único consolo que tive antes que ela colocasse a mão no meu ombro e me empurrasse para a frente. Senti sua mão tremer ali, pressionando com força entre os ossos.

– Esta é a nossa filha, Clara.

Eu não corrigi Alma. O doutor Belcher virou para mim com uma expressão ainda mais terna, se é que isso era possível.

– Por que você não vem comigo? Tenho outro suéter no armário. Você pode se limpar lá.

Eu me esquecera do sangue de Linus. Só então me perguntei como Alma aguentara ficar ao meu lado.

Quando voltei, dois detetives de Whitman esperavam para falar comigo. Nenhum deles estivera presente nos interrogatórios da véspera, mas supus que houvessem sido informados. Quase odiei os dois por isso. Alma já dera sua versão. Ela tinha pouco a contribuir; era o meu depoimento que eles queriam.

– Isso não pode esperar?

Ainda me sentia tonta, depois de ter ensaboado braços e mãos, vendo a espuma assumir um tom salmão escuro, escorrer pela pia e fugir pelo ralo. Quando olhara para o espelho, vira uma longa risca irregular vermelha descendo pela minha face e contornando meu pescoço. Fora nessa hora que eu vomitara.

– Estamos aqui para ajudar – disse um dos sujeitos, que se apresentou como sendo o detetive Marcolini. Era magro e forte, o tipo do homem que imagino que as pessoas queiram ter a seu lado numa crise. – Quanto mais cedo você falar conosco, mais cedo pegaremos a pessoa que tentou matar o Linus.

Eu suponho que já deveria ter percebido, não havia outra explicação para o tipo de ferimento que Linus sofrera. Talvez tenha sido a ousadia daquelas palavras, diretas e abertas, que finalmente me fez entender.

– Matar o Linus?

– Sinto muito – disse o outro detetive, que se chamava Pingree e era mais velho. Ele tinha um bigode comprido e enrolado nas pontas, que fazia com que um sorriso constante parecesse pairar logo acima dos seus lábios. – O médico disse que ele foi esfaqueado. A perícia informou que foram cortados os fios das luzes externas na cena do crime. Você viu alguém quando encontrou o Linus? Ouviu alguma coisa diferente?

– Não, nada.

Estimulada por eles, contei como achara Linus. Falei do tropeço no corpo dele e da quantidade de sangue. Depois me lembrei das suas palavras.

– Ele falou que havia um homem e mandou que eu corresse. Meu Deus, ele mandou que eu corresse.

Foi quando Alma se aproximou e se esforçou ao máximo para me tomar nos braços. Era a primeira vez que uma mulher queria me abraçar, desde que minha mãe morrera. Rememorando, percebo que eu não sabia que também devia pôr os meus braços em torno dela.

Não sei o que mais contei além disso, ou o que mais eu poderia ter esclarecido, mas continuamos conversando durante vários minutos, até que o doutor Belcher voltou.

– Eles já estão levando seu marido para a sala operatória – disse ele.

– Posso ir com ele? – perguntou Alma, já pegando a bolsa e lançando o olhar sobre o ombro do médico para a porta que levava a Linus.

– Sinto muito – disse dr. Belcher. – Eles já estão a caminho.

– Posso ao menos me despedir?

Os sulcos e as sombras que eu vira mais cedo no rosto de Alma (e que pensara serem um efeito de luz) haviam se firmado, como se as feições que eu tão bem conhecera fossem uma fina camada de verniz facilmente removível.

O doutor Belcher tomou a mão de Alma entre as suas.

– Vou rezar uma prece por você.

E, então, saiu.

O rosto de Alma demonstrava determinação.

– Acho que vou procurar a capela agora. Você quer vir comigo?

O detetive Marcolini interrompeu, com os olhos castanhos cheios de compaixão.

– Nós gostaríamos que você ficasse por perto. Ainda temos algumas perguntas.

Mas eu já estava guiando Alma até a saída. Eles teriam de esperar.

E esperaram, claro. Quando voltei, porém, eu nada tinha a acrescentar. Isso foi ontem, horas atrás, nem um dia inteiro. Ficamos sentadas nestas cadeiras na sala de espera, deixando que a televisão falasse por nós, tomando café açucarado e água gelada em copos de plástico. Só nos afastamos para ir ao banheiro, mas nunca juntas. Cada vez que vai, Alma volta um pouco mais abatida, com os olhos baixos, inchados e injetados. Estou cansada do cheiro de pinho do antisséptico usado para lavar o chão.

– Família Bartholomew? – Uma enfermeira está encostada no umbral da porta, correndo os olhos pela sala.

– Estamos aqui. – Alma se levanta, tensa, com a bolsa balançando à frente do corpo.

– Podem entrar.

Ao cruzarmos o corredor, fico espantada com a força nas pernas e costas de Alma. Como ela consegue ficar ereta, sob o jugo das acusações e da violência?

Quando passamos pelo elevador, as portas se abrem, e vejo Mike parado ali dentro. Ele parece pertencer ao meu passado distante, não a ontem, muita coisa aconteceu desde então. Embora tenha as roupas passadas, o cabelo penteado e a barba feita, Mike consegue parecer tão deprimido quanto eu.

Ele se dirige a Alma em primeiro lugar.

– Como ele está?

– Vamos saber agora.

– Com a sua permissão, gostaria de ver o Linus depois de vocês – diz Mike, olhando firme para Alma.

Ela não desvia os olhos. Em vez disso, levanta uma sobrancelha, e inclina o queixo, dizendo:

– Sem perguntas.

É uma ordem, não um pedido.

– A Kate McCarthy, do meu departamento, está lá embaixo com dois detetives de Whitman que vocês conheceram ontem – diz Mike. – Eles não sabem que eu estou aqui.

Alma olha para mim. Antes que eu consiga falar, porém, ela balança a cabeça.

– Vou ver como ele está.

Ela se afasta e eu sigo atrás, mas Mike segura meu braço.

– Clara.

Há tantos pensamentos presos no sulco das suas sobrancelhas, na sua boca, mas não quero escutar nenhum deles. Escapo da sua mão.

– Eu deveria ter colocado um guarda na casa dele. Devia saber que, num caso como este, uma informação poderia vazar e algum justiceiro iria atrás dele. – Ele faz uma pausa. – A culpa é minha.

Eu balanço a cabeça e viro para seguir Alma. Antes que me afaste, porém, ele exclama:
– Eu sinto muito.
Parece que eu própria fui apunhalada. As palavras me cortam e fazem que eu vire. Minha mão busca reconforto numa mecha de cabelo.
– Você *sente* muito?
Suas mãos estão enfiadas nos bolsos do casaco, tensas e emboladas, forçando a fazenda de lã.
– Eu estava errado. A respeito do Linus. Não sei o que ele queria ao fazer aquelas ligações, mas a intuição me diz que ele não pretendia ferir ninguém.
Ele está olhando para mim e seria tão fácil ir até ele agora. Aninhar minha cabeça no seu peito, permitindo que ele sinta o peso dos meus ossos e problemas. Ainda me lembro da força dos seus braços em torno de mim e também do cheiro da pele entre os ombros e o pescoço. E estou tão cansada. Mas não sou idiota.
Se eu fosse uma mulher diferente, contaria tudo a Mike. Diria que a vida é complexa, confusa e cheia de crueldades, além até mesmo das experiências dele. Poderia tentar explicar o que é viver entre os mortos e testemunhar seus últimos esforços pela vida, lutando por mais um alento, mesmo quando suas vidas já não mereciam ser vividas. Como suas veias se contraíam dentro dos olhos e das gargantas, ou como uma mão pode ser encontrada tentando se agarrar avidamente a mais um momento. Só mais um. Já vi esse anseio dentro e fora. Tripas comprimidas e músculos flexionados. Eu poderia descrever as lindas gargantas rodeadas por contusões feito pérolas, os baços rompidos por pés calçados, as feridas abertas por faca ou bala e a multidão de crânios esmagados que precisam ser reforçados nos caixões abertos. Contaria a Mike que nunca antes ou depois presenciei selvageria igual a que vi quando o cadáver de Flor Sem Nome foi descoberto. Não sei como é possível um simples conjunto de pele e ossos conter algo tão inflamável e completamente perverso quanto o mal que ronda nosso mundo, procurando os mais vulneráveis dentre nós. Contaria a Mike que realmente existem monstros. Acima de tudo, pediria que ele reconhecesse que Linus é um homem bom. Só pode ser.

– O Linus não machucou ninguém. – É o máximo que consigo dizer.

Mike afunda em uma das cadeiras de plástico perto do elevador, com as costas curvadas e os cotovelos sobre os joelhos. Ele olha para o chão, enquanto fala. É um alívio não ver o seu rosto.

– Todo dia, no meu trabalho e na minha vida, preciso de certa forma corrigir os erros dos outros. E, na maioria das vezes, há tanto mal nesse mundo, no meu mundo, que fica difícil confiar no bem.

Mike fala com uma voz derrotada. Não consigo deixar de lembrar o momento em que ele foi levado ao porão por Linus, para se despedir da esposa e da criança ainda por nascer. Ele se levanta antes de continuar.

– Você e eu acreditamos que Linus não matou a Flor Sem Nome, mas o meu chefe e o pessoal lá de Whitman estão subindo para cá agora. Ele é o principal suspeito.

– Ele é inocente.

Mike se aproxima de mim, rápido e confiante.

– Mas ele sabe de alguma coisa, Clara. Deu os telefonemas. Quem ele conhece?

Quase conto a ele, então, da menina, do cachorrinho Amendoim e do tal namorado intocável, Victor, mas Alma interrompe.

– Clara. – Ela está no corredor, parada diante da porta de uma das salas, com uma expressão resignada. – O Linus está perguntando por você.

Vou até ela e atrás de mim ouço Mike dizer:

– Como ele está?

Alma pega meu cotovelo e me puxa para o lado, antes que eu entre. Ela já voltou a ser a mulher que eu conhecia antes desta noite, formidavelmente equilibrada e solidamente direta.

– O médico disse que precisamos aguardar para ver. Foi um choque para o organismo dele. A maior preocupação com pessoas dessa idade é um ataque cardíaco. Pelo menos ele está sem o respirador e pode falar.

Eu abano a cabeça, sentindo a mente desmoronar. Faço um esforço para não desmaiar. Quando a voz de Alma corta o redemoinho, eu me agarro às palavras.

– Devemos estar preparadas para o pior. Vou ligar para o reverendo Greene.

Mike e Alma continuam conversando, enquanto eu entro no quarto de Linus. Uma bela enfermeira loura está enfiando um cobertor branco embaixo dele. Há inúmeros tubos e cabos serpenteantes cravados no seu corpo. Um está bombeando ainda mais sangue para dentro dele. É uma imagem hipnotizante. Os pés estão um pouco erguidos, cada um com uma bota de plástico azul. As máquinas estão de prontidão, lampejando e emitindo apitos de aviso; um pelotão de sentinelas vigia a vida de Linus.

E lá está ele, com os olhos fechados e o rosto escondido sob a máscara de oxigênio. O som áspero da sua respiração é mais forte que a voz da enfermeira. Embora ela tente sorrir, seus olhos revelam piedade.

– Você deve ser a Clara. Meu nome é Julie. Agora ele está descansando, mas tem perguntado por você. – Ela ajusta uma linha intravenosa e, então, pega um cabo elétrico preso à cama. – Isto é um medicamento para a dor. Ele tomou anestesia peridural, mas se acordar e precisar de mais, é só me avisar. Vai junto com o soro intravenoso. Pode ser que ele fique em câmera lenta, mas teremos certeza de que estará confortável.

Ela recoloca o cabo no lugar e aponta para outro mais embaixo.

– Ali está o botão da campainha, e você pode me chamar se ele ficar agitado. Estarei ali fora. – Ela faz uma pausa, estende a mão para mim e, então, desiste do gesto. – Por favor, não fique muito tempo... o estado dele é crítico.

– Obrigada.

Suas palavras me confundem, e fico satisfeita pelo relativo silêncio quando ela sai. A mão de Linus pesa na minha: enorme e firme, sabe bem o que é trabalho. Apalpo os calombos nas juntas dos dedos e os sulcos na palma. Apesar do estado atual de Linus, sua mão tem força, uma espécie de solidez que eu já conhecia, mas que nunca realmente admitira, nem para mim mesma. Quantas vezes ele engolfara minha mão com a sua, quando dava graças pelo jantar, ou colocara a mão sobre meu ombro para elogiar meu trabalho? E eu sempre me afastava.

– Clara? – A voz de Linus soa abafada pela máscara de oxigênio. Ele a puxa pescoço abaixo, fazendo uma careta ao se mover.

– Você está sentindo dor?

Linus consegue balançar a cabeça. Eu não chamo a enfermeira; em vez disso, aperto o botão, injetando mais narcóticos na sua corrente sanguínea. Não demora muito para a tensão no seu rosto diminuir.

– Você está bem – diz ele, com voz arrastada.

Eu balanço a cabeça, mordendo a bochecha para evitar as lágrimas.

– Pensei que estivessem mentindo, quando não vi você.

– Estive aqui o tempo todo. Não fale agora, você precisa descansar. – Tento repor a máscara de oxigênio, lembrando as recomendações do médico, mas ele não permite.

– Sempre amei você como se fosse minha.

– Tente descansar.

– Você precisa saber da verdade.

Linus é tomado por um espasmo, e seu peito se contrai a cada tosse curta. Eu recoloco a máscara no seu rosto, afastando a mão.

– Como ele está?

Mike surge à porta. No corredor atrás dele, Alma fala com Kate e o outro detetive de Whitman, abanando a cabeça com os braços cruzados em protesto.

– Não sei – digo.

Mike vai até o outro lado da cama. Examina o conjunto de instrumentos e volta sua atenção para o paciente, segurando a balaustrada de ferro. Linus aponta para a máscara, que Mike afasta. Eu protesto, mas os dois me ignoram. Linus pigarreia, mas o catarro fica preso. Ele volta a gorgolejar e olha para Mike.

– Eu sou o informante anônimo... não continuem culpando o reverendo Greene. Ele estava me protegendo das flechadas alheias. Nós confiávamos que vocês fariam o certo.

Mike aperta a grade da cama de Linus, enquanto escuta. Entre a multidão lá fora e a intensidade neste quarto, sinto meu peito apertar e inchar.

– Ele precisa descansar.

Linus faz um gesto para me calar, pigarreia outra vez, e eu sinto minha própria garganta se contrair.

– Há coisas que precisam ser ditas antes que eu morra, Clara.

– Você não está morrendo! – Meu sussurro é violento, e quase acredito que é suficiente para espantar as forças que tentam levar Linus.

Por um momento, sua voz volta a ser o que era, esplêndida e profunda, cheia de vida.

– Ah, estou morrendo sim. Eles estão todos aqui, esperando que eu mostre o caminho de casa. Já estão esperando há muito tempo.

– Linus. – A voz de Mike soa através dessa atmosfera peculiar que se formou em torno de nós. – Como você descobriu as coisas sobre a Flor Sem Nome?

Eu tento interromper.

– Mike, ele não sabe o que está dizendo. Já tomou uma porção de remédios.

Linus fala confusamente.

– A Trecie. Ela me contava tudo. E contou mais ainda, naquela noite em que você estava atrás dela na casa da Clara. Ela ficou o tempo todo na sala do velório, segurando a mão da Angel.

Mike balança a cabeça, e tento não pensar no rosto de Trecie transfixado pelo rosto morto de Angel.

— Por que você não nos contou isso, Linus? – insiste Mike. – Nós podíamos ter ajudado a Trecie.

Linus não responde. Tem o olhar fixado num ponto além dos pés da cama. Meu pensamento está longe, e penso nas outras crianças escondidas atrás da porta do apartamento de Trecie. Ninguém sabe quantas são, ninguém sentiria falta de alguma delas. Talvez outra tenha desaparecido há três anos, e ninguém tenha notado.

– Linus, você sabe quem fez isso com você? – diz Mike.

Linus abana a cabeça e depois começa novamente a tossir, fazendo força para sentar.

– Eles estão aqui agora. Estão vendo? Não veem todos ali? – Ele aponta para os pés da cama, enquanto chama os espectros. – Vocês estão bem, o Senhor está vindo para nos levar todos para casa.

– Não me abandone... Alma! – grito em desespero.

Ela entra correndo no quarto, empurrando Mike para o lado, e aperta o rosto do marido com mãos suplicantes.

– Linus?

– Tudo bem, Alma, vou ver o nosso Elton agora.

Ele sorri enquanto as lágrimas escorrem, formando manchas cada vez maiores de cada lado do travesseiro. Então o corpo entra em convulsão e a respiração fica fraca, quase imperceptível. Como se estivessem distantes, os aparelhos começam a soltar uivos de aviso, que logo viram gemidos altos e contínuos.

– Não! – Coloco minhas mãos no ponto onde seu coração devia bater, mas nada sinto.

No momento seguinte, ele fica silencioso. Apesar do barulho dos aparelhos, baixa no quarto um silêncio lúgubre. Há também uma imobilidade em Linus, os músculos da face relaxam enquanto os braços e as pernas se apoiam flacidamente na grade. Seu rosto... é o rosto dele, que eu conheço melhor do que o meu próprio... já virou uma casca. Em um instante, a vida que estava lá dentro se foi. É como se ele desaparecesse (*respire, um, dois, três*). Meu corpo reage sem que eu perceba e, de repente, minhas mãos estão sobre ele, pressionando o seu peito. Sinto uma costela quebrar embaixo de mim.

– Não me abandone!

– Alguém pode ajudar aqui? – grita Alma. Ela pega no botão da campainha para chamar a enfermeira, apertando várias vezes com o polegar. Pelo sistema de som, uma voz murmura uma resposta, mas Julie já está dentro do quarto, tirando o estetoscópio do pescoço. Imediatamente, ela recoloca a máscara de oxigênio em Linus e pega o botão para chamar a enfermeira.

– Estou com um Código Azul.

Alma e eu somos empurradas para a parede do fundo, enquanto Mike sai pela porta sem ser notado. Imediatamente, o quarto se enche de vultos que se debruçam sobre Linus. Eu viro de costas quando alguém enfia um tubo pela garganta dele. Enquanto Alma recita o Pai-Nosso, fico procurando pelo quarto as almas perdidas à espera de serem levadas para casa por Linus. Quero poder chamar Linus de volta.

## Capítulo Vinte e Três

A NEVE CAI EM RAJADAS SUAVES, COBRINDO O LEITO DE FOLHAS secas que quase obscurecem as janelas do porão. Há um leve sussurro quando os flocos se acomodam e, depois, nada. É como se aquilo abafasse todos os outros sons. O já pálido sol da tarde, despencando no céu, fica ainda mais mortiço devido às nuvens espessas; só alguns filetes de luz passam aqui e ali. Espero que alguém se alegre com a perspectiva de um Natal branco.

Faz muito frio aqui no meu local de trabalho, circundado pelo solo congelado. A cada esforço, a respiração se condensa à minha frente.

Retiro da gaveta um círio de marfim, que encaixo na mesa de trabalho. O pavio novo gasta vários fósforos antes de pegar, soltando faíscas em protesto. As vozes do *Réquiem* de Mozart aumentam, enquanto a chama se firma e brilha.

Apenas desta vez, não há máscara nem luvas entre minhas mãos e o cadáver. Eu viro para a pia e deixo a água correr, passando de vez em quando os dedos pelo jato. Finalmente, sinto que a temperatura está ficando morna depois do frio do primeiro esguicho. Mantenho a mão na água até começar a ficar realmente quente, com nuvens de vapor enchendo a cuba. São mil alfinetadas contra a dormência.

Trago para a pia uma tigela de aço inoxidável e o pedaço de sabão que roubei do banheiro principal. O marrom forte do sabonete já amarelou nas beiradas, onde as mãos de Linus desgastaram a maior parte. O sabão tem cheiro de manteiga de cacau e mel. É o cheiro dele. Levo a tigela de volta para a mesa de trabalho e começo a preparar a espuma com um pano de esfregar.

O legista, Richard, teve o cuidado de fechar as incisões com pontos delicados para combinar com a pele de Linus; um gesto de respeito pelo velho amigo. Claro que era necessária uma autópsia, devido à natureza da morte dele. No entanto, houve muitas concessões. Eu e Mike tivemos permissão de empurrar a maca com o corpo pelos meandros hospitalares reservados aos mortos: túneis subterrâneos escondidos dos outros pacientes e suas famílias, que levam a cavernas sombrias, onde os rabecões podem entrar e sair sem serem vistos. Mike cobriu minha mão com a sua, quando as duas se encontraram na alça da maca. Alma nos acompanhou, de queixo erguido e rosto sereno, seguida por Richard a discretos dez passos de distância. É proibido mexer nos corpos sob os cuidados do legista, mas mesmo assim ela abriu o zíper do saco e beijou os lábios do marido antes que o cadáver fosse colocado no carro. Ninguém ousou protestar. Eu fui seguindo Richard até o laboratório, a poucos quilômetros de distância dali, enquanto Mike levava Alma para casa. Prometi a ela que não deixaria Linus. A coisa não demorou muito.

A música faz uma pausa, antes que os suaves acordes de *Lacrymosa* fluam dentro do aposento. Minhas mãos começam pelos pés de Linus, girando à medida que sobem e deixando uma trilha de sabão atrás de si. Depois das pernas, passo o pano no estômago, começando pelo centro e formando uma espiral cada vez mais larga. Onde é molhada, a pele fica mais escura, puramente reluzente. Eu mergulho o pano de volta na água escaldante, esfregando o que restou do sabão. Depois lavo os braços e as rugas do pescoço de Linus. Hesito antes de lavar seu rosto. Os olhos já estão eternamente fechados para este mundo e seus habitantes. Eles nunca mais me pegarão ou me prenderão ali. Foi a coisa mais próxima de um abraço que eu permiti. Examino as dobras dos lábios de Linus, vendo como o lábio inferior se projeta para cima. O que teria me custado permitir um beijo no alto da minha cabeça ou no meu rosto? A maciez absoluta da pele de Linus, como a de um bebê, já está fora do meu alcance.

Olho para sua mão e me lembro da única concessão que fiz, ao segurar e apertar aquela mão dentro do carro. Como senti algo verdadeiro ali. Isso é tudo que tenho.

Sou delicada com o pano, cuidando para manter as sobrancelhas alinhadas e os cílios separados. Quando termino, puxo uma macia manta azul até o pescoço e prendo o pano sob os ombros.

A manta estava guardada no armário de roupa branca deles, tem o cheiro do detergente de Alma. Eu não permitiria que ela visse o marido coberto com um lençol de plástico comum.

    Nada mais tenho a fazer aqui. Ao longo dos anos, Linus falou de sua morte muitas vezes. Suas instruções eram sempre claras: ele queria o rosto sem maquiagem. Depois de vestido, ele será transferido para o caixão e levado para o andar de cima. Então, lembro que este será um dos últimos momentos em que estarei sozinha com ele.

    – Linus. – Eu me inclino sobre seu ouvido, com a voz soando estranha neste recinto. – Sei que você está morto e não pode me ouvir. Mas quero dizer...

    Levanto sua mão, que, endurecida pelo formol, mexe muito pouco, só o bastante para ser envolvida pela minha. Está inchada e fria, artificial. Nem parece a mão que eu recordo. Ficou igual à de todos os outros corpos que já preparei. Então solto a mão, antes que a memória deste toque supere a lembrança do toque de Linus em vida.

    Sussurro o resto. Há mais, só que as palavras são coisas complicadas. Asfixiam minha garganta e oprimem meu peito. Em vez disso, faço o que gostaria de ter feito enquanto Linus estava vivo. Inclino meu corpo sobre seu largo peito e deito minha cabeça ali. Logo meus braços se colocam em torno dele, abraçando esse homem que poderia ter sido meu pai, caso eu houvesse permitido. Se ele tivesse um colo, eu subiria nele. Permaneço assim até minhas costas doerem, até o silêncio onde seu coração deveria estar batendo ficar insuportável.

    Antes de passar o bálsamo sobre os seus lábios, inclino meu corpo para dar um beijo nele. Eu poderia ficar ali, perdendo o dia inteiro naquele rosto, mas Alma está esperando no andar superior. Ela quer vestir o marido sozinha. Depois, quando chegar a hora de carregar Linus para a sala do velório, vou levar todas as íris (*fé, sabedoria, coragem*) da minha estufa para lhe fazer um leito dentro do caixão. Só eu saberei que as flores-de-lis estão ali.

    Ao sair, telefono para Alma, mas ninguém atende, portanto, precisarei deixar um recado para ela, dizendo que o seu marido está pronto. Que palavras se usam para dizer uma coisa dessas?

Subo o lance de escada até a sala do velório. Quando abro a porta, vejo Alma sentada em uma das poltronas de couro, com os tornozelos cruzados e uma bolsa no colo. As costas estão eretas e o rosto, calmo.

– Ele está pronto? – Seu tom está firmemente ligado a este mundo, sólido e familiar.

– Está.

Ela se levanta, suspirando.

– Desliguei o telefone. Os repórteres não param de ligar, um atrás do outro. Também não estou atendendo a campainha da porta, por enquanto. Além do mais, isso aqui ficará cheio de gente nos próximos dias. Acho que não podemos assumir novos compromissos no momento.

– É claro – digo. Mas ela não se move.

– É uma pena, sabia? Tenho tanta carne no freezer. Ia assar um pedaço de cordeiro para o almoço de domingo, você sabe que era o preferido dele. Também não sei o que vou fazer com a geleia de hortelã. Parece um desperdício cozinhar para uma pessoa só.

Alma se cala, absorta em seus pensamentos. Vejo de repente a mulher que ela será nos próximos anos, com rugas profundas e a pele cor de mogno ficando cinzenta e flácida. Ela nunca me pareceu frágil. Lembro que ela me segurou no hospital quando minhas pernas começaram a ceder. Gostaria de saber como me aproximar dela. Mas não sei, claro que não sei, e em todo caso ela recupera a firmeza habitual.

– Clara, precisamos conversar.

Não há como dizer não a ela. Portanto, em vez disso, eu permaneço alguns passos a distância, esperando.

– Tudo isso agora é seu. – Ela estende e gira o braço livre. – A casa, o negócio... tudo.

– Alma...

– Eu continuarei morando aqui, pelo tempo que me couber. – Sua expressão é absolutamente serena. – Perdi todas as minhas irmãs ao longo dos anos e, claro, o meu filho. Agora, perdi o meu marido...

– Por favor, não...

Meu plano nunca foi esse. Na verdade, não tenho plano algum, mas não posso me responsabilizar por tudo isso que ela está me dando. Não sei como.

Alma se levanta e se aproxima de mim.

– Eu não espero que você cuide de mim, nem é isso que estou dizendo. Você é a família que me resta. Quer você saiba ou não, quer goste ou não, nós somos uma família *aqui*. – Ela agarra minha mão, que coloca com força sobre seu coração. – Preciso que você fique.

Eu desvio o olhar, a princípio, mas sou atraída de volta. É insuportável o desejo que sinto de me afastar, mas ela não me larga. Por várias vezes, meus olhos vagueiam ao léu.

– Olhe para mim, Clara.

Eu penso em Linus, que jaz um andar abaixo, e reúno toda a coragem que tenho. Encaro Alma e, quando faço isso, sinto alívio. Seu coração bate forte sob a minha mão, e há ternura nos seus olhos.

– Eu vou ficar – digo, finalmente.

Seus lábios tremem, esboçando um sorriso. Ela segura meu queixo com um olhar firme e, então, roça levemente em mim ao passar em direção à porta do porão, apertando a bolsa junto ao corpo.

## Capítulo Vinte e Quatro

Os brotos se desenvolveram, enquanto eu negligenciava o jardim; há pétalas em tom de rosa, escarlate e marfim, celebrando sua estreia feito confete. Embora eu não estivesse atendendo às suas necessidades (regar duas vezes ao dia e oito horas de exposição sob as lâmpadas de aquecimento solar), ainda assim minhas flores sobreviveram. Alegres papoulas (*consolo do além*) pairam como uma onda vermelha no fundo da estufa. Ali se misturam com os gladíolos (*prontidão-armada*), cujos caules empinados proclamam vida e esperança. Margaridas amarelas se apinham no canto, perdidas em si mesmas.

Lá fora, o céu mantém o cinza agourento, enquanto a neve continua a cair, afugentando o sol e, agora, a lua; apesar disso, as flores desabrocham. O meu jardim depende mais de mim nos meses frios. A semana passada viu o tempo virar, de um outono claro e fresco para um inverno quebradiço. Logo o solo estará duro demais para enterrar os mortos; os corpos ficarão empilhados até a primavera, quando a terra voltar a ser macia e tenra. É a eterna promessa do recomeço da vida, mas essa esperança já parece distante.

Seria insuportável deixar o corpo de Linus congelado no porão durante todo o inverno, junto com os que ainda virão. Ontem mesmo eu liguei para o zelador do Cemitério de Colebrook, enquanto esperava diante do laboratório do legista, e pedi que cavassem a sepultura antes que a neve caísse.

Fecho a porta da estufa atrás de mim. Alcançando o interruptor na parede, giro o controle até o mínimo. Assim, só as luzes embutidas nos degraus e, ao longo do caminho, irradiam uma luz branca.

Preciso me livrar da sujeira dos últimos dias e me banhar na beleza do meu jardim. Meus sapatos saem facilmente, junto com as meias de lã. Os ladrilhos estão mornos, quase quentes, junto à minha pele. Deixo cair o pulôver em cima das minhas coisas, solto o elástico que prende meu cabelo e desço para encontrar minhas flores. Cada passo é cuidadoso e deliberado, minhas juntas ainda estão enrijecidas devido ao frio do porão, e a preparação do cadáver de Linus me deixou inteiramente entorpecida. Quando desaboto a blusa, penso em Alma na casa ao lado, lutando para colocar a camisa nele. Tiro as calças e sei bem como é difícil vestir membros enrijecidos. Mas preciso afastar esses pensamentos.

Estou aqui para sentir a calidez e descobrir alguma aparência de ordem que, na verdade, não existe. Enfio o braço numa moita de ambrósia vermelha cobreada (*amor recuperado*) e encontro a torneira. Preciso fazer força para soltar a rosca, mas, finalmente, a água jorra dos espargidores. Ao levantar o rosto para receber a chuva, seguro com a mão em concha a parte superior de um lírio da tocha (*fogosa na vida*).

A água está fria, e o ar, abafado. Juntos, os dois alfinetam minha pele. O sutiã, a calcinha e o cabelo grudam em mim. Empurro para trás os fios que cobrem meus olhos, e minha visão capta algo maravilhoso. As margaridas estão crescendo. Vou até lá, maravilhada diante das pétalas fechadas das flores recém-nascidas, ainda tão perto do solo nos seus vasos de terracota, com os caules ainda escondidos sob a terra. Gotas de água se juntam e, então, escorrem sobre elas. Sinto o mesmo em mim. O cheiro do esterco molhado é familiar de várias maneiras.

Preciso de tempo para refletir. Tudo precisa parar, a fim de que eu possa permanecer aqui entre minhas flores, escutando e deixando os pensamentos vaguearem. Eu me abaixo até o piso de ladrilho e sinto sua dureza penetrar em mim. Torres de áster avultam, uma delas agarra a alça ao longo do meu ombro acariciando todo o meu pescoço. O perfume de marmelada e alfazema me acalma. Eu descanso meu rosto ali.

Será seguro chorar aqui.

Então ouço, na porta que dá para o pátio, uma batida tão forte que as janelas da estufa estremecem. Minhas pernas não conseguem se mover, e os olhos não conseguem piscar. Então vejo Mike abrindo a porta.

– Clara?

Ele não nota que estou sentada aqui, escondida no jardim, dissolvida nas coisas que me cercam, e translúcida como água. Fiquei invisível, como em tantas outras situações da minha vida.

Mike entra e fecha a porta, ignorando o chuvisco que vem dos canos no alto. Seus sapatos patinam nas poças.

– Clara?

Sua voz está mais alta agora. Subitamente, ele para e enfia a mão no bolso do casaco. Com um estalido, seu revólver aparece. Ele se abaixa atrás de um feixe de magnólias (*lembranças calorosas*) posto sobre uma bancada.

Mike segura a arma com ambas as mãos e vai andando de lado em direção à porta do meu quarto. É um homem que eu nunca vi: primitivo e capaz de violência. De certa forma, isso me tranquiliza. Ele se agacha rente ao chão ao se aproximar dos dois degraus na entrada da estufa, com a cabeça girando de um lado para o outro. Quando alcança a porta, eu saio do lugar onde estou.

– Mike.

Num átimo, ele gira e levanta, com o revólver apontado para mim. Já sinto uma bala perfurando meu peito. Espero o choque, pronta para cair.

– Jesus Cristo! – exclama Mike, abaixando as mãos e se curvando, ofegante. – Que diabo você está fazendo aí?

Eu deveria me sentir nua e me cobrir; espero ser tomada pelo pudor, já que meu corpo ficou visível através do algodão branco. Em vez disso, me sinto inesperadamente cheia de vida.

– Por que você está aqui?

Ele guarda o revólver e caminha em minha direção, enxugando a água do rosto.

– O seu rabecão estava lá fora, mas você não estava no porão e, quando toquei a campainha daqui, ninguém atendeu.

Dou um passo.

– E aí?

– Fiquei preocupado, depois do que aconteceu com o Linus. – Ele olha para meus seios e meu ventre. Depois baixa mais ainda o olhar. A água desce pelos vincos em torno dos seus olhos e nariz, alterando a expressão. Gotículas caem sobre seus lábios, escorrendo, antes que ele fale outra vez. – Eu não conseguia encontrar você.

Aceno com a cabeça. Ele parece forte. Seu paletó escurece sob o peso da água, e a camisa branca colada ao corpo mostra uma sequência de músculos à altura do estômago. Eu vislumbro um trecho de pele desnuda, com a insinuação de algo mais, algo indistinguível. Dou outro passo.

– Você está bem? – murmura ele.

Tudo que consigo fazer é abanar a cabeça. Uma parte de mim implora que eu cubra minha nudez, esconda as falhas expostas ao longo da minha cabeça, e crie outras. Mas não, eu não voltarei atrás. Continuo na direção de Mike, vendo seus olhos dardejarem em volta do cômodo e depois voltarem a mim.

Outro passo. A ponta do seu paletó roça meu umbigo. Eu arqueio o pescoço para conseguir ver o seu rosto.

– Você está bem? – sussurra ele junto aos meus lábios.

Continuo a abanar a cabeça, sentindo minha boca roçar na dele. Mike segura meu rosto e me imobiliza. Nós podíamos parar aqui. Eu podia me afastar e ir para o meu quarto. Ele sairia pela porta dos fundos. Eu poderia me aconchegar no meu robe. Em vez disso, encosto nele.

Tiro o seu paletó, que cai no chão com as mangas viradas pelo avesso. Dos milhares de botões que já desabotoei no meu trabalho, nenhum saiu com tanta facilidade quanto os da sua camisa. Então, vejo uma cruz celta, traçada com tinta dourada e vermelha, tingindo sua pele com uma intricada expressão de devoção. As linhas descem pelo peito de Mike, indo até a cintura. Eu passo meus dedos ali, traçando norte, sul, leste e oeste: pensamento, corpo, coração e alma. O estômago de Mike se contrai ao meu toque. Tão magro. Ele levanta meu queixo carinhosamente, e nós nos entreolhamos. Imagino que meu olhar seja tão certeiro quanto o seu. Quando ele interrompe isso, para baixar os olhos e desafivelar o cinturão com a arma, parece que o sol se põe. Meu corpo desfalece sobre o dele, procurando o seu calor.

Minhas mãos não são minhas, minhas mãos jamais segurariam um cinto de um homem, aflitas e impacientes para abrir a fivela, nem desabotoariam os botões da calça. Quando sinto seus dedos em mim, correndo desajeitadamente pelas minhas costas antes de abrir o fecho do sutiã, a urgência dentro de mim aumenta. A respiração de Mike é entrecortada, mas seus dedos são suaves sobre os meus quadris, quando engancham nos lados da minha calcinha. Ajoelhado à minha frente, ele vai deslizando a calcinha pelas minhas pernas até tirar tudo. Beija minhas coxas, encosta o rosto ali, aspira profundamente, e, então, fica de pé outra vez. Passa os dedos pelos meus cabelos, descobrindo minha vergonha. Cada um dos seus dedos acompanha os sulcos das feridas, com os olhos sempre fixos nos meus. Ele me puxa para mais perto.

Então meus braços rodeiam o seu pescoço, e ele me ergue sobre a beira da bancada de jardinagem. Está tenso e flexionado, duro embaixo de mim. Eu me enrosco em volta dele e enterro meu nariz no seu cabelo. Minha boca sente o gosto do seu pescoço: sal, suor e vida.

É algo frenético e impaciente, não há nem tempo nem desejo para refinamento, antes que tudo acabe. Quando Mike me põe no chão outra vez, sinto os músculos dos seus braços estremecerem. Ele se inclina sobre mim, ambos trêmulos. Ficamos assim, com meu ouvido contra o seu peito, até que o seu coração pare de martelar, voltando ao ritmo normal.

Mike levanta a cabeça, tomando meu rosto entre as mãos. Ergue minha boca em direção à sua, mas primeiro olha para mim, sondando, como se procurasse refúgio dentro de mim.

E então nos beijamos.

# Capítulo Vinte e Cinco

Sequei as suas roupas enquanto ele dormia. Depois passei o terno e pendurei tudo atrás da porta do meu quarto. Assim, elas poderão ser vistas por ele ao acordar. Se olho rapidamente, parece que há dois Mikes aqui.

Ele está esparramado de bruços, com uma canela desnuda fora das cobertas. Devido ao seu sono inquieto, os cantos bem presos dos meus lençóis se soltaram e o edredom parece afofado. Ele falou uma vez, como se estivesse sonhando, mas a única palavra que entendi foi "desculpe".

Depois... bem, depois da estufa, viemos para cá.

Com minha cabeça no seu ombro e nossos corpos enlaçados, encontramos refúgio no escuro. Ele só falou algo quando eu já estava quase adormecendo.

– Pedi que ela fizesse um aborto, mas ela não quis – disse ele. Como nada havia a responder, fiquei só ouvindo. – Sabe que cheguei até a rezar para ela perder o bebê? Cheguei a rezar.

Passados alguns minutos, sua respiração normalizou. *Ele está dormindo*, pensei.

– Acho que minhas preces foram atendidas.

Ficamos em silêncio depois disso, só abraçados durante a noite. Quando ele finalmente adormeceu, saí da cama. Fiquei sentada aqui nesta cadeira a maior parte da noite, flutuando entre sonhos vívidos e uma vigília surreal. Meus pensamentos giravam em torno de Linus, até que as lágrimas vieram. Houve tempo suficiente para enterrar o resto de mim antes do alvorecer.

Foi reconfortante olhar para Mike e ter tido essa noite única. Ele acordará logo e tudo acabará; a aurora está começando a surgir. Ouço seu ronco suave antes que ele se espreguice e vire. As tintas vermelhas e douradas cruzam o seu abdome, feito uma padronagem de traição. Não faz sentido me apegar a esse momento; não tenho expectativa alguma de que haja outros assim.

Já estou vestida desde cedo, há muito a fazer. O velório de Linus será daqui a três dias, exatamente na véspera de Natal. É tempo suficiente para que sua família, em Alabama, faça os preparativos para a viagem e passe o feriado aqui. Alma disse que não podia nem pensar em ter uma casa silenciosa na manhã de Natal. Mas eu preciso me preocupar com o agora.

Sem perceber, levanto e dou alguns passos até ficar ao lado de Mike. Então ajoelho. Ele dorme profundamente. Eu me permito cheirar seu cabelo, que cobre o pescoço. Como desejo tocar nele...

Em vez disso, sussurro:

– Quando eu estava no décimo ano, havia um menino que sentava à minha frente na aula de matemática. Eu não conhecia o garoto muito bem. Sabia que ele jogava hóquei e gostava de geometria, mas nós não conversávamos. Cada vez que passava alguma folha para trás, ele sorria para mim. Era só para ser simpático... ele não *gostava* de mim. Às vezes, quando entrava na sala, ele dizia "Oi, Clara", bem alto para os outros alunos ouvirem. Todo mundo gostava dele.

O ronco aumenta ainda mais e Mike se mexe, com os tenros lábios entreabertos. Não há perigo.

– Certa vez, quando a professora Witham estava no quadro-negro, ele me passou um bilhete contando que todas as crianças estavam assinando uma petição "Clara Marsh – Puta Número Um", mas ele se recusou a assinar. Até rasgou o papel. Ninguém questionou o ato dele. Eu guardei o bilhete durante todos esses anos.

Vejo os olhos de Mike se mexerem e aguardo que se abram. Antes disso, sento e sussurro:

– Você me faz lembrar dele.

Ele se vira antes de acordar, e então olha para mim.

– Clara.

Mike ergue o corpo, mas eu não quero me demorar nos caminhos que, ontem à noite, minhas mãos descobriram no seu corpo. Seus olhos são duas fendas, o rosto está inchado de sono, e o cabelo, sempre tão bem penteado, está teimosamente encrespado. Evito principalmente sua boca, que se suaviza quando ele me vê.

Procuro me concentrar na mesa de cabeceira atrás dele, fixando o olhar no exemplar de *Os diários de pedra*.

– Mike, temos de sair.

– Você já está vestida... Que horas são? – Ele se vira para minha mesa de cabeceira, onde brilha o relógio digital e, depois, para suas roupas que estão aguardando. O escudo que geralmente obscurece seus olhos retorna. – É, acho que já vou indo.

Ele fica em pé sem pudor algum, com as costas desnudas à minha frente, mas eu volto a focalizar o livro. A capa mostra um anjo de calcário com o rosto nas sombras e a cabeça coberta com uma coroa de louros (*vitória sobre a paixão*). Mike começa a vestir a calça com gestos rápidos. Seu cinto faz um barulho áspero a cada puxão.

– Eu preciso contar uma coisa que eu fiz – digo. – É sobre Trecie.

Ele para e se vira. Sua voz é calma quando fala.

– O que é?

Desvio os olhos do seu corpo, focalizando apenas o assunto. É um dilema que preciso enfrentar, um momento que exige toda a coragem que eu possa ter. Já perdi demais e preciso tentar.

– Há três dias, encontrei uma menina que eu acho que é irmã da Trecie. A semelhança é muito grande.

Mike relaxa o rosto e solta um suspiro contido. Depois, contorna a cama e se ajoelha à frente da minha cadeira, pegando minha mão, e sorrindo com bondade.

– Clara, existem uma porção de meninas parecidas com a Trecie. Cabelos castanhos e olhos castanhos são muito comuns.

– Tem mais.

Ele larga minha mão quando lhe conto sobre Amendoim, o chihuahua de Kelly, do tal namorado, e do que a vizinha grávida me contou sobre o sujeito intocável que aparece lá. Quando digo tudo isso, a expressão de Mike muda. O calor do seu olhar desaparece, e eu sinto um calafrio, mas ainda assim eu prossigo. Quando termino, ele se levanta, caminha até o cabide da porta e recomeça a se vestir, de costas para mim.

– Mike.

Ele não responde. Eu me obrigo a levantar e ir até ele, para tentar outra vez. Linus está morto e Trecie está em perigo. Embora consciente dos quilômetros que há entre nós, encosto nele.

– Mike.

— Por que você não me contou? — Seu rosto está inexpressivo. Ele já assumiu a fachada de detetive, mas ainda consigo enxergar o homem ali embaixo, com as camadas de dor e traição subindo à superfície. Fico pensando se minha própria máscara também é tão transparente para ele.

— Eu tentei. — A minha voz está baixa e posso sentir a raiva dos últimos dias fluir dentro de mim. — Mas você estava do outro lado da mesa do interrogatório.

Ele olha para mim durante alguns segundos, antes de pegar o celular. E, então, fico sem ar, tomada por uma percepção que deveria ter ficado clara dias atrás. Mas tanta coisa aconteceu em tão poucos dias. Eu precisava pensar, escutar meus pensamentos.

— Para quem você está ligando?

— Para Kate. Ela e eu vamos falar com a menina, para ver se ela tem alguma ligação com tudo isso.

— Não. — Agarro a mão dele e fecho rapidamente o celular, que atiro sobre a cama. — Você não pode contar para ninguém.

— Que diabo está fazendo? — Ele vai até a cama e pega o aparelho e reabre. Depois, começa a ligar.

— Mike, acho que o Victor é um policial — digo. Ele não me dá atenção e continua a segurar o celular no ouvido, que ouço tocar. Uma, duas, três vezes. Não posso deixar que mais alguma coisa aconteça com Trecie. — Não vou contar onde fica o apartamento. Vocês não terão a minha ajuda para encontrar a menina.

Mike estuda meu rosto e meu cabelo. Depois, fecha o celular, passando a mão pela boca.

— Clara, foi o seu cabelo que encontrei na estufa na noite em que a Trecie sumiu?

Não há mais o que dizer, ela precisa de mim.

— Eu não sei. Acho que não.

Mike passa o polegar pelo meu queixo e balança a cabeça.

— Tá legal. Olhe, sei que você quer ajudar essas crianças...

— Mike, você e eu vamos lá. Você pode falar com a menina, mas só você. Há uma chance de encontrar a Trecie, mas precisamos fazer isso antes de contar para alguém.

— A Kate é minha supervisora. Eu preciso contar a ela. Vamos deixar que a corregedoria descubra quem é esse Victor, se for mesmo um policial.

Tenho vontade de bater nele, só para fazer Mike sentir o gosto do meu medo.

— A vizinha contou que chamou a polícia há alguns anos, e que o policial que apareceu expulsou o namorado. Disse também que o namorado novo é intocável.

Ele alisa meu braço.

— A Kate e eu vamos até lá para conversar com a família. Conheço todo o pessoal do departamento, e ninguém se chama Victor. O Ryan pode voltar à Sociedade Protetora dos Animais para descobrir quem adotou o cachorro de Charlie Kelly e o Jorge pode investigar no distrito policial sobre esse tal de Victor.

— Não.

Ele deveria compreender.

— Clara, confie em mim.

Mike se aproxima, mas eu afasto seus braços.

— Mike, quem sabia que Linus era o informante anônimo?

— A Kate, eu, o Jorge, o Ryan e os detetives de Whitman. Todos que investigavam o caso.

— Alguém ligou para a imprensa?

Estou enjoada, a bílis sobe pelo esôfago e chega à minha garganta, onde para e arde.

— Não. — Mike faz uma careta ao dizer isso. — Ainda não perceberam a conexão entre ele e o caso da Flor Sem Nome. Mas é só uma questão de tempo, até isso vazar.

Provavelmente Mike vê em mim, nesse instante, a percepção que tive há alguns minutos. Ele bate com as palmas na testa e começa a andar pelo quarto.

— Merda!

Sua agitação acalma o meu pânico. Agora ele está comigo.

— O Linus não foi morto por algum justiceiro, Mike.

Ele se aproxima, segura meus braços e me abraça.

— Eu sei.

Não tem importância se ele me ouve sussurrar o nome no seu peito, mas. Ele não precisa, pois já sabe.

— O Victor.

# Capítulo Vinte e Seis

Estamos na escada de metal. Os passos de Mike não são abafados pelo carpete puído que cobre os degraus e ecoam pelo poço da escada. Os meus são silenciosos e inseguros. Quando chegamos ao andar da menina, involuntariamente procuro o buraco do rato. Não me desaponto. Há uma ratoeira diante da abertura, com o aro de metal apertando firmemente o pescoço marrom do roedor. As patas estão estiradas para os lados, e o rabo preto, esticado. Se Mike percebe, não comenta.

Antes de vir, nós demos uma parada na sua casa para ele trocar de roupa. Tendo passado por lá muitas vezes, eu já sabia como era modesta. Ele me convidou para entrar, mas fiquei esperando no carro. Já era suficiente ver a inscrição *Casal Sullivan* pintada com letra manuscrita na caixa do correio. Ele não demorou a voltar. Quando colocou as mãos no volante e se virou para sair da alameda da garagem, eu reparei na marca branca onde estivera a aliança. Ao me ver olhando para aquele ponto, ele passou os dedos no meu queixo e tentou sorrir.

Mike abre a porta que dá para o patamar e passamos pelo corredor, que já se tornou familiar para mim. Embora eu não sinta mais o cheiro de Eileen Craig, ainda há algo estranho neste lugar: a porta da mulher grávida enfeitada com uma guirlanda de alumínio e um grande recorte de Papai Noel, desfigurado por uma genitália desenhada com marcador preto; mais além, abandonada, uma sacola plástica cheia de latas quase vazias de comida para gato; e, mais adiante ainda, o som do ganido de um cachorrinho.

Aponto a porta para Mike, quando chegamos ao apartamento da menina. Há o barulho habitual da televisão, vozes de crianças em discussões entrecortadas, e, claro, latidos. Mike para e inclina a cabeça, antes de levantar o punho para bater.

A mesma menina atende, encostando o corpo pequeno na abertura da porta. O cachorrinho está no chão, agachado entre as pernas dela.

Tal e qual o animal, eu me escondo atrás de Mike, esperando que a garota não me veja. Ele se tensiona e depois estica o pescoço, esquadrinhando o aposento antes de olhar para a menina.

– Olá.

Ela não responde, só lança para ele um olhar vazio. É uma expressão que só vi nos adultos mais empedernidos. Ela não parece notar o cachorro arranhando as suas panturrilhas.

– Sua mãe está em casa? – Mike usa um tom gentil e alegre, mas percebo o seu esforço, como se estivesse tentando conter uma tosse. A menina simplesmente abana a cabeça. Qualquer dúvida ou desconfiança que eu ainda tivesse desaparece quando meu olhar desvia de Mike e capta a menina me fitando. Suas narinas tremem quando ela se inclina para pegar o cachorro nos braços magros.

Mike tira a carteira e mostra para ela o distintivo.

– Meu nome é Mike. Sou amigo do Victor. Podemos entrar?

Tudo na menina parece se afrouxar, antes que ela abra a porta e nos deixe entrar. E ali estão as outras crianças que, antes, eu só conseguira ouvir: três meninos magros hipnotizados pela televisão e uma irmã que não pode ter mais do que seis anos. Ela tem os mesmos cabelos compridos da mais velha, mas seu rosto é diferente: mais moreno, com um nariz largo, e tem uma marca de nascença vermelha, grande feito uma moeda, na bochecha esquerda. Eles não se voltam quando entramos. No centro do seu semicírculo, há uma grande garrafa de soda cheia de água e uma tigela com um resto de pipoca. Na bancada da cozinha, caixas de cereais estão ao lado de pratos com comida ressecada; espalhados por todos os cantos, frascos vazios de remédio para tosse.

Na pequena cozinha, vejo o lixo transbordando da lata e espalhado pelo chão. Vários botijões de gás estão acumulados num canto onde deveria haver uma geladeira. Minha respiração se acelera quando um dos meninos sussurra para um dos mais novos; seus longos cachos se tocam quando eles se inclinam um para o outro, e não posso deixar de pensar no crescimento dos girassóis, se torcendo para encarar um ao outro enquanto procuram a luz. Os meninos parecem ter três e quatro anos. Todos são muito novos, um deles ainda usa fraldas. As costas dos três parecem curvadas e caídas, como se a vida já lhes tivesse sugado tudo. Não há sinal de Trecie.

Sinto que vou entrar em pânico e me viro para Mike. Mas ele já voltou a ser policial outra vez, com a boca insinuante. Sorri para a menina, embora seus olhos lampejem, como aprendi a conhecer. A garota não repara, com o rosto escondido enquanto arrulha no ouvido do cachorro.

– Tudo bem, Amendoim, ele pode entrar.

– Então aqui só tem você e as outras crianças? – Mike balança a cabeça na direção delas e aproveita para examinar a sala. Sigo seu olhar e reparo que não há quadros nas paredes. O único móvel é um sofá sujo, sem um dos pés e com o estofo saltando de vários furos nos braços. Vejo uma porta que suponho ser do banheiro. Não há sinais do Natal nestas paredes.

– Só.

Mike se agacha diante da menina.

– Você se importa se eu afagar o cachorro?

Ela resmunga dentro da pelagem, com a voz falhando.

– Ela está aqui para levar o Amendoim?

– Não, o Amendoim é o seu cachorro. Viemos aqui para conversar com você. Qual é o seu nome?

A menina abraça o cachorro mais ainda, até que ele gane e morde-lhe a mão. Ela solta o bicho e fica olhando enquanto ele escapole pela porta em direção aos quartos, antes de responder.

– Adalia.

Não pode haver mais dúvidas: é ela, a irmã de Trecie. Não consigo me conter.

– Onde está a Trecie?

A menina se paralisa, arregalando os olhos claros. Mike me cala com um aceno.

– Adalia. É um nome bonito. – Ele olha para a televisão, que exibe um frenético desenho animado. – Ei, por que não conversamos lá atrás, onde há menos barulho?

– Ah, entendi. Você é um dos amigos de Victor – diz a menina. Seu corpo se tensiona, com os olhos cintilantes e a voz mais alta, enquanto ela aponta para a irmã. – Mas a Inez fica aqui.
– Claro – diz Mike. – Como você quiser.
Num instante, Adalia retoma a expressão estoica. Seus ombros se curvam, e qualquer sinal de vida que houvesse nos olhos some outra vez.
– É aqui atrás – diz ela.
Não consigo imaginar o que nos aguarda, mas então me lembro da grávida que me falou da fila de homens que vêm aqui à procura de drogas. A minha cabeça procura compreender essa criança, com apenas dez anos, transformada em joguete nas mãos dos adultos com quem convive.
Quando entramos no quarto, porém, não vemos mesa com balanças ou saquinhos bem amarrados. Não há bicos de gás, frascos, vasos com pés de maconha sob lâmpadas fortes, nem agulhas... cenas que já vi ao recolher cadáveres de clientes mortos por overdose ao longo dos anos. Não, é só um quarto simples, com um colchão sujo, um lençol molambento e uma janela com a persiana abaixada. E então eu vejo na parede o desenho infantil rabiscado a creiom. É o mesmo do vídeo.
Mike também vê.
– Meu bem, onde está a sua irmã, a Trecie? – ele pergunta.
Adalia não responde. Simplesmente desvia o olhar, e eu me lembro do momento em que Linus morreu, quando o seu corpo virou uma casca. Sei para onde esta menina foi. Eu costumava me esconder no mesmo lugar, sempre que os amigos de Tom me visitavam na biblioteca.
Quando ela fala, sua voz é tão vazia quanto seus olhos.
– Acabe logo.
Mike parece enjoado, como se sentisse o cheiro de algo amargo e sujo. Ele sai rapidamente, entra no outro quarto e depois reaparece no corredor, acenando para mim. Eu vou atrás dele em direção à porta da frente. Os meninos parecem não notar, quando passamos por eles.

– Há um laboratório de metadona no outro quarto. – Mike range os dentes quando fala. – Não vi sinal da Trecie. Preciso ligar para a Kate.

– Eu sei. – Confiro se Adalia nos seguiu, mas só vejo Inez e os meninos.

– Adalia se encaixa na descrição das outras meninas no vídeo, mas é mais velha. Talvez haja outra irmã.

Não tenho controle sobre minha mão, que já está na maçaneta. Mike não repara, procurando o celular no bolso do paletó. Minha mão está girando a maçaneta e minhas pernas querem me levar para longe deste lugar. Eu podia fugir e adotar a identidade de Eileen Craig. Podíamos recomeçar a vida numa cidade bastante grande para que Eileen e eu virássemos uma só, casadas com uma nova vida. Um lugar onde ninguém precise de mim, nem acredite que eu posso, deveria ou poderia ser alguém que não sou.

Mike segura o celular no ouvido, ainda falando comigo.

– Ninguém pode entrar ou sair, mas também não toque em coisa alguma. Isto é uma cena de crime.

O cachorro vem correndo do quarto. Mike se inclina, apanha e me entrega o animal. Depois estende a mão por trás de mim e tranca a porta. Como os outros no apartamento, agora estou encarcerada neste mundo sem saída.

# Capítulo Vinte e Sete

O CACHORRO ARRANHA AS TÁBUAS DO ASSOALHO COM AS UNHAS, ao correr para a tigela de cerâmica que Alma encheu com os restos do ensopado de carne.

– Sobras da semana passada – disse ela, deixando a insinuação suspensa entre nós.

Na semana passada, tudo era diferente. E agora... estou abrigando esse cachorro até Mike descobrir se os pais adotivos de Adalia aceitam um animal de estimação.

Vim à cozinha de Alma sabendo que ela teria comida, algo que sustentasse Amendoim até que eu pudesse ir ao mercado. O que eu não esperava, mas deveria ter esperado, era sua necessidade de também me prender com uma refeição. Ela me obriga a sentar à mesa da cozinha com uma xícara de chá. A única pista de que algo está errado é a sua roupa: é o mesmo agasalho azul que ela usou ontem.

– O irmão do Linus chegará com a família amanhã. O reverendo Greene disse que vai esperar por eles no aeroporto. – Alma mexe a costeleta de porco na frigideira e enfia o garfo nas batatas numa pequena panela, cujo caldo já está quase transbordando. É coisa demais para o almoço. – Hoje de manhã, troquei a roupa de cama e limpei o banheiro de hóspedes. Lá embaixo, está tudo pronto para a cerimônia?

Eu balanço a cabeça, pensando nos arranjos de flores que superlotam as salas de velório, muitos precisaram ser mandados para os aposentos deles... quer dizer, dela. O reverendo Greene disse que os boatos já começaram a circular entre os fiéis, mas a mídia ainda não percebeu a ligação entre ele, Linus e o caso de Flor Sem Nome. No entanto, isso é mera questão de tempo.

Quando o telefone toca, só Amendoim estremece.

– É melhor deixar cair na secretária – diz Alma.

Os repórteres continuam a ligar, aguardando fora da casa; de vez em quando, batem à porta. Nós não atendemos. Um assassinato em Whitman é um acontecimento tão raro, que é de se esperar que eles permaneçam aqui até o enterro, ou mais tempo ainda.

– Quanto tempo você espera ficar com ele? – pergunta Alma, vendo Amendoim fuçar a vasilha já vazia junto à parede. Ela joga um pedaço de bacon na vasilha dele, antes de fatiar o resto sobre as batatas.

– Não muito.

Não falo do antigo dono do Amendoim, Kelly, nem que Adalia implorou para ficar com o cachorro, chorando e espernando enquanto Mike colocava o bicho em meus braços. Também não digo que ele garantiu à menina que aquilo seria por pouco tempo, só até que ela e os irmãos fossem acomodados pela polícia e pelo Serviço de Proteção à Criança. Tampouco conto que Adalia se retraiu, encasulada sob camadas de um silêncio impenetrável. Sofrendo devido à própria perda, Alma já ouvira mais do que o suficiente sobre o estado de Adalia e seus irmãos.

– Aquelas pobres crianças... não seria ótimo se nós pudéssemos ser seus pais adotivos? Eu tenho todos estes quartos, e agora estou sozinha – diz ela, apanhando dois pratos e ficando de costas para mim. Depois pega as facas e os guardanapos, enquanto continua, sem olhar para mim: – Já pensou? Você podia trazer suas coisas para cá e ocupar o quarto de hóspedes. As crianças podiam dividir os outros quartos.

Duvido que Alma conseguisse reunir forças para desocupar o quarto de Elton.

Ela coloca um copo de água no meu lugar à mesa e para à minha frente, enquanto sua voz adquire um tom frenético.

– Eu podia tomar conta delas enquanto você estivesse trabalhando. Podia cozinhar refeições apropriadas para elas. Nós podíamos cuidar delas juntas.

O silêncio é minha resposta.

Alma vira para o forno, enrijecendo as costas ao amassar as batatas.

– Nenhuma delas falou uma palavra sobre a irmã?

Como explicar as quatro crianças catatônicas presas à televisão, a mudez de Adalia e a angustiante ausência de Trecie?

– Nada.

Pego minha xícara de chá e, enquanto tomo um gole, começo a digerir as palavras de Alma, que pareciam muito formais e dissimuladas. Havia algo fora do tom ali.

– Alma? – digo, olhando para ela e procurando me concentrar. Se eu conseguir traduzir seus gestos, sei que descobrirei mais do que ela pretende revelar. – Você sabia do Linus e da Trecie? Sabia que ela brincava aqui? Antes, quero dizer?

A mão de Alma se imobiliza sobre a panela.

– Ele estava sob o efeito de muitos analgésicos, Clara, quando falou aquilo. Um trauma assim pode causar confusão na cabeça de um homem.

Um tremor cresce dentro de mim, e eu recoloco a xícara no lugar antes de queimar o colo.

– Naquela noite em que procurávamos por ela, quando todos estávamos sentados a esta mesa, você sabia que a Trecie estava aqui? O Linus deve ter contado isso a você.

Alma golpeia a panela com o batedor, respingando purê de batata no azulejo da parede.

– Eu nunca vi a garota.

Eu me agacho para prender a coleira em Amendoim, que tenta recuar. Sentindo falta de ar, percebo a terra girando livremente sob meus pés. Quando me levanto, preciso me apoiar numa cadeira.

– Você sabia do Linus, e de tudo. Por que não me contou?

Alma vira depressa, com o batedor ainda na mão e os lábios retorcidos de fúria. De repente, me lembro da minha avó. Ela fala com o peito arquejando.

– Porque era antinatural. Porque você não entenderia. Nem tentar você quer.

– Por favor...

Minha voz, porém, é engolida pelo horror crescente que estrangula minha garganta. Em vez disso, tento me preencher com a imagem de Alma; preciso ver a mulher que pensei que ela fosse. Preciso achar essa pessoa outra vez.

– Alma, conte para mim.

– Eles chamariam meu marido de tarado, ele seria preso, e eu não queria isso. Ele não era, não é um tarado. Era um homem de

Deus, que via o mundo de modo diferente. Você sabe disso. Você sabe que o Linus era um homem bom.

O corpo de Alma treme, e o batedor vibra na sua mão erguida. Eu perscruto seus olhos, que parecem turvados por nuvens tempestuosas.

– *Antinatural?* Do que você está falando? – O cachorro começa a choramingar nos meus braços.

– Pare com isso, Clara. Já chega dessa bobagem. Você própria viu a Trecie, viu onde ela estava, e viu o que ela *fazia* aqui. Abra os olhos para o que vem acontecendo bem à sua frente.

Ela já não consegue conter as lágrimas, mas eu estou enjoada demais para isso. Parto apressadamente pelo corredor, puxando a coleira com força excessiva. Ouço o cachorro ganir ao tropeçar nos últimos degraus. Chegamos finalmente à porta dos fundos, e eu escuto a janela da cozinha ser aberta lá em cima.

Com voz trêmula, Alma grita:

– O Linus é um homem bom!

Corro pelo estacionamento para o chalé, arrastando Amendoim até ser forçada a abaixar e botar o cão no colo. Sei que Alma não está me seguindo, mas ainda assim suas palavras me acossam. Abro a porta do pátio, que fecho com força atrás de mim, correndo o ferrolho. Quando o celular toca dentro do meu bolso, eu e Amendoim nos assustamos.

É Mike.

– Como está o filhote?

O cachorrinho treme nos meus braços, e fico pensando na sua vida: os traumas vivenciados e os horrores testemunhados. Ergo o bicho até o queixo, e não afasto sua boca quando ele lambe minha orelha.

– Está ótimo. Alguma notícia da Trecie?

– Não. – Pelo peso das poucas palavras de Mike, parece que cada um desses dias foi uma década em sua vida. – A Adalia está com a Kate e um psiquiatra do Hospital McLean, mas ela está absolutamente fechada.

Eu continuo vendo o rosto de Alma e ouvindo suas palavras, mas finjo estar atenta a esta conversa. Se pensar em qualquer dessas circunstâncias, ambas bastante horríveis para serem compreendidas completamente, eu afundarei e desaparecerei para sempre.

– E a Inez e os meninos?

Mike suspira.

– Pelo que o psiquiatra falou, eles passaram tanto tempo isolados que desenvolveram uma linguagem própria. Aprenderam alguma coisa vendo televisão, mas não conseguem manter uma conversa com gente de fora.

Há uma pausa, e eu fico aguardando alguma coisa, uma onda de esperança que nasça das cinzas. Em vez disso, Mike diz:

– Eu estava pensando em visitar você depois do trabalho e levar alguma coisa para jantar.

É tarde demais para mim. Tudo tem vindo muito tarde.

– Acho que não dá. A Alma precisa de ajuda para aprontar o velório.

– Está bem. Talvez amanhã.

Não posso começar a contemplar um amanhã.

– Adeus, Mike.

Desligo o telefone e ponho no chão o cachorro, que corre até um canto da cozinha. Lá olha para mim, desamparado e indeciso. Depois defeca no chão.

Enquanto o bicho está agachado, ando até o corredor e vasculho o armário de roupa branca. Entre toalhas e sabonetes, guardo as minhas malas aqui. Puxo três malas pretas ordinárias e sinto as etiquetas ainda presas nas alças. Essas são todas as lembranças que marcam minha vida em Slatersville. Eu passo o dedo ali, lendo as letras desbotadas, com a data ainda legível, e penso na vida que acreditei ter abandonado por lá.

É tempo de recomeçar, desta vez, numa cidade grande, ou talvez, numa fazenda no oeste, trabalhando com os invisíveis que flutuam entre este mundo e um outro além da fronteira. Não falaremos a mesma língua, nem precisaremos compartilhar nossas vidas ou almas. Posso alugar uma cabana perto dos pomares, um lugar meu, só com marmotas e falcões como companhia. É tempo de ficar sozinha novamente. Desta vez, eu quero isso. Um último velório. Devo isso a Linus e depois partirei mais uma vez.

Como se tal coisa fosse possível.

# Capítulo Vinte e Oito

O lar adotivo de Adalia é um belo rancho em vários níveis, com telhas marrons e persianas em tom vermelho vivo. Há uma coroa de sempre-vivas pendurada na porta da frente com um laço carmim e um graveto de azevinho de plástico preso na ramagem, num ângulo elegante. Um jovial boneco de neve inflável, com a fiação elétrica enterrada sob várias polegadas de neve, acena para nós quando eu avanço carregando Amendoim pela trilha de cimento coberta de sal. O cão estremece ao sentir a ventania e afunda ainda mais no meu casaco.

Através da janela curva, posso ver Mike conversando com uma mulher ao lado de uma árvore de Natal enfeitada com luzes multicoloridas. Roliça e loura, ela usa um suéter vermelho com uma estampa alegre. Penso que, quando eu chegar mais perto, aqueles borrões coloridos revelarão ser uma árvore de Natal cercada por um monte de generosos presentes, todos cuidadosamente amarrados com lindos laços de fita. Ela me vê antes que eu toque a campainha.

– Entre, entre!

Ela não é uma mulher bonita. Suas bochechas são avermelhadas e gordas, os olhos parecem ampliados e instáveis atrás das lentes grossas. Embora seus lábios estejam rachados pelo frio, isso não impede um sorriso amável. Ela rescende a talco e alvejante. Quando limpo minhas botas no patamar do primeiro nível, percebo Mike olhando para mim pela balaustrada de ferro batido no nível superior.

– Vejo que você trouxe o filhote – diz a mulher. Ela avança para afagar o cachorro encolhido no meu peito, mas eu me viro de lado. O seu sorriso vacila por um momento. – Meu nome é Janey Conyers. Sou a mãe adotiva de Adalia, pelo menos por enquanto. Você conhece o detetive Sullivan?

Ela me indica o andar principal. Subo os degraus à sua frente, e paro diante de Mike. A sala de visita é despojada, com um sofá e um divã azuis, posicionados de frente para a lareira de tijolos e a árvore de Natal embaixo da janela. A sala de jantar, ao lado, é simples: papel de parede xadrez em azul e amarelo, com cortinas no mesmo tom. Amendoim põe a cabeça para fora do meu casaco, enquanto Mike faz cócegas na sua cabeça.

– Oi, obrigado por vir tão rápido.

Aperto junto ao corpo o cachorro, que se aninha na minha gola. Não foi surpresa quando ele pulou para minha cama durante a noite, tentando dormir comigo. Muitas vezes o coloquei de volta no chão.

Os dedos de Mike roçam na minha blusa, quando ele acaricia as costas do cachorro. Eu me viro para que ele não possa me tocar.

– Como ela está? – pergunto.

Mike começa a falar, mas a mulher intervém.

– Pobre ovelhinha, ela não disse uma palavra nem comeu desde que chegou aqui ontem à noite. Meu marido e eu estamos insistindo com o Serviço de Proteção às Crianças para ficarmos também com os irmãos e as irmãs. Já nos deixaram fazer isso no passado. Ele foi agora comprar presentes para os pequeninos. É uma bênção que ainda sobrem dois dias para fazer compras.

Eu ignoro a mulher e seu otimismo animador.

– Ela disse alguma coisa sobre a Trecie?

Mike apenas abana a cabeça.

– Precisamos esperar que a crise da mãe termine. Ela foi encontrada por nós hoje cedo, numa fábrica abandonada na rua principal.

– Ah, meu Deus – diz Janey, esticando o pulôver natalino até os quadris. – O que essas pobres crianças têm passado? Se eu pudesse fazer com que ela comesse alguma coisa...

Ela lança um olhar pelo corredor em direção aos quartos. Mike balança a cabeça com um rosto cansado e pálido. No entanto, quando vira para mim, mostra algo mais, algo que ainda não vi: um sorriso para mim. Quisera eu poder retribuir. Na minha mente, surge a imagem dele percorrendo minha estufa, apontando o revólver para mim, e, então, o que aconteceu depois. Até amanhã, farei o que puder para achar Trecie e participar do velório de Linus, pois devo isso a eles. Mas depois vou embora.

– Quanto tempo até a mãe poder falar? – O cachorro suspira nos meus braços e enfia ainda mais o focinho sob minha axila.

– O exame de sangue mostra que ela tem heroína e metafetamina no organismo, então vai levar algumas horas até ficar coerente o bastante para responder às perguntas. Ela é conhecida da polícia, já foi presa há uns quatro anos por posse de drogas e prostituição. Nada desde então. Os vizinhos disseram que ela deixava as crianças sozinhas por vários dias.

– Puxa vida – diz Janey, lambendo os lábios e virando para Mike. – Que tal umas panquecas? Você acha que ela comeria panquecas?

Mike coloca a mão no braço da mulher.

– Acho que ela vai adorar.

– E pedaços de presunto também. Eu estava guardando isso para o Natal, mas temos muito que agradecer por esta manhã, não temos? Só um minuto – diz Janey, indo para a cozinha e levando todo o nosso sentimento de esperança.

– A mãe não vai falar, vai? – pergunto para Mike.

Ele se afasta e olha pela janela.

– Vai sair do transe dentro de algumas horas.

– Mike.

A ruga que se forma nas suas sobrancelhas me diz tudo. Ele vira para mim.

– Faremos o melhor possível. Não se preocupe, vamos resolver isso.

– Você perguntou ao Ryan sobre o Amendoim?

– Ele disse que deixou o cachorro na Sociedade Protetora dos Animais de Brockon, depois que saiu da casa de Charlie. Mandei que ele voltasse ao abrigo ontem, e o diretor falou que abateram o animal uma semana depois. Parece que o nome é só coincidência. Na verdade, nem foi uma surpresa.

– E o Jorge? Ele encontrou o policial chamado Victor?

Mike tenta me abraçar, mas eu dou um passo para trás.

– Clara, estamos fazendo tudo que é possível. Nós vamos encontrar a Trecie.

Aperto mais o cachorro, que arranha meu braço até eu afrouxar o abraço.

– Quero falar com ela. Quero falar com a Adalia.

– Clara, por que não descansa um pouco? Você teve uma semana difícil. Deixe o nosso trabalho ser feito. Talvez eu possa passar na sua casa mais tarde.

– Ela falará comigo.

Ele cruza os braços e olha para mim.

– Eu preciso participar disso.

Hesito, mas não há outro jeito. Balanço a cabeça, e avançamos juntos pelo corredor estreito. Mike bate à última porta, antes de torcer a maçaneta. Adalia está sentada na cama, com as pernas dobradas embaixo do corpo, de costas para nós. Se a sua vida não fosse tão sofrida, eu podia até pensar que ela estava feliz neste quarto. Embora pequeno, tem uma cama branca coberta por uma alegre manta de lã em tom pastel. Há um jogo de escrivaninha e cômoda e, na parede, o pôster de um gatinho se equilibrando em um galho de árvore, com as palavras SEGURA AS PONTAS! rabiscadas embaixo.

Adalia permanece imóvel ao entrarmos. Seu cabelo está emaranhado, embora ela esteja usando roupas mais novas: um conjunto de malha azul. Suponho que um banho teria sido traumático demais, devido às últimas vinte e quatro horas.

Mike faz um gesto para mim, e eu avanço até Adalia. O único sinal de vida é quando ela vê Amendoim, embora eu não possa dizer se é fúria ou desespero que cruza seu rosto. O cachorro luta contra mim, quando vê a menina. Meus dedos apertam o seu corpo, impedindo que ele se solte.

– Oi, Adalia. Lembra de mim?

Não pode haver engano agora, suas narinas se dilatam.

– Você gosta de gatos? – Aponto para o pôster do gato e, em seguida, volto a passar a mão na cabeça de Amendoim, alisando suas orelhas aveludadas. – Ou só de cachorros?

Ela esgaravata a costura da colcha da cama, puxando um fio.

– Eu gosto de cachorros – digo. – Eu achava que algum dia teria um gato, mas agora acho que gosto mais de cachorros.

Ela levanta a cabeça e olha, alternadamente, para Amendoim e para mim. No meio do quarto, vejo Mike deslocar o peso do corpo de um pé para o outro. Engulo o vômito que me sobe à garganta.

– O Amendoim adora aconchego. Ele dormiu comigo na noite passada, sabia? Acho que ele gosta da minha casa.

Os olhos de Adalia começam a marejar. Depois de alguns segundos, eu falo outra vez:

– Onde está a Trecie?

A menina olha para mim. Uma depois da outra, as lágrimas vão rolando pelo seu rosto, até que os lábios tremem e o corpo começa a sacudir.

– Clara, já chega. – Mike é fraco demais para fazer isso, então é preciso que eu continue.

– Se você quer o seu cachorro de volta, precisa me contar onde está a Trecie.

Mike atravessa o quarto para ficar entre nós. Adalia já está soluçando, e cada gemido seu perfura o vestígio de vida que ainda me resta. Ele aponta para a porta, sussurrando com aspereza:

– Saia!

– Vamos, Amendoim. – Começo a andar para a porta, mas Adalia pula da cama.

– Ele foi embora com ela.

– Quando? – pergunto, cobrindo a cabeça do cachorro, que começa a gemer sob meu toque.

Adalia desaba sobre a cama, chorando com as pernas encolhidas. Chupa o polegar de uma das mãos e esfrega a orelha com a outra. Mike senta perto dela, murmurando seguidamente:

– Está tudo bem, está tudo bem.

Mas não está, e nunca estará. Quando ele olha para mim, não desvio o olhar.

– Ele bateu muito nela e foi embora com ela. Não sei para onde – diz Adalia.

– Foi o Victor, meu bem? – pergunta Mike. Ela só consegue balançar a cabeça. Ele afasta o cabelo do rosto dela. – Quando foi que isso aconteceu?

Adalia não responde. Seus olhos ficaram vítreos outra vez, como estavam no dia anterior. Sua boca envolve o polegar, que ela começa a chupar ruidosamente. Seus dedos já esfolaram o ponto em que o lóbulo encontra o lado da cabeça. Eu sento ao seu lado e abro o casaco. Amendoim salta a curta distância entre os meus braços e a cama, lambendo a umidade no rosto da menina. Ela finalmente tira a mão do ouvido para afagar hesitantemente o cachorro que deita ali ao lado, enfiando o focinho sob o queixo dela.

Eu me afasto do quarto, lutando contra a vontade de sair correndo, quando ouço os passos de Mike atrás de mim. Chego ao salão antes que ele segure meu braço e me empurre contra a parede.

– Que diabo foi aquilo?

Abaixo os olhos, incapaz de suportar o desapontamento que já percebo na sua voz. Tento não respirar também para não lembrar do seu perfume.

– Informação.

– Você não percebe o que ela sofreu? E ainda intimida a menina daquele jeito? Que diabo há com você?

Livro meu braço e abro a porta da frente. Rajadas de vento enfunam meu casaco e embaralham os fios do meu rabo de cavalo. O vento fustiga especialmente as feridas úmidas no meu couro cabeludo. Todas recentes.

– Consegui o que precisávamos para ajudar a encontrar a Trecie.

Mike agarra meus ombros e me força a olhar para ele.

– A que preço? Aquela menina está fragilizada. Ela também precisa de ajuda.

Dou um passo para trás em direção à porta.

– Você não pode ajudar a Adalia. Ela está acabada. Assim como você. Assim como eu.

– Clara, vá para casa. Deixe a polícia cuidar disso.

– Você acha que pode resolver tudo, Mike, mas não pode. Você pensa que por separar as coisas, afastando o que é ruim, vai fazer alguma diferença? Elas não desaparecem, estão sempre lá... as cicatrizes estão sempre lá.

Ele não me segue quando cruzo o pátio, fazendo novas pegadas na neve. Mas posso sentir que me acompanha com o olhar. Antes de entrar no carro, ouço a voz de Janey Conyers.

– Clara, as panquecas estão prontas! Não vai ficar para o café da manhã?

# Capítulo Vinte e Nove

Passo horas dirigindo a esmo. Quando, por fim, entro no estacionamento da funerária, fico momentaneamente cega pelo sol, que lança os últimos raios brilhantes sobre o céu da tarde. A princípio, não consigo ver seu carro, mas então o reverendo Greene entra em foco. Está abrindo o porta-malas, enquanto o irmão de Linus, Matthew, observa.

– Olá, Clara.

Eu esquecera como Matthew e Linus eram parecidos, com a mesma forte compleição e os grandes olhos castanhos. Embora Matthew seja cinco anos mais moço, ele não tem a vitalidade e a pureza que Linus exalava, uma certa inocência na forma de ver o mundo e as pessoas. Ou, pelo menos, assim eu pensava.

– Matthew. – Faço um meneio de cabeça, ainda despreparada para este encontro. Deve ser doloroso para ele se olhar no espelho, em que cada detalhe lembra sua perda. – Sinto muito por seu irmão.

– Obrigado, Clara. – Ele deixa a maleta no chão gelado e segura a minha mão entre as suas, como Linus costumava fazer. – Sei que para você também deve ser difícil. Você era como uma filha para ele.

O reverendo Greene está parado atrás de Matthew, com as mãos cheias de malas e uma expressão de pena no rosto. Tento imaginar o que o deus do reverendo diria sobre um homem que, semana após semana, subia ao púlpito para exigir em tom alto e orgulhoso que seu rebanho destruísse o mal. No entanto, quando ele próprio se defrontava com o mal, o máximo que o homem conseguia fazer era sussurrar nas sombras.

– A Alma está preparando um dos seus jantares – diz Matthew. – Frieda e as crianças estão lá dentro. Elas adorariam ver você. Espero que se junte a nós.

– Preciso fazer os preparativos finais. O velório é daqui a dois dias – digo, fechando o casaco para me proteger do vento.

O reverendo Greene dá uns passos à frente.

– Matthew, por que você não vai subindo? Levo isso aqui num minuto.

Assim que Matthew se afasta e não pode mais nos ouvir, o reverendo Greene tenta colocar a mão reconfortante no meu ombro, mas eu me esquivo.

– Não.

Ele recolhe a mão, balançando a cabeça.

– A Alma me contou o que aconteceu, Clara.

– Preciso ir.

Daqui a dois dias apenas, estarei livre deles. Quando sigo para o chalé, porém, o reverendo Greene fala em tom alto.

– Você não entende. O Linus estava ajudando aquela menina.

É demais. Penso na expressão daquela bibliotecária quando via os meninos me encurralando entre as estantes da biblioteca: um silêncio completo e absoluto. Eu precisava desesperadamente que ela me socorresse.

– Ajudando como? Mentindo para a polícia e para mim? Deixando uma criança continuar morando num buraco infernal com aquele monstro? E você não é melhor que ele.

O reverendo Greene está incrédulo.

– Não foi assim que aconteceu. Você sabe disso!

O vento congela o suor que se forma na minha testa, mas estou furiosa demais para sentir frio.

– Eu conversei com a Trecie e vi aquele quarto. – Chego até a engasgar por não querer dizer o resto. – A Alma falou que era uma coisa *antinatural*.

O reverendo Greene fica olhando para mim, com a boca aberta e os olhos arregalados.

– Que o Senhor tenha piedade de sua alma... é isso que você pensa?

Sinto o chalé e o jardim me chamando. Devia me afastar, mas a vontade de mostrar firmeza é mais forte: por mim, pela Trecie, pela Flor Sem Nome e por todas as crianças que jamais receberam amor suficiente.

– Não sei o que pensar.

Ele dá um passo em minha direção, tentando tocar meu ombro, mas eu afasto sua mão. Ainda assim, ele tenta.

– Cada vez que aquela menina vinha contar algo novo ao Linus, ele me informava imediatamente, e eu ligava para o Mike. O Linus não sabia de tudo, Clara. Ela só contava um pedaço da história de cada vez.

– Por que o próprio Linus não ligava para o Mike? Por que não me contou isso?

– As coisas eram complicadas, Clara. Você não compreende – diz o reverendo. Eu começo a me afastar, mas ele não para. – Já se perguntou por que a menina nunca contou a *você*?

Suas palavras me chocam, e fico sem fôlego. Sou forçada a confrontar o reverendo.

– O quê?

Seu sorriso parece triste e severo.

– Já se perguntou isso? Ela disse ao Linus que era porque você não acreditava nela.

Contraio a mandíbula, procurando não piscar, e belisco minha palma; qualquer coisa para não chorar.

– Ela me contou algumas coisas.

– Contou que estava tentando salvar a irmã caçula?

Penso na menina mais nova, Inez. Adalia também procurava proteger a irmã. Quando Mike e eu fomos ao seu apartamento, ela insistiu: "A Inez fica aqui".

– Você não sabia disso, não é? – diz o reverendo Green.

Meu chalé me chama. Preciso molhar o jardim e juntar as sementes que levarei para minha próxima vida. – Sei o bastante.

– Não. Você não sabe. – Ele solta uma risada suave e melancólica. – Você precisa ter fé, Clara.

Ele fixa em mim um olhar incendiado. Eu abano a cabeça e começo a me afastar.

– Olhe para o seu coração, Clara, e tenha fé... se não em algo maior que você, então no Linus. Confie no Linus.

O reverendo finalmente para de falar e caminha de volta à bagagem, murmurando entredentes. Quando pega as malas, começa a cantarolar, em tom baixo e suave, um hino da igreja. Ao abrir a porta da casa de Alma, não olha para trás. Mesmo assim, consigo ouvir as palavras.

– *Eu estava cego, mas agora vejo.*

# Capítulo Trinta

A LUA ESTÁ QUASE CHEIA, ILUMINANDO SOMBRAS QUE OS POSTES da rua Washington nunca alcançam. Passando diante da cozinha da casa, vejo Alma na cozinha. Ela mexe a boca com o rosto ligeiramente animado, enquanto lava alguma coisa na pia. Quando para de falar com as pessoas lá atrás (mais parentes e amigos chegaram à cidade), reparo que ela abandona a fachada que está usando para elas, e, por um momento, comungo com sua tristeza.

Minhas pernas, porém, continuam me fazendo avançar em direção à rua. Alguns metros adiante, cruzo para o Cemitério Colebrook. Preciso me certificar de que o túmulo está pronto para receber o caixão de Linus. Isso só acontecerá depois do feriado, claro; se as condições climáticas permitirem, ele será enterrado no dia 26. Ficarei para o velório na véspera de Natal, que certamente será um grande acontecimento na cidade, mas vou embora antes do enterro. Meu trem parte ao alvorecer do dia de Natal, daqui a dois dias. Sentindo o frio passar pelas minhas botas, aproveito a oportunidade de refletir sobre o que me aguarda: calor constante, a liberdade de trabalhar ao ar livre, uma categoria totalmente nova de flora. E, claro, a promessa de paz. Esquecerei esta vida e todas as suas traições, tal como esqueci a anterior.

Hoje, o único som entre os mortos é do vento, que assobia através dos galhos secos de um carvalho bifurcado. O túmulo de Linus, comprado ao lado do de Alma há muito tempo, não fica longe da rua. Os coveiros tiveram a sensibilidade de sumir com a escavadeira, chegando até mesmo a empilhar a terra retirada num caminhão-baú, e estacionaram os dois atrás do galpão de manutenção. Parece que todos amavam Linus.

É hora de partir, as coisas estão exatamente como deviam estar. Primeiro, no entanto, quero me despedir de alguém. Só vai levar um minuto. Eu trouxe o vaso de terracota cheio de margaridas novas. Sei que vão morrer antes da aurora, na última imagem que guardarei delas, porém, estarão vivas. Algo estará.

Não preciso da lua para me guiar, poderia andar até lá de olhos fechados. No começo, muitas pessoas vinham aqui. Deixavam ursinhos e chapéus, cartões e fotos de viagens à Disney World, como se Flor Sem Nome pudesse compartilhar as lembranças de um lugar tão alegre. Logo a atenção delas esmoreceu, assim como a da mídia. Parecia que chorar por ela era uma moda já ultrapassada. O último item deixado, incontáveis meses antes, foi um gato empalhado, de pelo amarelo e olhos verdes de vidro. Parecia ter sido muito amado.

Eu não deveria ter dado ouvidos a Mike. Jamais deveria ter me deixado envolver. Enterrei Flor Sem Nome há três anos. Foi fácil para mim, naquela época, aceitar a sua morte: ela era uma estranha, sem qualquer sensação de uma vida vivida. Mas agora eu sei demais. Agora é como se ela estivesse, através de Trecie, implorando minha ajuda, mas eu falhei. Assim como falhei com Trecie. Todos nós falhamos. Quisera eu que Flor Sem Nome estivesse morta outra vez. Havia alguma paz nisso.

Quando percorro alguns metros dentro do cemitério, vejo Mike. Ele está curvado sobre o túmulo de Flor, iluminando com o facho da lanterna uma pequena árvore de Natal, cujo vaso está enfiado na neve. Uma das bolas de vidro está deslocada, e ele empurra o enfeite de volta para o diminuto galho verde. Quando passo pelo local onde a esposa e o filho de Mike estão enterrados, a lua ilumina outra árvore de Natal. No meio dos ramos em miniatura, vejo uma caixa de presente amarrada com fitas vermelhas e verdes.

Acho que não faço barulho, e que minha aproximação é silenciosa, mas Mike sente minha presença. Sem se virar, ele diz:

– Você acha que eles sabem? Acha que algum deles pode ver isso e saber?

Tenho vontade de falar para ele, *sim, claro, eles amarão isso*. Tenho vontade, mas não posso.

Mike se levanta, desligando a lanterna. As sombras retomam seus postos, e eu espero até que meus olhos se acostumem ao luar, antes de dar outro passo. Fico imaginando há quanto tempo ele está aqui e há quanto tempo sabia que eu estava caminhando para este ponto, uma parada na minha viagem para longe dele.

– Eu estava revendo as fotos que tiramos dos vídeos. A coisa não bate, sabia? – diz Mike, com o olhar fixado na lápide de Flor Sem Nome... *florescendo... viajando... fluindo.* – A maioria das fotos é da Trecie, e nós achamos que a outra menina é a Adalia, certo?

Sua voz parece oca, como se ele estivesse perdido num transe longe daqui. Meus passos são cuidadosos quando me aproximo do túmulo dela. O vaso já me parece pesado, os músculos dos meus braços latejam e minhas mãos anseiam pelo calor dos bolsos de lã. Eu me abaixo, com a cabeça perto das pernas de Mike, e coloco o vaso ao lado do pequeno pinheiro. De repente, o buquê de margaridas parece sem vida perto da árvore enfeitada.

– Mas eu fiquei olhando para as fotos e para a Adalia em pessoa. Então percebi que só pode haver outra garota. A Adalia tem nove anos, as meninas nas fotos e nos vídeos não parecem ter mais que seis ou sete. A Inez não é uma delas, por causa daquela marca de nascença no rosto. Mas todas as três são muito parecidas. Foi isso que você falou, não foi? Que a Trecie parecia ter sete, oito anos?

Eu me levanto, tentando firmar os pés na terra que fica se mexendo embaixo de mim. Por favor, outra não.

– Foi.

– E o Linus. – Mike continua olhando fixamente para a lápide. – Num dos telefonemas anônimos, ele disse que a Flor Sem Nome estava ligada a isso, que ela estava nos vídeos.

– Foi. – Minhas mãos querem achar o conforto dos bolsos, mas por alguma razão não conseguem se mover.

– Só que as idades não batem. O legista determinou que a Flor tinha aproximadamente seis anos quando foi morta. Portanto, ou temos um problema maior que envolve mais meninas, ou o Linus estava errado...

– Mike, chega...

Não consigo mais suportar isso. Não posso viver dentro da vida dos outros.

– Ou talvez a menina no vídeo não seja a Trecie. Alguma coisa não está certa.

Mike agarra meus braços, apertando com força demasiada. Tem o rosto contorcido e ainda parece perdido em seus pensamentos.

– Venha comigo até o carro. Tenho algumas fotos lá.

– Não posso.

– Por favor, só mais uma vez. Eu prometo. – Ele deve ter sentido o tremor que percorre meu corpo, porque de repente seus olhos voltam ao presente e sua expressão relaxa. As mãos soltam meus braços e envolvem meu rosto. – Eu sei, eu sei.

Mike desliza o polegar pelo meu maxilar numa carícia, e eu cedo. É a última coisa que farei antes de descansar. Uma foto. Balanço a cabeça, e ele me solta.

É difícil acompanhar o seu ritmo, pois Mike tem pernas muito compridas e dá passos largos. Estou sem fôlego quando, finalmente, chegamos ao Crown Vic verde. Ele abre o porta-malas e vasculha a mesma caixa de papelão que passei a temer.

– Fizemos algumas ampliações para ver se conseguíamos identificar uma cicatriz, uma marca de nascença, qualquer coisa sobre esse cara, mas tudo que temos é a mão e parte do antebraço.

A voz de Mike não está fatigada, como era de se esperar. Em vez disso, parece rápida e nervosa, energizada por alguma fagulha. Ele me entrega duas fotos. Na meia-luz, parecem granuladas e pouco nítidas, mas ainda assim sei que a menina mais velha é Trecie.

– É ela.

No momento seguinte, Mike liga a lanterna em cima das fotos e consigo ver mais claramente as duas meninas. Sim, é Trecie, e uma versão mais nova de Adalia. Então há outra irmã, outra vítima. E, então, reparo na mão do homem. Vejo as unhas roídas, as cutículas inflamadas e as feridas diminutas no dedo médio. A mão é larga, ossuda e branca. Eu me lembro da vez em que vi um sujeito comendo asas de galinha.

Meus joelhos começam a tremer e as fotos caem no chão. As mãos de Mike instantaneamente me seguram. Ele me leva até o lado do passageiro do carro, abrindo a porta e me levantando num só movimento. Então se ajoelha ao meu lado.

– Desculpe, já fiz você sofrer demais.
– Não...
Tento falar, mas meu fôlego sumiu, sufocado e frágil. Mike massageia minhas costas, procurando me tranquilizar.
– Está tudo bem.
Nunca pensei que houvesse tanto reconforto nessas palavras e na energia da sua mão sobre mim.
– É ele – consigo dizer.
Mike fica imóvel, com a mão inerte.
– O quê?
– A mão. Olhe para as unhas... é ele.
O único som, além do vento, sai dos meus dentes que batem. Mike não repara, já voltou ao transe olhando para as fotos. Depois de alguns segundos, sua voz me assusta, e eu estremeço.
– Vic... tor... y...
Ele prolonga a palavra com um suspiro mudo. Depois se debruça sobre mim, inclinando o corpo sobre o meu, enquanto a mão procura algo no lugar do motorista. Sob a fragrância do frio está a do próprio Mike, e, neste breve momento, eu me permito encostar meu rosto nas suas costas. Quando ele se endireita, vejo que está com o celular na mão.
– Ei, Andrew, você está no balcão? – Ouço um fiapo de voz do outro lado, mas nada mais. – Pode verificar um chamado de emergência para mim? Foi feito há uns quatro anos.
Uma pausa.
– Acho que foi uma ocorrência doméstica. O endereço é rua Clarence, número 452. – Mike balança a cabeça. – É isso mesmo... Vanity Faire, apartamento 316.
Parece que o tempo passa mais devagar enquanto ele espera que Andrew e o computador tragam para o presente as vozes do passado. Seus olhos não largam as fotos.
– Conseguiu? – Sua outra mão encontra o ponto acima do meu joelho e aperta. – Quem respondeu a esse chamado?
Quando os olhos de Mike encontram os meus, eu já sei o que ele vai dizer.
– O Ryan.

## Capítulo Trinta e Um

É QUASE MEIA-NOITE E JÁ PASSAMOS DOIS DIAS DO SOLSTÍCIO do inverno, a noite mais longa do ano; é o dia anterior à véspera de Natal, anterior ao velório de Linus. Antigamente, era o tempo de celebrar a renovação da vida e da esperança. Se eu tivesse ânimo, talvez visse minha partida como uma espécie de renascimento, uma nova vida. Primeiro, precisarei me desprender desta aqui.

A casa de Mike é como as outras deste lado da rua, só que branca em vez de azul ou cinzenta. A sua é a única sem luzes natalinas ou guirlanda pendurada na porta da frente. Se ele não estivesse silhuetado na janela curva pelo único abajur de pé que ilumina a sala, qualquer pessoa seria perdoada por supor a casa abandonada.

Eu pretendia apenas passar de carro por aqui, como um adeus silencioso antes de partir. Quando percebi que o único poste diante da casa estava apagado, sem outro à vista, pensei ser seguro estacionar apenas por um minuto ou dois. Mesmo que Mike não visse o rabecão no escuro, algum vizinho poderia ver e telefonar para ele querendo saber quem morrera na rua deles.

Ele está falando ao telefone, com uma caixa de leite aparentemente esquecida na mão. Atrás dele, pendurado acima da lareira, há um retrato. Imagino que deve mostrar Mike e Jenny, com seu bebê em segurança dentro do útero. Um retrato de família. A luz azulada de um televisor lampeja de algum canto oculto, sendo visíveis apenas uma poltrona e um sofá de dois lugares: espaço suficiente para três.

Ele vai andando até a ponta da sala, gira e então anda de volta. Levanta a mão acima da cabeça, parecendo gritar ao telefone. Depois sacode e atira a caixa contra uma parede que não consigo ver. Só noto os respingos que deixam manchas escuras em um canto. Mike fica parado bem diante da janela, com a cabeça apoiada numa das vidraças retangulares e o fone ainda no ouvido. Ele deve pensar que está sozinho na escuridão, ou, como muitos que perderam seus entes queridos, que é invisível.

Mas não para mim. Para mim, ele sempre foi visível. Pode mesmo ter havido dias em que pensei que podia ver profundamente dentro dele. Até a outra noite, nunca esperei que ele também pudesse me ver.

Olho para além dele e tento imaginar como era a sua vida, quando a casa estava cheia de vida. Que cheiro haveria ali, quando Jenny estava presente para cozinhar o jantar dele, com o ventre preenchido pelo futuro dos dois? Depois haveria o cheiro de colostro e de fraldas para lavar, caso a vida houvesse sido boa e o filho deles houvesse nascido. Como teria sido a vida deles? Risos por todos os cantos, o choro de um bebê durante a noite, os gemidos de Mike e Jenny fazendo amor. Tento imaginar se ele sussurrava para ela, algo meigo e casual, ou se os dois tinham uma cama passional, nunca amortecida pela monotonia.

Fecho os olhos e imagino como seria o resto da casa: uma cozinha amarela decorada com galos de cerâmica; uma pequena sala de estar com espaço suficiente para uma escrivaninha e uma estante, com livros encadernados sobre crimes verídicos e, eventualmente, um romance de Maeve Binchy; um quarto de bebê com macios cobertores cor-de-rosa e um teto cerúleo com nuvens pintadas flutuando sobre o berço. Ainda deve haver potes e panelas naquela cozinha. Se a vida fosse generosa, eu poderia aprender a encher tudo com as receitas de Alma. Talvez haja lugar nas estantes da sala para os meus *Sibleys* e Woolfs. Um canto sem mobília para o meu fícus. Se a vida fosse ainda mais bondosa, Trecie poderia estar em segurança ali dentro, assim como Adalia, Inez e seus irmãos também... uma segunda chance para todos nós. Como seria ter essa vida, saber o que é estabilidade e dedicação? Entrar por aquela porta, cair no sofá e nos braços dele? Ler ao lado um do outro ou assistir a um filme e, quando fosse tarde, deitar na cama, nossa própria cama, e ficar juntos sem barreiras. Não haveria roupas, nem palavras, nem reticências...

Apenas o abismo do passado.

Não tenho como preencher aquele quarto de criança; a inocência não pode florescer dentro de mim outra vez. Dentro de mim não há o suficiente para satisfazer os cantos e recantos da vida de Mike, como Jenny fazia. Nada pode salvar aquelas crianças. Não há lugar nessa casa para elas. Nem para mim. Hoje ele pode me ver, pode querer que eu partilhe seu jantar e sua cama, mas logo verá como eu sou, sentirá meu vazio e perceberá que sou pequena demais para preencher o seu vazio.

Capto meu reflexo no espelho retrovisor. Minha pele é uma fina película sobre o crânio, o queixo e as maçãs do rosto, proeminentes demais. Meus olhos são tão escuros que o efeito das sombras faz com que pareçam cavidades ocas. Ah, e meu cabelo. Por longo tempo, imaginei que era muito esperta e habilidosa, ao pentear as mechas de forma a cobrir os pontos pelados, disfarçando todos com um rabo de cavalo. Agora toco nas cicatrizes. São tantas. Estão todas ali para qualquer um ver; só eu estava cega para elas, até agora. Não deixo de perceber a metáfora.

Eu viro o espelho e ligo o motor do rabecão. Mike levanta a cabeça. Como se pudesse ver no escuro, encontra meu olhar e encosta a palma da mão na vidraça. Antes de me afastar, levanto minha própria mão até a janela do motorista e, pela última vez, imagino as possibilidades.

## Capítulo Trinta e Dois

As janelas da minha área de trabalho no porão estão quase cobertas de neve. A luz do sol matinal ainda consegue penetrar através das fissuras de cristal, espalhando cores prismáticas sobre o vidro.

Estou ouvindo o movimento deles acima de mim; o teto geme sob o peso do que parece ser a reunião de todos os moradores de Whitman e Brockton, mesmo na véspera de Natal.

Alma quis começar cedo, sabendo que mais tarde a maioria estaria comemorando a data. Ela não queria gastar o dia inteiro; o pessoal teria o entardecer para deixar tudo isso para trás e então gozar as alegrias do feriado. A fim de facilitar as coisas para todos, passou dois dias cozinhando e ocupando três mesas de bufê com diversos pratos natalinos. No centro de cada uma punha as poncheiras de cristal da sua avó. Alma é assim. Deixará a funerária aberta até tarde para receber os retardatários, aqueles que não têm para onde ir e estão ávidos para saborear o feriado. Sei que Linus ficaria emocionado com a presença de tanta gente.

Antes de subir com o corpo para a sala do velório, hesitei entre as íris (*fé, sabedoria, esperança*) e um buquê de hortênsias (*crueldade*). Relembrei as histórias que Linus gostava de contar sobre Jó, falando que a fé do homem em seu deus fora testada muitas vezes. Esta manhã, tive minha própria crise de fé; acho que fiz a escolha certa.

Acho no armário o livro sobre flores, perto dos círios de marfim e do meu Mozart. Só preciso do livro. Corro meus dedos pelas velas e, por um momento, penso que não posso deixar para trás este trabalho nem estas pessoas. Mas, então, lembro-me do telefonema de Mike: um som estridente na escuridão, antes do amanhecer, enquanto eu, deitada na cama, imaginava se Trecie estaria viva ou morta. Isso me faz recordar o que já sei: não posso ficar aqui rodeada de dúvida, sabendo que as pessoas que causam sofrimento nunca sentirão isso em si mesmas.

Mike ligou para dizer que Ryan desapareceu. Não foi culpa de Andrew, na verdade. Ele informou a Kate e Jorge, como Mike pediu, mas então pensou que seria útil ligar para Ryan também. Todo mundo sabia que Ryan estava ansioso para pegar quem atacara Trecie. Afinal de contas, ele fizera parte da equipe de investigação. Andrew jamais pensou que estava avisando ao monstro que os cidadãos já estavam a caminho.

Mike me contou que Kate procurara a mãe de Trecie e Adalia, ainda sob custódia, mas recuperada da overdose, para mostrar a foto de Ryan. A mulher concordou em fazer uma identificação positiva, caso o promotor pedisse ao juiz clemência para ela. Depois se recusou a falar mais.

A voz de Mike pode ter tremido ao me falar de sua visita a Adalia. Não. Ele disse que não queria mostrar a foto a ela. Os irmãos e as irmãs dela também já estavam ali, e a mãe adotiva contou que ela começara a comer um pouco. Então, acho que precisar fazer isso matou Mike mais um pouco. No entanto, ele conseguiu o que precisava. Como diria Ryan, *vitória*.

Ryan desapareceu, então ele é, realmente, o vitorioso. Não haverá punição para ele. Ele, Tom, Kelly e MacDonnell. Todos eles, sabiamente, escolheram vítimas silenciosas.

Mike disse que revistaram a casa de Ryan, e acharam filmes escondidos na viga do sótão. Além de metadona. Como sua esposa deve ter protestado...

Também disse que Ryan é o principal suspeito do assassinato de Linus. O DNA está sendo analisado agora. Assegurou que não há provas, até o momento, de que os dois fossem comparsas. Mike acredita que o motivo do assassinato foi o medo de Ryan de que Linus soubesse mais sobre Trecie, e não que Linus estivesse de alguma forma envolvido com Ryan. Ele só não disse se era nisso que o resto da equipe acreditava. Não era necessário. Eles haviam ido à casa de Alma na noite anterior, com mais perguntas para nós. Eu também não revelei o que Alma disse. Está acabado. Caso encerrado.

O que me impele a ir embora daqui é o que Mike deixou de dizer. Que a polícia pensa que Ryan, provavelmente, também matou Trecie. Então, vou partir agora, antes de descobrir algo mais sobre essas vidas. Vou partir antes que Mike passe aqui de carro e diga que acharam o corpo de outra menina na mata. Se eu não estiver aqui, ele não poderá me contar isso quando vier. Ela ainda pode estar viva. Pouco importa, agora, se Ryan será encontrado ou não.

Ainda faltam horas para o velório de Linus acabar; ninguém notará minha ausência. Ouço a porta traseira abrir e fechar a cada minuto, com vozes chamando pessoas. Eu deveria ir lá para cima, e ficar pela última vez ao lado de Alma. Só que ela está com Matthew, e não tenho estômago para tanto.

Meu celular toca, falha e, então, soa outra vez. O sinal, no porão, é fraco, sob as camadas de terra e concreto.

É Mike.

– Cla... estamos... caminho... aí... fora...

Através da estática de uma conexão ruim, consigo sentir o tom de urgência. Não, não quero ouvir mais coisa alguma. É hora de partir. Desligo e coloco o telefone sobre a bancada de trabalho.

Ouço as conversas que vêm do andar de cima, com risadas abafadas e uma tosse asmática. E, então, há um som novo. Passos. Um sapato roça suavemente nos degraus de cimento. Nenhum enlutado perdido já chegou até aqui. Só Trecie.

Esqueço meu livro e corro até a porta. Meus pés se movem, e não sei como atravesso a sombria sala de trabalho tão depressa. Só sei que não quero que Trecie veja ainda mais horrores na sua vida. Ela não precisa sentir o cheiro de formol, ver a mesa de aço inoxidável no fundo da sala, inclinada sobre a pia, o bisturi e os tubos no carrinho de utensílios, nem o trocarte com a ponta ameaçadora pendurado perto da pia. Quando entreabro a porta, uma parte de mim quer rezar, acreditar e esperar pelo que eu mais necessito. Um milagre, Trecie parada à minha frente.

Quando examino o corredor pela abertura estreita, porém, só vejo escuridão. A luz está apagada, e o interruptor na parede não funciona. Começo a fechar a porta, mas subitamente sou empurrada por uma mão escabrosa, cheia de cicatrizes, que me atira de costas no chão.

Ryan está ali, silhuetado pela escuridão. Ele olha para mim, antes de fechar a porta atrás das costas. Seus movimentos são vagarosos, com os olhos fixados nos meus por quatro ou cinco segundos. Então ele começa a andar em minha direção. Tento levantar. É impossível tirar meus olhos dos seus, da forma como passa a língua sobre os lábios, à maneira de um leão prestes a dar o bote. Quando a lâmpada fluorescente capta algo brilhante na sua mão esquerda, desvio o olhar e vejo a faca.

Tem quase o comprimento do meu antebraço, com uma feia borda serrilhada em curva, que parece sorrir. A lâmina tem um brilho hipnótico, balançando ao compasso do andar furtivo de Ryan.

Fico imóvel, até que ele ataca.

Eu me jogo para trás e caio sobre o carrinho, numa colisão estrepitosa. Meus castiçais e instrumentos se espalham pelo chão.

O riso de Ryan ricocheteia pela sala, como se ele já houvesse me encurralado.

– E agora, Clara, quem é o gato e quem é o rato? Pensou que você e o Linus podiam penetrar na minha cabeça?

Tateio atrás das costas em busca de algo sólido para me apoiar. Preciso enfrentar Ryan. Em vez disso, toco em algo familiar: o cabo cilíndrico do meu bisturi. A lâmina é humilhada pela faca de caça que Ryan maneja, mas é afiada, e é tudo que tenho.

Quando ele ataca outra vez, zombando de mim, mal chegando perto, eu estendo a mão e corto seu braço com o bisturi. Ele recua, só um pouco, e examina o ferimento. Para de sorrir, contrai a mandíbula e solta um grito primevo do peito.

Não é muito, mas eu aproveito a chance para levantar. Não quero ter medo dele, não quero sentir minha bexiga contrair e minha garganta fechar. Quero ser forte, para lutar por Trecie e por mim e, de algum modo, por Mike. Mas não consigo. O terror me domina.

Ele sabe disso. Sua expressão de cólera já foi substituída por aquele sorriso medonho outra vez.

– Então, como você descobriu?

As pupilas de Ryan me perturbam. Uma parece completamente dilatada, a outra, um alfinete. Suas narinas se dilatam e se contraem, enquanto um filete de sangue escorre por uma delas. Overdose de metadona. Ele limpa o sangue com a língua.

– Onde está a Trecie? – Até aos meus próprios ouvidos, minha voz soa inexpressiva e fraca. – O que você fez com ela?

– Vá se foder! – Ryan chega mais perto, e eu sinto seu bafo metálico. Ele limpa o nariz. – Eu era como um pai para ela, e amava aquela menina de verdade. Quem contou para você? O Linus?

Não respondo, já cega de pavor. Ryan vira um lampejo de lâmina e maldade, erguendo o braço acima da cabeça e desferindo o golpe. Ele é rápido demais, habituado demais a confrontos, e um instante passa até eu sentir meu ombro arder com o corte. Quando olho, fico tonta à vista de tanto sangue. Percebo, horrorizada, o bisturi escorregar e retinir no chão.

– Conte para mim – diz ele.

– A Trecie – murmuro. O som da minha voz me surpreende.

– Você *sabe* que a Trecie está morta! Quem mais?

– Não! – grito eu diante das suas palavras. Meus joelhos estão rígidos demais para se curvarem, mas meus pés continuam a me arrastar para trás. Cada movimento pressiona a blusa encharcada contra meu corpo. Essa sensação é pior do que a dor que sinto no ombro. Ainda assim, prefiro sentir isso a ouvir o que quer que Ryan tenha para dizer. Eu não acreditarei nele.

Ele continua a se aproximar de mim, enquanto fala.

– Comecei a dar à irmã dela alguma atenção, e a fedelha teve um ataque. É isso que, hoje em dia, está errado com as crianças, o desrespeito aos mais velhos. Eu não tinha intenção de matar a menina. Foi um acidente. – Ryan faz uma pausa e, então, sorri de novo. – Mas o Linus, esse sim, foi por querer. Agora, você.

Não há lugar para fugir. Como em todas aquelas tardes na biblioteca, minhas costas estão sendo empurradas, mais uma vez, contra a parede. Não acredito que é assim que morrerei. Que as últimas coisas que levarei deste mundo serão o odor de formol, a imagem da mesa de trabalho e a presença do homem que matou Trecie e Linus.

Cada passo que Ryan dá em minha direção se torna mais lento pelo meu medo, e cada centímetro da sua aproximação parece demorar horas. Não quero reparar na saliva que escorre pelo canto da sua boca, nem no meu sangue escurecendo a lâmina da sua faca e pingando no seu pulso; penso que é estranho não conseguir mais ouvir, cheirar ou provar coisa alguma, que minha visão além de Ryan esteja nublada.

Só quando ele está a centímetros de mim é que penso... não, eu não penso... *sinto* o gancho do trocarte pressionando minhas costas. Minhas mãos se mexem, eu não lhes digo coisa alguma, elas simplesmente agem, alcançando o cabo de metal atrás de mim. É uma coisa primitiva, feito os arpões com dentes usados para retalhar peixes. A ponta do meu dedo médio direito corre pelos muitos dentes, finos como agulhas, ao final do instrumento, e, por um momento, eu me encanto com as ferroadas.

Ryan já está muito perto de mim, inclinado sobre meu rosto, com as mãos me imobilizando contra a parede. Sinto suas coxas pressionando meus quadris e seus lábios perto dos meus, entreabertos como para um beijo. Eu odeio Ryan. Ele começa a dar umas risadinhas, suaves e ocas.

– Vi... tor... ia...

Depois ele se inclina ainda mais. Seus lábios tocam os meus, e eu mordo a sua língua com força. Antes que eu escute o seu gemido, há uma sensação de movimento, algo que não vejo ou escuto, mas que conheço. A mão de Ryan se afasta da parede ao lado da minha cabeça, com a faca raspando os blocos de concreto. Depois de apenas um segundo, algo relampeja ao meu lado.

Eu também me mexo. Uma das mãos, não sei qual, brande o trocarte, enquanto a outra junta-se à primeira em torno do cabo. Como já fiz centenas ou milhares de vezes antes, embora nunca com um ser vivo, cravo os dentes do trocarte profundamente na parede abdominal e puxo para cima, com mais força e altura do que jamais tentei. Há uma súbita explosão de sangue nos intestinos, na boca e no nariz. No mesmo instante, o corpo de Ryan amolece e cai com todo o peso sobre o trocarte. É difícil largar o cabo, pois não quero dar a Ryan outra chance de me ferir, mas sua massa na ponta fica pesada. Quando solto o trocarte, Ryan cai no chão com as pernas num ângulo esquisito. Fico estranhamente grata por ter os ralos. Vou me deslocando colada à parede, mantendo meus olhos fixos em Ryan, enquanto ele se contorce. Tenta me pegar, com a mão procurando alcançar minha perna, mas eu me afasto rapidamente dele.

O sangue me segue, e vai se espalhando pelo caminho que faço junto à parede. Vou aumentando a distância que nos separa; dez centímetros, vinte, um metro. E, então, sinto a coisa. Sem olhar, sei que sua faca está profundamente enterrada em mim. Lá está: o punho de plástico preto é tudo que é visível agora, pois a lâmina desapareceu. Minha blusa branca (*era branca?*) está encharcada, arruinada.

Escorrego pela parede, enquanto meus joelhos se dobram. Sei que devo cair do lado direito, do lado contrário ao da faca. Perto de mim estão os restos destruídos dos meus castiçais, meus instrumentos e meu livro de flores. A lombada está para baixo, com as páginas abertas e tremulando, cada vez que eu exalo contra elas. Minhas unhas arranham o chão, quando estendo a mão para aquietar as folhas. Uma delas mostra a foto de uma grande campina salpicada por flores brancas em forma de estrela.

Ninguém sabe que estou aqui.

Esta sala é mais fria do que eu imaginava, e ainda mais fria aqui no chão. Agora que sei que a faca está ali, consigo sentir a lâmina enfiada em mim a cada respiração (*um, dois, três*). Tento inspirar pouco, dói menos, mas mesmo assim é muito doloroso. Ouço Ryan gemer no outro lado da sala. Ele ainda está lá.

Quando abro meus olhos (*quando foram fechados, e por quanto tempo?*), fico observando o quadro de Linus, o quadro com o pastor, até que a nuvem dourada desaparece. Agora sei que estou, verdadeiramente, sozinha.

Sinto frio. Sinto muito, muito frio.

## Capítulo Trinta e Três

Abro os olhos de novo (*quanto tempo foi desta vez?*) e um forte tremor me acorda completamente. Ryan está lá, imóvel e estranhamente quieto, até que levanta o peito ligeiramente e borbulhas saem do seu intestino. Meus instrumentos estão espalhados, e o livro também, com a lombada rachada. Preciso sair deste lugar. Ryan tem os olhos abertos na minha direção, e um rio de sangue corre até o ralo no chão. Ele pisca e mexe a boca, mas não há som.

Se tiver chance, Ryan me matará. O choque de adrenalina dissolve a dor no meu peito; é fácil sentar e, em seguida, ficar de pé. Preciso manter a adrenalina circulando na corrente sanguínea tempo suficiente para atravessar a curta distância do corredor e subir um lance de escada. Meus pés se movem, um após outro, impelindo meu corpo até a porta. Não consigo ouvir meus sapatos se arrastando pelos ladrilhos, nem a relutante abertura das dobradiças da porta; escuto apenas os movimentos de Ryan, amedrontada demais para olhar. Vou em direção aos participantes do velório de Linus, em busca de ajuda e uma rápida visita ao pronto-socorro. Na verdade, quase nem sinto dor; suponho que só preciso de alguns pontos. A despeito do que aconteceu, para o bem de Alma, espero que ela não veja isso. Já sofreu demais.

O corredor está um breu, tão negro que a luz da sala de preparação não penetra. Vou tateando pelas paredes, preocupada em me apoiar bem na superfície de concreto, caso o efeito da adrenalina comece a diminuir. A porta que dá para fora parece distante demais, e tenho certeza de que já passei pela escada. Então minha mão acha a maçaneta, e eu abro a porta.

A claridade é ofuscante, totalmente branca. O sol matinal é refletido pela neve que encobre o chão, os carros, tudo. Continuo tateando pelo caminho. As pessoas ainda estão chegando, e alguém vai me amparar, porque tenho certeza de que vou cair. Havia tanto sangue. Mais um passo e estou lá.

Mas não estou.

Não estou no estacionamento da Funerária Bartholomew. Não há chalé algum; minha arcada, com as miradas glicínias que hibernam, não está logo ali. Estou rodeada, ao contrário, por um denso campo com papoulas de Kentucky, e canteiros de flores amarelas em forma de estrelas crescendo em buquês luxuriantes. A quilômetros de distância, vejo montanhas tingidas de azul, com ondulantes picos de cádmio, mergulhando profundamente em vales dourados. E diante delas se estende um oceano que marulha suavemente. Navios navegam ali, com as velas enfunadas em tom escarlate, de esmeraldas e de ametista amarradas aos mastros, ornamentando um inacreditável céu azul. Um céu azul de setembro. Não há palavras que bastem.

Mais perto, há um rio com pessoas passeando perto da margem, enquanto outras estão sentadas, observando as águas correrem. A própria água não é clara, branca ou de um azul translúcido. Não, é um lampejo constante de todas as cores que já vi e outras que não vi. Ouço a água murmurejar nas margens. E há música também. Mozart? Algo familiar. Um salgueiro, maior do que qualquer outro, mergulha as raízes na água. Seus galhos são uma explosão de caules juncosos: é o irmão mais velho daquele do Cemitério de Colebrook. Uma trepadeira (*amor fiel*) envolve a árvore, desde o ponto mais alto até as raízes expostas, com as flores branco e rosa borrifadas pelo rio. Um menino de uns sete anos, com um ninho de cachos acobreados, escorrega e cai na torrente. Antes que possa ser pego por alguém, embora ninguém tente, ninguém nem mesmo se surpreenda, ele é tragado para baixo e para longe. Corro até a margem do rio, mas é impossível ver muita coisa abaixo da superfície: apenas aqueles cachos, e, então, nada.

Uma jovem asiática que usa um *ao dai* branco, com um gato alaranjado e preto entre as pernas, sorri e aplaude. Vira para mim depois que a criança passa, e diz:

– Olá, Clara.

Antes que eu consiga raciocinar e perguntar como ela sabe meu nome, as palavras escapam da minha boca.

– Aquele menino...

– Pois é – diz ela, com certa hesitação no sorriso. – Às vezes é assim.

– Ninguém tentou salvar o coitado.

– Ele pode se salvar sozinho – diz ela, e o gato está de repente nos seus braços. – Ora, Thuy, que modos são esses? Clara, eu sou a Thuy.

Thuy (eu *conheço* essa mulher; mas como?) vira de novo para os outros, que parecem não ter notado a perda da criança. Conversas que não consigo ouvir giram à nossa volta. As risadas que ressoam dentro de uma floresta de cornisos e macieiras silvestres, uma confusão de folhas rosadas e verdes manchadas, chamam minha atenção. Um homem e uma mulher, creio que da minha idade, vêm correndo de lá, cruzando uma ponte branca até outro grupo de árvores, bordos e cerejeiras japonesas. São seguidos por um labrador e um golden retriever, ambos brincando e latindo. Todos se juntam sob uma chuva de flores. Entre nós e eles há campos de flores silvestres, um labirinto de cercas vivas e sarças ardentes. Não muito longe, o céu fica encrespado por flocos de neve que esvoaçam em todas as direções, liberados por nuvens fantásticas. Quando olho mais atentamente, é como se houvesse um caleidoscópio em cada floco.

Sei o que é isso, pois já ouvi falar sobre esses sintomas. É um fenômeno neurológico: falta de oxigênio devido a muita perda de sangue. Uma simples reação química. Procuro o punho da faca do lado de fora do meu corpo, mas nada acho. Então é um sonho, uma alucinação ardilosa. Preciso subir a escada até Alma, até um hospital, embora prefira descansar aqui mais um pouco. Sim, é um sonho, eu sei. Mesmo assim.

– Clara – diz Thuy, já sem o gato que sumiu. – Não há muito tempo.

Procuro na minha cabeça uma ferida, algum ponto de reconforto. Não há. Mas há cabelo, o meu próprio, só que agora não parece áspero e feio. Todas os ferimentos desapareceram, substituídos por algo exuberante. Tento apaziguar minha mente, entender o incompreensível. Só Thuy ainda me parece nítida; o resto deste lugar começa a desaparecer, como se estivesse sendo visto através de uma lâmina de água.

Percebo, então, que não estou respirando. Não sinto dor no flanco, nem fome ou sede. Tampouco desejo recostar a cabeça, fechar os olhos, e flutuar. Que esforço era aquilo! É um alívio abandonar a luta constante para viver, e renunciar a tudo que acompanha o exercício da vida. Nada de continuar presa a um ciclo de consumo sem fim, entre alimentação, ar e espaço, sem jamais se preencher.

Quero contar minha descoberta para Thuy, mas não há tempo, de forma alguma. Ela procura segurar meu pulso, mas nunca consegue completamente. Em vez disso, sua mão parece se fundir com a minha, tornando indistintos os limites da pele. Nós somos a mesma, uma vibração, e subitamente atravessamos o campo, parando diante de uma selva salpicada de flores cor de sangue do tamanho de uma melancia, todas iluminadas por dentro. Uma trilha se estende ao longo do oceano de grama que cresce em ondas daqui até lá, aplainada por pés invisíveis.

– Eles estão vindo – diz Thuy.

Eu me viro para perguntar a Thuy *quem*, mas ela já se foi. Nessa hora, uma mulher começa a aparecer no campo. Não reconheço logo de quem se trata. Ela é mais jovem do que eu, tem cabelos compridos e castanhos, e os seus lábios são de um vermelho vivo. Mais bonita do que na minha lembrança. Ela segura um bebê nos braços, o bebê do meu sonho, nu e roliço.

– Bonequinha – diz a jovem, estendendo o braço para mim, esticando sem tocar, e com a outra mão ainda segurando a criança. Pressinto agora quem é ela, pois seu perfume é tão reconhecível quanto o meu. Ela é alegria e leite, lã e consolo.

De longe, ouço a minha voz.

– Mamãe?

Ela balança a cabeça e estende o bebê para mim. Vejo a macia penugem dourada na cabeça da criança, o sulco na pele do pescoço, a curva das nádegas, as grossas dobras das coxas, os olhos, a boca e a barriga gorda. Se ao menos eu pudesse tocar em tudo isto neste sonho aquoso.

– Meu bebê.

– Clara – diz minha mãe. A euforia dentro de mim se esvai, quando uma mulher mais velha aparece ao lado delas. – Você se lembra da sua avó?

Claro que me lembro. Quando me vê, minha avó começa a chorar. No princípio, acho que são simples lágrimas, mas depois percebo sua rigidez, pela forma com que captam e refletem a luz. São hipnóticas, fascinantes como o fogo. Represado em cada lágrima há um oceano de remorso.

– O que está acontecendo? – Quero que aquilo pare. Minha avó parece estar em carne viva, e tento desviar a vista, mas não consigo.

– Agora ela sabe o que você sofreu – diz minha mãe.

Quando olho para o rosto da minha avó, eu me lembro. Não quero, mas me lembro de como foi viver na sua casa e ser uma criança que não passava de uma pústula. Eu me lembro.

– Faça com que ela pare – digo.

Mas minha mãe simplesmente abana a cabeça, tirando minha filha de mim.

– Não posso.

O rosto macabro e os olhos inchados de minha avó tornam-se hipnóticos. Ela começa a me atrair para um redemoinho de luz e escuridão, e vai me sugando para o seu vórtice. Revela o horror da sua vida e como acabou se tornando a mulher que eu conheci. No instante seguinte, estamos de volta ao lado de minha mãe e minha filha no tal campo abençoado. Ouço o rio outra vez. Mais adiante, um dossel de flores de magnólia abriga um homem encostado no tronco. Embora ele esteja de costas para mim, reparo que é quase da mesma largura que a árvore, e alto. Quando ele se vira, sei que é meu conhecido, e quase reconheço o sujeito. Tenho certeza de que conheço aquele rosto. Começo a perguntar à minha mãe, mas minha avó ainda está curvada.

– Por favor, me perdoe...

– Só se você puder – diz minha mãe, balançando a criança no colo.

Penso na minha infância, cheia de feridas e machucados. Se ao menos eu soubesse, então, que minha avó vinha até mim à noite e acariciava minha cabeça. Como ela ansiava me amar...

– Eu perdoo.

Assim que as palavras são ditas, sinto no peito uma coisa dura, que empurra e arranha por dentro, lutando para subir e sair. Quando chega à boca, é cuspida na palma da minha mão. Uma pedra negra com uma borda de navalha, tão pesada que minhas mãos têm dificuldade para segurar.

– Largue isso – diz minha mãe. – É só um peso na sua vida.

Quando largada, a pedra se torna uma baforada branca, uma semente. Uma brisa morna flui através de mim, e sinto outro canto vazio meu se encher. Num instante a semente é levada embora. Fico vendo seu avanço, flutuando na brisa, até cair no rio, achando seu lugar entre as muitas cores. Brilha por um instante, totalmente branca, e então desaparece, levada pela correnteza.

Quando minha avó se vira para mim, seu rosto está desanuviado, livre de tensão, mágoa e amargura.

– Clara.

Começo a responder, mas algo afiado cutuca o lado do meu corpo, e em vez disso solto um arquejo. A coisa, então, desaparece.

– Mamãe, podemos ir agora?

Tenho tudo de que preciso. Quase. Quase terá de servir; sempre foi assim.

Ela abana a cabeça. Sob o abrigo dos galhos das magnólias, ao lado do tal homem (*que eu conheço*), há uma fila de centenas de pessoas. A maioria está em pé, com os braços cheios de flores. Minha mãe encabeça a nossa marcha, com o bebê ainda nos braços, e minha avó ao lado delas. Eu acompanho. Juntas, vamos nos aproximando dos outros e, quando chegamos perto, reconheço os rostos individuais na multidão. Conheço todos eles. Outro arquejo enche meu peito, fazendo com que eu me desequilibre, e tento me apoiar no braço de minha avó.

A primeira da fila é uma jovem com cabelos louros ondeados, que pula para a frente. Reconheço sua boca delicada e os olhos de um azul como o das centáureas. Mesmo aos três anos, Mary Katherine era minúscula quando morreu. Ela me oferece um buquê de camomila (*nobreza na adversidade*), dá um beijo no meu rosto e, então, afasta-se.

Há mais gente, com rostos gentis e receptivos. Logo estou parada numa ilha de flores, compactas e perfumadas. Todas viçosas. Elas me são oferecidas por Brooks e Tommy, Juan e Martha, Greg e Melaine. Flores se estendem por quilômetros pelos campos, subindo pelas árvores e indo ainda mais longe, até desafiar as estrelas e salpicar o oceano. Todas entrelaçadas. Outro arquejo flui através de mim, tão forte que relembro o que é sentir uma dor verdadeira. Inspiro profundamente e, quando faço isso, sou tomada pela fragrância que me rodeia. Já consigo cheirar outra vez.

Há uma mulher que conheci na vida e na morte e, mais tarde, na foto que Mike tem na mesa. Embora Jenny esteja estendendo suas flores, glicínias, acho que devo pedir perdão a ela, por Mike. Mas não estou arrependida. Jenny quase toca meu braço.

– Você ama o Mike, sente saudade dele.

Como posso? Aqui tenho todos ao meu lado. Quase todos. Aqui não há medo, apenas pontadas de uma dor fantasma e principalmente reconforto. Mas eu balanço a cabeça... realmente sinto saudade dele. Sei que Jenny amou Mike sem arrependimento. Quisera eu poder dizer o mesmo.

Outro arquejo cruza minha garganta, inflando e depois contraindo. Sou jogada ao chão. Rolo um pouco, sentindo uma câimbra se formar no meu âmago. Deitando de barriga para baixo, fraca e com a visão oscilando, vejo o homem que está parado sob a árvore de magnólia todo o tempo. Ele anda em minha direção, movendo o enorme corpo pesadamente. Mesmo aqui, exala uma simpatia que os outros acham irresistível. Todos se afastam, no entanto, e minha visão se concentra só nele.

Mal consigo levantar o rosto do chão devido à dor terrível, cortante e pesada, que sinto no peito e no ombro. O homem para ao meu lado. Quero tocar nele, mas é como se houvesse uma parede de vidro entre nós.

– Clara – diz ele.

Tudo que sinto é uma vontade, uma necessidade de segurar a sua mão, subir no seu colo e deitar minha cabeça no seu ombro. Quero me entocar em um nicho como se fosse uma criança, com o nariz encostado no seu odor de almíscar, sabendo que ele me manterá a salvo: *tomarei conta de você.* Ele disse que faria isso. No entanto, eu não acreditei.

Quando viro a cabeça para ver Linus melhor, sinto cada elo dos meus ligamentos, cada vértebra se curvar e rachar. Agarro essa dor, afundando ali cegamente. Quando volto a enxergar, vejo uma menina parada ao lado dele.

Trecie. Ela dá um passo e fica entre mim e Linus, e agora eu entendo. Finalmente sei.

– Linus – digo, e ele me levanta.

Trecie segura meu braço e aponta para os campos de flores silvestres além deste aqui.

– Como a sua casa.

Depois ela se inclina; sinto cócegas nos tornozelos e nas canelas. Trecie arranca algumas flores, mas elas crescem tão apinhadas que não deixam espaços vazios. Então ela me entrega um buquê.

– Eu estava esperando você. – Sua voz é abafada e seu rosto está enfiado no lado do meu corpo. Que sonho mais lindo.

– Estava?

Ela ergue o queixo para me encarar.

– Finalmente, estamos aqui.

Passo os dedos pelo cabelo de Trecie, ainda tentando lhe proporcionar algum reconforto. Começo a falar, mas é como se minha boca estivesse abafada, como se algo estivesse penetrando ali e dentro de mim. Então, relâmpagos explodem ao meu lado.

– Nós estamos mortos? – pergunto a Linus.

Sinto um tremor horrível e, no instante seguinte, estou de volta à minha área de trabalho no porão. Minha visão está embaçada, mas consigo distinguir os instrumentos espalhados, o livro de flores agora na parede oposta, perto de Ryan, que mudou de posição. E, acima de mim, Mike. Sinto o cheiro de formol, de laquê e de sangue. Meu e de Ryan. Sinto meu próprio gosto. E o de Mike também.

Há um som rascante e profundo quando ele libera o conteúdo dos seus pulmões dentro da minha boca, encostando os lábios nos meus e forçando o ar que respira para dentro de mim. *Um-dois-três*, ele conta; cada segundo parece uma hora. O seu medo é meu. Mike coloca suas mãos, com os dedos entrelaçados, sobre o meu coração, mas não se dá ao trabalho de contar. Em vez disso, o som que vem dele é gutural, primitivo, até haver clareza, *Respire, Clara!* Através do seu toque, sinto a elasticidade do meu peito, o relaxamento da minha boca e o poder da sua vontade querendo que eu viva. Sinto tudo. Isso eu sei que é real.

Um furacão sopra por dentro, e sou levada para longe dele, de volta para aquele lindo sonho com Linus e Trecie. Estamos num infinito campo de liláceas perfumadas e, a distância, o rio. Não há coisa alguma além disso, mais ninguém. Quando me levanto, sinto uma palpitação no ombro e no flanco. É quase o bastante para me distrair desse momento.

– Ele está chamando você de volta – diz Linus. – Está lutando com todas as forças para salvar você. Será preciso fazer uma escolha. E não lhe resta muito tempo.

– Eu não quero deixar você outra vez, mas...

A dor no meu ombro, descendo pelo flanco, é lancinante.

Linus baixa a voz, que se torna suave e ondulante como um trovão ao longe.

– Clara, você está morta. O problema é que você nunca viveu. Todas aquelas flores... O que você já deixou criar raízes?

Olho para Trecie.

– É bem verdade que você tentou. – Ele coloca a mão no ombro de Trecie. – Às vezes acontece. É uma coisa horrível, naturalmente, mas em certas ocasiões alguns se perdem ao longo do caminho. Podem ficar presos no mundo inferior esperando alguém, ou alguma espécie de justiça. Com a Trecie, foi um pouco das duas coisas, não foi?

Ela balança a cabeça, e seu olhar encontra o meu. Não entendo o que Linus está dizendo. Trecie se aproxima de mim, apoiando a cabeça no meu peito. Consigo sentir seu corpo.

— Trecie? – digo eu, dando um abraço nela.

— Ninguém foi tão legal comigo – diz ela. – Você me cobriu com todas aquelas lindas flores. Eu não queria deixar você. Você me amava.

De repente, seus braços estão cheios de margaridas, com as hastes virando botões e então se abrindo em flores. Trecie mantém a cabeça encostada na minha barriga. Eu ponho as mãos ali. Já sei o que vou encontrar, mas ainda assim procuro. Quando empurro seu cabelo para trás, aquele cabelo que foi cortado outrora, está lá: uma perfeita estrela rosa.

— Flor – digo. – Flor Sem Nome.

Outra rajada de vento, mas desta vez é como se os lábios de Mike pressionassem os meus. Já não consigo ver Linus, Trecie ou este lugar. Só sinto Mike, sua respiração dentro de mim e a pressão de suas mãos sobre meu coração.

O rio está, de certa maneira, mais perto agora. Atravessei o campo sem me mover e agora estou aqui, deitada na margem, cansada demais, doída demais para conseguir me levantar. Os outros vieram comigo. Minha mãe está em pé acima de mim, segurando meu bebê tentadoramente perto, com minha avó ao lado, e Thuy também. E ali está Linus, de mãos dadas com Trecie. Não consigo mais ver os outros.

Minha mãe ajoelha ao meu lado, e eu lembro o que era ser adorada.

— Por favor – ela murmura. Minha filha se estica para mim e tento alcançar seu corpo, mas a pele é escorregadia.

Agora Trecie também me dá a mão, que é pesada demais para segurar.

O barulho do vento dentro de mim é tão forte, que mal escuto Linus dizer:

— É hora de decidir, Clara.

O meu dedo do pé mergulha no rio, que está horrivelmente frio e tenta me arrastar. A água colide violentamente com as margens, e dentro do rugido eu ouço algo, uma voz. É Mike. Ele está me chamando, suplicante. A dor no meu ombro e no meu flanco está entorpecida, substituída por uma dor maior. Eu quero Mike.

– Eu quero viver.
Linus põe Trecie ao meu lado. Ela murmura algo para mim. Não consigo ouvir, mas sei o que ela diz. Então Linus espalma a mão sobre minha cabeça.
– Ah, e você não teve chance de encontrar meu filho. Da próxima vez.
Seus dedos, o único calor que resta, então me empurram. Meu corpo começa a deslizar para o rio. Antes que a correnteza me puxe para baixo e para longe, vejo Linus parado lá, jogando um buquê de íris na água.
Sou puxada pela correnteza forte e bato no chão de areia. Meu crânio se choca com o fundo do rio; há gelo correndo pelas minhas veias. De repente, preciso respirar, mas não consigo. A pressão dentro do meu peito explode contra os meus pulmões. Há dor por toda parte. Sou levada para o fundo mais depressa, e sinto muito, muito frio.
Tento agarrar a margem, mas, em vez disso, toco no braço de um homem que passa depressa por mim. Ele sorri um segundo antes de ser arrastado pela correnteza numa curva. Há mais pessoas à minha volta, cada uma mais apressada que a outra, seguindo seu próprio caminho.
O barulho da água martela dentro de mim, puxando e empurrando. Explodindo. Depois de um clarão brilhante, bato violentamente em algo duro.
Perto dali, ouço: *Mike, é melhor nós cuidarmos disso.*
*Estamos perdendo a paciente*, exclama uma voz diferente.
Uma outra: *Ainda sem pulso.*
Então, uma voz que conheço sussurra no meu ouvido:
– Não me deixe.
É como se eu estivesse perdida num poço, envolvida pela escuridão. Olhando para a superfície lá em cima, vejo luz, um brilho difuso de cores e imagens, a pungência de sangue e a ardência de álcool no nariz. Todos os meus membros ardem. O saco que cobre minha boca e meu nariz injeta ar dentro de mim. Mãos comprimem meu peito sem parar. A pontada na curva do meu cotovelo:

uma dor de chumbo. É quase insuportável, até que ouço de novo a voz de Mike.

– Volte para mim.

É um tom suave e suplicante, medroso e verdadeiro. Quero agarrar este som, mergulhar nisso e ligar minha vida à sua promessa. As mãos de Mike estão na minha testa, acariciando minha pele com toques longos e suaves. Seus lábios roçam meu ouvido. Ele está comigo. Ele está comigo.

– Clara...

Uma palavra, uma simples palavra impregnada de um tom, de uma seriedade que implica tudo.

E, assim, escolho respirar.

# Agradecimentos

Embora normalmente se considere a vida de alguém que escreve como algo solitário, eu não imagino que isso seja possível. Na minha jornada, tive rochedos e degraus: aqueles que me inspiraram, conscientemente ou não, e aqueles que me apoiaram a cada passo do caminho.

As integrantes do Clube de Autoras, Lynne Griffin, Lisa Marnell e Hannah Roveto... todas escritoras extraordinárias: nada disto teria acontecido sem cada uma de vocês, que são minhas rochas.

Meu tio Richard D. MacKinnon, diretor funerário da Funerária MacKinnon em Whitman, Massachusetts, bombeiro de Boston e um homem de fé e honra inquebrantáveis: você me faz acreditar.

Steve Marcolini, detetive policial de Marshfield, um autêntico herói, que me emprestou toda a sua experiência na fronteira da luta contra os predadores de crianças.

O oficial Michael MacKinnon, que me mostrou todas as facetas do trabalho policial e compartilhou algumas histórias próprias. Você não é apenas o tipo de irmão mais velho que toda irmã sonha ter; também dedicou a vida a proteger o resto da sua comunidade.

Al Gazerro, policial de Brockton, que compartilhou comigo toda a sua vivência no departamento. Cada membro do seu destacamento só valoriza a grande cidade de Brockton.

Scott Murray, cujo trabalho com crianças me ajudou a dar forma a esta história.

Quem escreve deve ter como alicerce uma comunidade literária, e a minha se encontra no único centro literário independente de Boston: Grub Street. Um agradecimento especial a Eve Bridburg, Chris Castellani, Whitney Scharer, Sonya Larson e alguns instrutores que já me deixaram atônita: Arthur Golden, Hallie Ephron, Lara JK Wilson, Michael Lowenthal e Scott Heim.

Anos atrás, quando eu presumia que escrever um livro fosse uma tarefa quixotesca, ouvi Jonathan Franzen dizer no *Fresh Air* de Terry Gross que escrever *The Corrections* tomara alguns dos dias mais felizes da sua vida. Sem querer, ambos me incentivaram a tentar, e comecei naquele dia mesmo. Edith Pearlman me inspirou a ser ousada com *Self Reliance*, e Susan Landry foi um exemplo de como escrever. Obrigada.

A cada editora que já me deu uma chance, principalmente Clara Germani, Beverly Beckham, dra. Danielle Ofri, JoAnn Fitzpatrick, Sarah Snyder, Irene Driscoll, Linda Shepherd, Viki Merrick, Jay Allison e Cathy Hoang.

Para aqueles que me indicaram a direção certa quando achei que perdera o rumo: Heather Grant Murray, Hank Phillippi Ryan, Kristy Kiernan, Gail Konop Baker, Michelle L'Italien Harris, Julie Zydel e minha professora de inglês no segundo grau, Roberta Erickson.

E para a maior agente que uma autora poderia desejar, Emma Sweeney. Obrigada por não desistir de mim, mesmo quando eu pensava em desistir de mim mesma.

Minha editora, Sally Kim, é ao mesmo tempo brilhante e humilde, capaz de tirar o melhor de todo mundo. Palavras não bastam.

Anos atrás entrevistei minha editora-chefe, Shaye Areheart, para uma matéria que jamais foi publicada. Embora ela não se lembre disso, eu nunca esqueci. Trabalhar com você é literalmente um sonho tornado realidade, mas ter o apoio de toda a sua equipe é mais do que até eu poderia imaginar. Obrigada a cada um de vocês.

Minha editora no Reino Unido, Sara O'Keeffe, ofereceu maravilhosas sugestões que contribuíram para uma história melhor. Muito obrigada.

Toda criança deveria ter pais como Robert e Mary MacKinnon. Obrigada por me dar os maiores presentes que uma filha poderia esperar: amor e apoio incondicionais.

Para os meus adorados filhos, Alex, Ian e Devon Crittenden, pelas dádivas de tempo, paciência e amor. Por mais que vocês acreditem em mim, eu acredito em vocês mil vezes mais.

E finalmente a meu marido e meu amor, Jules. Você tinha razão.

Este livro foi impresso na Editora JPA Ltda.
Av. Brasil, 10.600 – Rio de Janeiro – RJ
para a Editora Rocco Ltda.